COLLE

Yukio Mishima

L'école de la chair

*Traduit du japonais
par Yves-Marie et Brigitte Allioux*

Gallimard

Titre original :

NIKUTAI NO GAKKO

© *Yôko Mishima, 1963.*
© *Éditions Gallimard, 1993, pour la traduction française.*

Yukio Mishima (pseudonyme de Kimitake Hiraoka) est né en 1925 à Tokyo. Son œuvre littéraire est aussi diverse qu'abondante : essais, théâtre, romans, nouvelles, récits de voyage. Il a écrit aussi bien des romans populaires qui paraissent dans la presse à grand tirage que des œuvres littéraires raffinées, et a joué et mis en scène un film qui préfigure sa propre mort.

Il a obtenu les trois grands prix littéraires du Japon. En novembre 1970, il s'est donné la mort d'une façon spectaculaire, au cours d'un *seppuku*, au terme d'une tentative politique désespérée qui a frappé l'imagination du monde entier.

Mishima fut un grand admirateur de la tradition japonaise classique et des vertus des samouraïs. Dans ses œuvres, il a souvent dénoncé les excès du modernisme, et donné une description pessimiste de l'humanité.

1

Les femmes divorcées semblent devoir se lier naturellement entre elles, et Taéko Asano, avec son petit clan, ne faisait pas exception à cette règle.

Au Japon, la situation de divorcée est différente de celle qu'on trouve dans un pays comme les Etats-Unis, et il est assez rare d'y rencontrer ce qu'on pourrait appeler des parvenues du divorce. Mais les trois membres du petit groupe menaient une vie libre et aisée qui passait même aux yeux du monde pour être très agréable.

Taéko avait un magasin de couture, Kawamoto Suzuko tenait un restaurant, Matsui Nobuko s'occupait de critique de cinéma ou de critique de mode. Toutes trois, avant la défaite, faisaient partie de la plus haute société japonaise.

Pendant la guerre, règne incontesté des jeunes filles de bonne famille, elles avaient déjà une réputation si déplorable qu'un divorce, dans leur cas, ne pouvait que paraître naturel. Les plaisirs éphémères qu'avec un certain nombre d'autres personnes elles s'étaient offerts durant les hostilités étaient restés plus ou moins secrets, puis on en avait perdu la trace dans la confusion de l'après-guerre. Crimes presque parfaits, si une poignée de jouisseurs n'avait survécu pour rapporter la jeunesse légendaire des trois amies. Et ces histoires du passé qu'avec un bel ensemble elles avaient tout d'abord niées farouchement, c'est d'un clin d'œil aujourd'hui qu'elles en reconnaissaient tacitement l'authenticité.

Une conduite comme la leur pousse ordinairement les parents à vouloir caser au plus vite leurs enfants : toutes les trois eurent une vie conjugale on ne peut plus malheureuse. Le mari de Taéko était un parfait incapable, avec, de surcroît, des tendances anormales difficilement supportables. Les deux autres maris étaient en tous points semblables au premier. Si bien que ces femmes qui avaient l'habitude de tout se dire sans ménagement se taisaient d'un commun accord dès qu'il s'agissait de leurs ex-époux.

Une chose est sûre, c'est que, si le Japon n'avait pas perdu la guerre, elles auraient toutes trois donné l'image même de la fidélité, et auraient fini comme n'importe quelle Madame de ***.

Beaucoup de lecteurs se souviendront eux aussi, en revoyant les jours de leur enfance, que les ampoules électriques ne donnaient alors qu'une faible lumière. Contrairement à aujourd'hui, l'intérieur des maisons était incroyablement sombre. Mais cette obscurité était la même pour tous, riches ou pauvres, et, dans les vastes demeures, elle paraissait même d'autant plus profonde qu'elle y régnait sur une plus grande échelle. Rester dans l'ombre était le lot commun, et, pour être lasses, elles aussi, d'une vie conjugale qui ne sauvait guère que les apparences, ces femmes n'en devaient pas moins pouvoir se dire qu'il en allait ainsi de tous les autres foyers.

Aussi peut-on affirmer que la défaite et l'avènement de la démocratie furent directement responsables de leurs divorces. Leur courte vie conjugale, pleine d'horribles souvenirs qu'elles détestaient évoquer, constituait la partie la plus noire de leur existence.

2

Elles se voyaient en diverses occasions, mais, comme chacune de son côté était très occupée par son travail, elles avaient décidé de se rencontrer régulièrement une fois par mois.

Ce 26 janvier, elles devaient donc dîner ensemble à huit heures dans un restaurant de Roppongui.

Taéko Asano quitta sa boutique à six heures, car elle avait un cocktail en début de soirée.

Ce cocktail se donnait à l'ambassade d'un petit pays européen, et Taéko y était plutôt l'invitée de la femme de l'ambassadeur, une de ses fidèles clientes. Mais ce que soupçonnait Taéko, c'était que l'ambassadeur, homme de naissance médiocre, mais snob comme il n'était pas permis, s'était empressé d'ajouter son nom à la liste des invités dès qu'il avait appris qu'elle était une ci-devant baronne. Taéko aimait, lorsqu'elle se rendait à ce genre de cocktail, la rapidité avec laquelle elle se métamorphosait. Elle se changea dans son arrière-boutique en houspillant les couturières.

Sur un chemisier de soie thaïlandaise bleu-gris, elle mit un tailleur Chanel en tweed gansé de satin noir, un collier et un bracelet de perles noires, enfila de longs gants en veau gris, puis passa un diamant à l'un de ses doigts. Sac du soir en métal argenté, chaussures plates en vernis noir, elle s'aspergea de « Satin noir », parfum en accord avec le tissu de son tailleur, et jeta sur ses épaules une étole de vison argenté.

Sa boutique étant à Ryūdomatchi, l'ambassade à Azabu et son dîner à Roppongui, elle n'aurait heureusement à circuler ce soir que dans un périmètre restreint. Le chauffeur de la boutique laisserait Taéko devant l'ambassade, puis reviendrait l'y chercher après avoir livré des commandes à deux ou trois clientes.

Dans ce monde, il y a ambassade et ambassade, et celle-ci, modeste, avait élu domicile, au prix de quelques aménagements, dans une ancienne maison de maître ayant échappé aux incendies : seule était vraiment majestueuse, devant l'entrée, une belle place plantée de pins qui permettait aux voitures de tourner.

La mère de Taéko, morte maintenant, avait

souvent donné chez elle des réceptions où se pressaient de nombreux étrangers. Comme c'était la guerre, on y voyait surtout des Allemands et des Italiens, et Taéko, depuis son enfance, savait par cœur les règles qui président à cette sorte de réunion. Sa mère avait l'habitude de passer toutes ses fins de semaine recluse dans sa villa de Hakoné pour répondre au courrier qui s'était accumulé entre-temps sur un papier à lettres où figuraient ses armoiries.

Taéko n'avait pas plus de treize ou quatorze ans qu'on lui avait déjà appris le sens de l'abréviation française RSVP qui se lit en bas à gauche des cartons d'invitation. Cette science était en réalité parfaitement inutile, et c'est sans aucune idée de ce qui lui eût été davantage nécessaire de savoir qu'elle était parvenue à l'âge adulte.

... Monsieur et Madame l'Ambassadeur se tenaient à l'entrée du hall pour accueillir leurs invités. Madame l'Ambassadrice portait une splendide robe de cocktail en brocart de Saga. Et si Taéko s'était décidée à venir dans un ensemble des plus sobres où dominait le noir, c'était précisément en pensant à cette robe qu'elle avait confectionnée elle-même.

Madame l'Ambassadrice, qui d'ordinaire appelait Taéko par son prénom, lui donna elle aussi, ce soir-là, du « Madame la Baronne ». L'ambassadeur, comme toujours, avait un regard ensommeillé, mais il accueillit Taéko avec une joie qui ne semblait pas feinte. Puis Taéko, en deux ou trois mots flatteurs sur cette robe « si seyante », félicita l'ambassadrice, qui lui rendit le compliment avec un plaisir évident, et pourtant, si l'on y songe... quel commerce vraiment étrange que celui qui consiste à réjouir ses clients en les complimentant de ce qu'ils vous ont acheté!

L'ambassadrice faisait une fixation sur son tour de hanches, qu'elle avait imposant, et sur ses jambes, trop grosses, mais le secret du métier de Taéko consistait avant tout à saisir les faiblesses et les complexes de ses clientes. Sur ce point, aucune différence entre les étrangères et les Japonaises, et Taéko savait bien que les femmes qui prennent à l'extérieur de grands airs sont celles qui souffrent au fond le plus d'un complexe d'infériorité physique.

Taéko, laissant l'ambassadeur et sa femme, se retourna pour regarder les gens qui se tenaient debout, dispersés dans la pièce peu éclairée. Elle constata avec surprise qu'il n'y avait là pour elle que des visages connus.

« Mes hommages, mes hommages! » se mirent-ils à lui dire l'un après l'autre. Cette salutation, qui était celle avant-guerre d'une poignée d'aristocrates, faisait maintenant partie de ces expressions qui sont abusivement utilisées par tout le monde, y compris par les patronnes de bar et les maîtres d'hôtel. Continuer à s'en servir ainsi, sans se lasser, n'était-il pas le comble de la stupidité!

« Quel beau ramassis d'antiquités! » se dit Taéko, un léger sourire aux lèvres.

Il y avait là Monsieur le ci-devant Marquis de ***, ornithologue distingué, et son épouse; Monsieur et Madame ***, personnes proches de la cour impériale; Monsieur et Madame ***, naguère membres de la société la plus huppée; les ci-devant Comte et Comtesse de ***, célèbres pour leurs chasses au tigre; et beaucoup d'autres encore... Taéko parcourut l'assemblée du regard, et, comme elle ne pouvait s'empêcher de se rappeler un à un les scandales provoqués autrefois par tous ces gens, elle fut prise soudain d'un vif dégoût d'elle-même. Ainsi, l'amant de cette femme toujours belle, naguère encore au sommet de la hiérarchie sociale, n'était autre que cet ex-ambassadeur devenu tout chauve...

Face à ces gens, dans ces bâtiments d'avant-guerre et ce salon vieillot de style anglais, Taéko se demanda un instant si le temps n'avait pas fait machine arrière. Passe encore si cette réception avait été donnée chez l'un ou l'autre d'entre eux, mais qu'ils aient ainsi répondu à l'invitation d'un étranger fou de noblesse et qui, de surcroît, n'était pas des leurs était tout de même assez comique. A dire les choses crûment, comme ce cocktail devait être suivi d'un buffet, il s'agissait plutôt pour eux d'un dîner à l'œil.

Quoi qu'il en soit, au moment même où elle avait croisé leurs regards, Taéko y avait senti tout de suite quelque chose de désagréable. On pouvait y entrevoir clairement le mépris mêlé de jalousie que leur inspiraient la boutique de Taéko et son succès. Eux qui devant n'importe quelle petite star de cinéma n'auraient pas hésité à faire des ronds de jambe, pour celle qui avait trahi leur ancienne classe, prenaient d'instinct une attitude méfiante. Avant d'être méprisés, ils se hâtaient de parer le coup en méprisant les premiers.

Taéko comprenait maintenant pourquoi Suzuko et Nobuko avaient un parti pris contre ces gens-là. Du coup, pour alimenter encore davantage les médisances, elle se joignit avec détermination à un groupe d'étrangers.

Ceux-ci firent cercle autour d'elle en se pavanant.

Mais, quand on y pense, toutes ces petites attentions pour les femmes, ces flatteries, ces politesses sont bien ordinaires. Qui peut s'y tromper ? Il était clair qu'aucun d'entre eux ne pourrait jamais s'ôter de l'esprit le préjugé que la femme japonaise est une femme légère.

En plus, Taéko détestait la peau des hommes étrangers, cette peau de poulet qui laisse voir par transparence la couleur du sang, cette peau qui vieillit horriblement vite et qui paraît si sale. Malgré leur taille élancée, leur vigueur physique, leur nez prononcé, leur profil sculptural, l'impression que retirait Taéko des Occidentaux se résumait en un sentiment bizarre d'impuissance, de manque d'énergie vitale. C'est la raison pour laquelle elle n'avait jamais répondu à l'appel de leurs séductions.

« L'autre jour, j'étais à Nara et à Kyōto où j'ai vu beaucoup de statues et de peintures bouddhiques, mais je ne leur ai trouvé aucun charme érotique. Nous autres, barbares d'Europe, avons pris l'habitude, depuis la Renaissance, de confondre érotisme et beauté. Nous avons tendance à ne plus sentir de beauté, là où il n'y a aucun attrait érotique. Et, de ce point de vue, seule la femme japonaise moderne est, à nos yeux, incontestablement belle. »

Ces propos flatteurs étaient tenus par un jeune homme blond qui jouait les naïfs malgré son air cultivé.

« Mais d'un point de vue strictement animal ? se demanda Taéko en considérant ce visage masculin qui n'était pas dépourvu de tout intérêt. Les jeunes Japonais ont une grâce beaucoup plus sauvage que ce genre d'Occidentaux. Une souplesse animale, une élasticité, une beauté dépouillée de toute expression. »

Et d'abord, ce *grand* nez tout blanc des étrangers, dont le bout seul, lorsqu'il est exposé au vent froid de l'hiver, rougit en s'engourdissant... on ne pouvait pas dire que ce fût très beau à voir. Par bonheur, le salon était bien chauffé !

Presque tous les invités semblaient arrivés. Monsieur et Madame l'Ambassadeur, se mêlant à eux, commencèrent à boire. Des serveurs en gants blancs portaient des plateaux sur lesquels étaient posés des verres de whisky-soda, de Martini, de Manhattan, de Dubonnet, de sherry et autres alcools ; des serveuses en kimono circulaient en présentant des amuse-gueule fichés de cure-dents.

L'ex-marquis ornithologue s'approcha de Taéko. Le visage de ce vieil homme de soixante-quinze ans avait les traits creusés d'une de ces sculptures en bois de l'époque Meiji, traits qu'on ne peut retrouver de nos jours que sur le visage des vieux acteurs cantonnés dans les seconds rôles du théâtre de la nouvelle école ou du théâtre kabuki. La peau blanche et pleine de rides de son gosier débordait mollement sur les bords de son faux col montant d'autrefois.

« Excusez-moi, mais ne seriez-vous pas l'honorable fille de Monsieur Asano ? »

Taéko acquiesça.

« Vous ne le savez peut-être pas, mais après avoir fini mes études à l'université, j'ai enseigné pendant quelque temps la zoologie au Collège des Nobles, et j'ai eu l'honneur, à cette époque, d'être le professeur de Monsieur Asano, votre père. Mais, mon dieu, quel farceur c'était ! Un jour que je lui avais demandé de sortir le squelette d'un archéoptéryx, il me l'a apporté avec un ruban rouge sur le crâne ! Ce canular est devenu très célèbre depuis ! »

Cette histoire d'oiseau préhistorique enrubanné, Taéko l'avait déjà entendue au moins trois fois de la bouche même du vieux marquis, mais ce dernier, chaque fois qu'il la voyait, avait toujours, semble-t-il, l'impression de la rencontrer pour la première fois.

Dans le salon presque obscur, ce cocktail de fantômes battait son plein. L'homme qui servait au Palais impérial et dont le visage avait cette platitude extrême si caractéristique de la noblesse ancienne buvait sec en tenant des propos sans retenue, mais sa conduite paraissait forcée et laissait une impression désagréable.

Certes, ce n'étaient pas les bijoux ni les parfums qui manquaient ici, mais on aurait eu bien du mal à trouver quoi que ce fût de la jeunesse et du dynamisme de la société actuelle. Ce que Taéko aimait le plus au monde ! Comment diable l'ambassadeur, leur hôte, avait-il pu subitement se toquer d'une telle collection de revenants ?

Taéko résolut de ne plus s'intéresser qu'à l'aspect commercial des choses. Considérées sous cet angle, les perspectives de cette soirée mortellement ennuyeuse changeaient du tout au tout, tant il y avait de pigeons en vue !

La femme du directeur d'une société de textiles, par exemple, à qui elle venait d'être présentée et avec laquelle elle avait échangé deux ou trois mots, eh bien, un seul coup d'œil suffisait pour se rendre compte que sa tenue occidentale, toute coûteuse qu'elle fût, était du plus mauvais goût. Taéko pensa lui suggérer doucement quelques idées et, sans la blesser dans son amour-propre, saisir rapidement ses complexes pour en faire une inconditionnelle de sa boutique. Pour Taéko, il était clair que cet art de la psychologie (art qui était en fait une partie du savoir-vivre que lui avait inculqué son éducation) conditionnait en grande partie le succès des maisons de haute couture.

Aussi est-ce en souriant que, un verre de Dubonnet à la main, elle s'approcha de la femme du directeur. Le ventre de cette femme dont le vêtement occidental n'arrivait pas à dissimuler la graisse lui apparut de plus en plus monstrueux dans la faible lumière des lampes.

3

Avant toute chose, les trois amies s'installèrent au piano-bar et commencèrent à bavarder avec entrain.

« C'était comment ton cocktail ?

— Pire que ça ! Et pourtant, j'ai quand même réussi à faire une affaire ! » dit Taéko, dont la façon de parler devenait de plus en plus libre depuis qu'elle était arrivée.

Mais, en même temps, sa beauté naturelle se libérait elle aussi.

« Rien de plus chaud que ces machins-là ! »

Elle posa brutalement sa bague sur le piano, et saisit le bout d'un de ses gants entre ses dents pour le faire glisser plus vite. L'ivresse commençait à lui tourner la tête.

« Arrête, Taé, tu vas avoir du rouge à lèvres sur ton gant !

— C'est plus érotique, non ? »

Elle plia négligemment son gant, et voulut le faire rentrer dans son minuscule sac de soirée, ce qui se révéla impossible. De guerre lasse, elle se l'enroula autour des doigts et se mit à jouer avec. Puis, comme s'il s'agissait d'une queue de billard, elle tendit l'index de sa main droite sur le piano blanc en visant sa bague, qu'elle repêcha prestement.

La claire et radieuse beauté du visage de Taéko la faisait paraître beaucoup plus jeune que ses trente-neuf ans, mais quelque chose de suranné se dégageait de son regard décidé et de sa bouche volontaire où survivaient la distinction et la dignité d'un autre âge.

Les hommes d'autrefois n'étaient pas le moins du monde intimidés par ce type de femme, mais ceux d'aujourd'hui, qui ne connaissent qu'une beauté plus facile, avaient souvent peur de quelqu'un comme Taéko en raison même de son style distant.

Sur ce point, Taéko était semblable à son diamant. De trois carats et de première qualité, ce bijou qu'elle avait reçu de sa défunte mère en cadeau de mariage, et qu'elle avait su, pendant la guerre, préserver des réquisitions en se voilant la face, était malheureusement d'une taille ancienne. Taéko le savait, mais ne l'en promenait pas moins partout avec elle dans les réceptions ou ailleurs, et, le temps passant, il lui ajoutait toujours davantage de distinction et de dignité, tandis qu'il la faisait paraître elle aussi comme taillée dans une autre époque.

« Alors ? » s'enquit Nobuko en lançant un bref regard vers le pianiste pour attirer sur lui l'attention de Taéko.

« Un vrai petit Alain Delon ! » répondit cette dernière.

Le jeune pianiste était un tout jeune homme à la fine peau blanche ; son regard, comme souvent celui des pianistes, ne savait où se poser, errait en flottant telles les algues au fond de l'eau. Et pas le moindre sourire.

« Trop sûr de son visage. Impossible chez moi ! »

Suzuko, qui tenait un restaurant, le condamna sans appel.

« Servez-lui quelque chose, ce qu'il lui plaira ! » ordonna Nobuko au serveur, tout en applaudissant à la fin du morceau.

Mais le pianiste, sans faire aucun cas de ce qu'on lui apportait (Nobuko aurait bien aimé même de loin lever son verre avec lui), se contenta de baisser imperceptiblement la tête, en restant toujours aussi impassible.

« Ton beau Chopin ne manque pas de fierté, on dirait... », ironisa Taéko.

Et il ne leur en fallut pas davantage pour se lancer, à peine installées à table, dans une conversation des plus scandaleuses, en utilisant force mots d'argot connus d'elles seules.

Pourtant, comme elles passaient en revue les plats proposés, déployant chacune devant elle un menu grand comme un calendrier mural, elles retrouvèrent un semblant de dignité. Et aucun représentant du sexe masculin n'étant là pour commander à leur place, à cet instant précis, la totale indépendance de leur condition leur apparut en pleine lumière.

« N'y a-t-il pas quelque chose qui ne fasse pas grossir ? » demanda Suzuko, celle des trois qui commençait à être confrontée à un sérieux problème de ligne. Nobuko, elle, restait maigre comme un clou. Seule Taéko avait su préserver, à force d'exercices gymniques appropriés, des formes parfaites.

« Si tu prenais une assiette de crudités ?

— Pour moi, ce sera un bœuf Stroganoff ! »

Taéko, tout en compatissant, passa triomphalement sa commande.

« Mais que vois-je ! Vous êtes toutes là ! C'est la grande sortie des Beautés du Parc Toshima ? leur lança le patron qui arrivait.

— Non, mais quel toupet ! »

« Toshima » veut dire aussi « femme mûre », et c'est bien évidemment en pensant à ce jeu de mots que le maître des lieux avait surnommé ainsi leur réunion.

Il s'appelait Kaïzuka, et était l'ami du trio depuis plus de vingt ans. Ses rapports avec Taéko étaient marqués par une petite aventure qu'il avait eue avec elle à Hakoné avant qu'elle se marie. Et il voyait aussi beaucoup Suzuko, depuis qu'ils étaient dans le même métier.

C'était un fils de famille qui, sorti de l'université, n'avait pu se fixer à aucun travail sérieux. Son père, encore au sommet de sa carrière, avait enfin abandonné la partie en lui donnant l'argent nécessaire pour se lancer dans ces métiers du plaisir où il se trouvait pour la première fois de sa vie comme un poisson dans l'eau.

Kaïzuka, qui venait d'avoir quarante ans cette année-là, restait avant tout un dandy d'avant-guerre. Comme il ne pouvait se résoudre à jouer les beaux ténébreux ou les gros durs, il vendait un charme d'une élégance un peu vieillotte, mais dont la rareté — chose coutumière en ce monde — assurait la valeur, et servait encore sa cause auprès d'innocentes jeunes filles. Même au plus fort de l'été, il n'aurait jamais oublié de porter une cravate, et il s'était juré de ne jamais mettre un jean de toute sa vie. Il n'en avait plus guère l'âge, de toute façon.

L'amitié qui unissait cet homme et ces trois femmes, toutes tournées vers le plaisir, était d'une totale liberté. Ils se racontaient à qui mieux mieux leurs exploits amoureux, échangeaient des informations et, sans jamais aborder de sujet qui les eût fatigués, sans aucun égard réciproque à leurs sexes..., entretenaient des rapports qui leur permettaient ces assauts de plaisanteries que se livrent, au fond des tranchées des guerres irresponsables, les anciens du régiment.

« Et pour le vin, je vous mettrai du beaujolais ?
— Parfait... mais, d'abord, assieds-toi donc. Sans toi, c'est sans intérêt, tu sais !
— On est en manque d'hommes, à ce que je vois, mesdames ! »

4

Le métier de critique demande-t-il plus d'intolérance que de tolérance ? Toujours est-il que Nobuko, la seule des trois pourtant à agir sans détours, s'aveuglait volontiers sur ses propres défauts et conservait caché dans un coin de son cœur un tempérament puritain qui ne manquait pas de mesquinerie.

Alors que Suzuko écoutait toujours le franc-parler de Taéko admirative et bouche bée, Nobuko, elle, fronçait légèrement les sourcils en laissant percevoir un certain agacement.

« Et ton étudiant de l'Université K***, c'était comment ? »

Cette question de Suzuko déclencha l'offensive de Taéko, qui se mit à raconter son histoire avec une ardeur telle qu'elle faillit faire un sort à l'encombrante bougie qui se trouvait devant elle.

« Ce garçon n'était pas assez sauvage... c'est cela, pas assez sauvage. En y repensant maintenant, il était plutôt fait pour Nobuko.

« Il avait déjà connu deux ou trois femmes, mais il n'arrivait pas encore à se défaire totalement de l'obsession de la " virginité " et accordait au sexe une importance follement exagérée, bref, il commençait à m'agacer de plus en plus. Décidément, les fils de famille ne valent rien !

— Moi, par exemple, tel que vous me voyez, je suis d'une très bonne famille, et vraiment, j'en ai honte !

— Pour quelqu'un qui a déjà ton âge, bonne famille ou pas, cela ne compte plus ! Je parle des jeunes, tu comprends ? Des jeunes !

— Bon, ça va, j'ai compris !

— Au début, il croyait vraiment me dominer, ce qui le gonflait d'orgueil. Ça, passe encore... Cela donnait lieu à des scènes charmantes, aussi je le laissais imaginer ce qu'il voulait. Mais, jour après jour, il est devenu inquiet, s'est mis à douter de lui, puis de moi. Et, s'il faut en arriver là, eh bien, je déteste ces hommes qui n'ont même plus la fierté de sauver au moins les apparences. Pour pouvoir le faire, il faut sans doute une certaine énergie grossière, un manque d'éducation tout ingénu. Jusqu'à maintenant, je n'avais jamais ressenti cela avec autant d'intensité.

« Pour le S (« S » désignait le sexe dans leur code secret), c'était pas mal du tout. En plus, comme il avait fait du rugby, il était vraiment bien fait, et je dois vous dire que je ne supporte pas un corps d'homme, dès qu'il est un peu mou. Il faut que tous les muscles soient tendus, prêts à répondre, quand on les frappe. Toi, c'est comment ? » et Taéko, sans la moindre réserve, saisit le bras de Kaïzuka sous son costume. « De la vraie guimauve !

— Pourtant, ça plaît beaucoup aux femmes qui couchent avec moi ! Elles disent que c'est comme lorsqu'elles se plongent voluptueusement dans un bain chaud.

— En réalité, tu fais seulement appel à ce désir de décadence parfaitement masochiste qui est celui de toute jeune fille, dit Nobuko, la critique.

— Décadence ? Dépravation ? je ne sais pas, mais il semble bien que j'ai ce qu'elles cherchent. Quelque chose d'un sultan turc... »

... Taéko vit alors ce désert qui, lorsqu'elle se sentait libérée de s'être racontée, et à l'instant même de ce soulagement, apparaissait toujours brusquement devant ses yeux.

Le désert...

Il ne renvoyait pas particulièrement l'image d'une profonde désolation, de la solitude, du néant. C'était simplement un désert sans fin qui, si on en approchait, vous laissait soudain sur la langue, entre les dents, un goût de sable.

Taéko s'efforçait dans ses récits de coller au plus près de la vérité. Mais elle craignait toujours qu'ils soient pris, de quelque manière qu'elle les racontât, et quand bien même ses interlocuteurs seraient ses plus intimes amis, pour un voile élégant cachant la honte d'avoir été plaquée par un homme.

Mais son malaise ne s'expliquait pas par ce genre de crainte. Et il ne venait certainement pas non plus de son âge.

C'était seulement le désert, et rien d'autre. Pour résister à ce sentiment, il ne fallait pas perdre une minute, le mieux était de le ravaler au plus vite au fond de soi-même. Avaler le désert. Que pouvait-on faire d'autre ?

... Taéko prit son verre où tremblait une belle eau froide, et réussit à avaler quelques fines bouchées de viande.

5

Ensuite, Suzuko raconta ses dernières aventures, et Kaïzuka expliqua sans façon comment il avait couché avec trois tendrons en même temps. Nobuko s'en tint à quelques propos sans suite sur son dernier amant : ses descriptions s'arrêtaient toutes là où elles auraient risqué la censure. Et pourtant c'était elle qui se montrait de loin la plus hardie dans le préambule de ses intrigues amoureuses.

Quand elle en eut fini avec le récit de ses affaires privées, récit qu'elle interrompit tout à fait arbitrairement, elle se fit l'écho des nouveaux films et, comme toujours, promit de les inviter en avant-première. Cette promesse, elle ne la tenait pratiquement jamais.

Elles mangeaient leur dessert, des crêpes Suzette, toutes trois fatiguées de parler. L'ivresse les avait gagnées et leur visage n'était plus très net, mais, dès qu'elles en prirent conscience, elles se précipitèrent sur leur poudrier pour vérifier du coin de l'œil ce qu'il en était. Kaizuka, lui, était déjà parti à une table voisine occupée par des étrangers avec lesquels il bavardait.

Suzuko ouvrait sa grande bouche ingénue, et, tout en tremblant d'épouvante à la pensée du crime que ce serait de grossir davantage, y faisait glisser l'un après l'autre de beaux morceaux de crêpes bien moelleux et bien chauds.

Ses grands yeux s'animèrent, et elle lança soudain quelque chose d'impensable :

« Tenez, l'autre jour, je suis allée dans un bar d'homosexuels !

— Et alors ! Cela n'a rien d'extraordinaire !

— A Ikébukuro, justement. Comment est-ce que ça s'appelait déjà ? Ah oui, c'est ça, le bar " Hyacinthe ". Ça me revient maintenant, il y avait un barman formidable. Bien dans le genre de Taéko, je crois...

— Qu'est-ce que tu dis ? Un garçon qui travaille dans un bar pour homosexuels ? Rien que d'entendre ça, ça me dégoûte !

— Tu n'y es pas ! Il n'a absolument rien d'efféminé ! Derrière son comptoir, c'est le mâle dans toute sa splendeur, et il le fait sentir ! A moins que ce soit les autres garçons qui mettent en valeur sa virilité, tellement ils ressemblent à des femmes, c'est possible...

— Moi, si bas que je puisse tomber, je n'irais pas jusqu'aux homosexuels !

— Finalement, tu ne connais pas le monde si bien que cela ! intervint cette fois Nobuko d'un ton quelque peu venimeux. Dans ce genre d'endroits, il y a aussi des garçons normaux qui viennent travailler pour se faire un peu d'argent. Cela arrive, surtout parmi les barmans. Ce n'est pas parce qu'ils sont dans un bar d'homosexuels qu'ils sont eux-mêmes homosexuels ! »

Taéko avait maintenant un peu mal à la tête, et ce tableau d'un monde malsain que ses deux amies étaient en train de lui brosser commença à tourner vaguement devant ses yeux comme les ailes d'un moulin. La perversion de son mari n'avait rien à voir avec l'homosexualité, mais elle avait permis à la jeune fille qu'elle était alors d'entrevoir la profondeur du gouffre glauque qu'on découvre lorsqu'on s'écarte des lois de ce monde. Et c'est ainsi qu'elle avait pris l'habitude de toujours distinguer, chez des gens comme ceux qui s'étaient pressés au cocktail de l'ambassade, quelque chose de trouble au-delà de l'élégance de leurs apparences. Elle rêvait, pour la jeunesse et la force à quoi elle aspirait, d'une direction aussi éloignée que possible de ces sombres abîmes. Tout ce qui lui faisait perdre de vue cette direction, tout ce qui embrouillait les choses lui faisait du mal. Pourtant... d'un autre côté, dans le cœur de Taéko commençaient à apparaître, envers la pureté de ses rêves, les signes avant-coureurs d'une lassitude et d'un désespoir diffus. S'il y avait quelque part un abîme de noirceur, alors ses rêves n'étaient que des images superficielles en carton-pâte.

Une jeunesse, une santé ordinaires et ennuyeuses !... A vrai dire, le trouble qu'avaient jeté les paroles de Suzuko dans l'esprit de Taéko venait du fait qu'elles lui faisaient concevoir un nouveau rêve. Rêve étrange certes, celui que, peut-être, au fond des gouffres glauques, brillait un vrai soleil. Les soleils qu'elle avait approchés jusqu'alors n'étaient-ils pas tous de simples décors de plastique ?

L'ivresse de cette bouteille de vin rouge qu'elles avaient bue à trois faisait remonter à la surface, comme une écume trouble, la fatigue d'une journée de travail. Taéko se trouvait prise entre le désir de rentrer se coucher au plus vite, et la peur de ne plus pouvoir trouver le sommeil une fois installée dans son lit solitaire.

Elles partagèrent l'addition, et se retrouvèrent finalement dans un taxi qui, sur les indications de Suzuko, les emmena chez « Hyacinthe », à Ikébukuro.

A peine eurent-elles ouvert la porte que la patronne, un homme habillé en kimono de femme, se précipita :

« Quelle surprise ! Mesdemoiselles ! Bienvenue chez nous ! Mais que j'ai honte, de vraies beautés toutes les trois ! Pour de la fausse monnaie, comme nous, mon dieu, quel choc ! Et dire que nous trouvons acquéreur à des prix trois fois plus élevés que vous... Enfin, donnez-vous la peine d'entrer ! »

Tout en continuant à discourir, il les conduisit dans un box. Sur le mur, on pouvait voir accroché un tableau de style ancien, *Le jugement de Pâris*. Intriguée par la présence de ce tableau dans un tel endroit, Taéko était en train de se demander curieusement ce qui en faisait ici tout le sel — Pâris ou les Trois Grâces —, quand plusieurs garçons en kimono vinrent s'asseoir bruyamment entre elles et leur offrirent des petites serviettes chaudes. Les regards se perdirent un instant jusqu'à ne plus rien voir sous les lumières tamisées et obscurcies par la fumée des cigarettes.

Un des travestis retourna au comptoir pour passer la commande. Suzuko, pressant le genou de Taéko, lui fit signe de suivre son regard.

Faiblement éclairé, un jeune homme dont on ne voyait que le haut du corps penchait en avant son profil de statue. Le visage qu'il présenta de face pour répondre au garçon, avec ses sourcils graves, avec ses traits masculins, était celui d'un homme dont la beauté se trouve rarement en ce monde.

6

Il fallut beaucoup de temps avant que Taéko puisse rencontrer le jeune barman ailleurs que dans son bar. Taéko était instinctivement attirée par les beaux visages, et elle s'était éprise au premier coup d'œil du visage et du corps de celui que tout le monde appelait « le petit Sen », mais elle n'était pas encore parvenue à l'âge où une femme peut se livrer sans vergogne à ses délires érotiques. De plus, comme n'avait pas encore totalement disparu chez elle le désir de se laisser séduire par son partenaire, même pour une aventure sans lendemain, elle voulait sauvegarder suffisamment de temps pour les préliminaires amoureux.

Et d'abord, il fallait pas mal de courage à une femme seule pour fréquenter un bar d'homosexuels. Ce courage même lui paraissait comme une épreuve nécessaire pour se libérer de son moi ancien, et c'est ainsi qu'elle avait pris sur elle de faire arrêter son taxi en pleine nuit devant le bar. Mais, un jour, un travesti appelé Téruko, avec lequel elle avait fini par se lier, lui avait susurré à l'oreille — sympathie ou jalousie destructrice — ces quelques conseils :

« Mais enfin, petite princesse, si vous aimez vraiment notre Sen, ce n'est pas la peine de vous torturer autant. C'est quelqu'un qui ferait n'importe quoi pour de l'argent, alors, invitez-le un soir, et pour cinq mille yens, tout marchera comme sur des roulettes... Il couche avec tout le monde, ce chou. Et si vous avez peur des complications, pour ça, faites-moi confiance ! Je ne pense pas qu'on ait quoi que ce soit à craindre avec ce garçon ; mais dans le cas, peu probable, où il deviendrait agressif, je me charge de tout, j'ai les moyens de le rendre raisonnable. Ce n'est pas la peine de vous faire tant de soucis ! Non, mais voyez-vous ça, ces gens du monde, avec leurs grands principes ! »

Ce qui surprit le plus Taéko, alors que ces médisances auraient dû lui ouvrir les yeux, c'est que le sentiment qu'elle éprouvait ne s'en trouvait pas le moins du monde affecté. Aussi se rassura-t-elle bien vite sur la nature de ce sentiment. Depuis le début de leur rencontre, n'avait-elle pas méprisé totalement son partenaire ? La nuit qui suivit ces révélations, Taéko fit un rêve érotique où pour la première fois apparaissait Senkitchi.

Le trouble que ressentait Taéko à être ainsi devenue l'habituée d'un bar d'homosexuels prenait les formes les plus variées. Il lui semblait, par exemple, que, depuis qu'elle avait un secret dans la vie, cette vie n'en était devenue que plus palpitante. Ou encore, et même si l'incognito est absolument de règle dans la fréquentation des boîtes homosexuelles, pour ne pas être confondue avec le lot ordinaire des femmes qui vont dans ce genre d'endroits, elle s'y rendait dans une tenue des plus élégantes. Si bien qu'elle n'était pas sans trouver agréable d'être complimentée par des hommes qui se montrent exceptionnellement sensibles à la toilette des dames — tout en ayant des frissons à l'idée de trahir ainsi sans s'en rendre compte ses origines sociales. D'un autre côté, il y avait la peur vaniteuse qu'au cas où elle aurait été vue dans un tel bar par une de ses connaissances, on en vînt à penser qu'une femme comme elle, affranchie désormais de toute considération de réputation sociale, en était arrivée là par seule soif d'amour, ou, pour dire les choses plus platement, à cause d'un manque pressant de mâle.

Ce dernier point était particulièrement important pour Taéko qui, si elle s'était trouvée un seul instant exposée à ce genre de soupçons, se serait sans doute déjà remariée depuis longtemps. Car le fondement de la liberté de Taéko résidait en fin de compte dans le fait qu'elle était riche, qu'elle était belle, qu'elle était courtisée. Ne pouvant absolument pas se contenter d'être choisie, d'être aimée, elle ne s'intéressait qu'à ceux qui lui plaisaient : il n'était pas possible de se méprendre.

Taéko se fit une alliée de Téruko à qui, moyennant pourboire, elle soutira diverses informations sur Senkitchi. Elle comprit, par exemple, que ce dernier était un respectable étudiant de l'Université R***. Son père, après la faillite de la petite entreprise qu'il dirigeait, n'avait plus eu les moyens de lui payer des études et s'était retiré dans la campagne, à Tchiba, avec sa mère et ses deux sœurs cadettes. Senkitchi avait dû alors subvenir à ses besoins, trouver de l'argent pour ses cours, et il cherchait justement un petit travail lucratif quand, sur une petite annonce dans le journal, il était venu au bar, où il s'était trouvé tout de suite choyé comme un enfant, tandis qu'on avait décidé qu'il apprendrait le métier de barman sur le tas. Taéko, découvrant qu'il avait fait de la boxe au lycée, en profita pour lui adresser la parole :

« Eh bien, mon petit Sen, qu'est-ce que j'entends ? Vous avez fait de la boxe !
— Oh ! c'était juste pour m'amuser !
— Vous avez fait de la compétition ?
— Non, non, pas jusque-là...
— Tant mieux ! Parce que, si vous vous y étiez mis pour de bon, en quel état serait votre visage maintenant ! »

Elle en était arrivée à pouvoir plaisanter avec lui.

Comme elle n'était pas totalement ignorante des dessous de ce monde, elle allait même jusqu'à supposer la façon dont son alliée de façade, Téruko, devait manœuvrer Senkitchi en coulisse et que, peut-être, ils s'entendaient pour voir en elle un pigeon qui ne demande qu'à être plumé. Mais étant donné que, au bout du compte, Senkitchi parlait peu, se contentant d'un petit sourire de temps à autre, et que rien, dans son attitude toujours parfaitement égale à elle-même, ne laissait entrevoir les approches habituelles aux gigolos, Taéko était plongée dans une profonde perplexité qui lui faisait échafauder hypothèses sur hypothèses.

La première consistait à se dire qu'il avait un

esprit retors peu en rapport avec son âge, et qu'il savait en jouer pour attirer les femmes.

La seconde consistait à croire, mais c'était là une manière de voir les choses bien optimiste, qu'il était amoureux de Taéko, et que sa timidité de jeune homme, jointe à l'embarras qu'il devait ressentir face à une femme aussi élégante, l'obligeait à cacher entièrement ses sentiments.

La troisième était de se demander, sans pousser jusqu'à l'absurdité d'en faire un communiste, s'il n'éprouvait pas un ressentiment de classe envers une femme qui avait tout l'air d'appartenir à la haute société.

La quatrième, celle à laquelle elle ne voulait vraiment pas penser, c'était qu'en dépit de son apparence irréprochablement masculine, Senkitchi détestait les femmes.

... A s'égarer ainsi dans tant d'incertitudes, Taéko se mit à flairer un danger.

Un tel trouble, pour autant qu'elle s'en souvînt, ne pouvait constituer que les prémices d'un sentiment sérieux, et ne pouvait en aucun cas se rapporter à un simple libertinage. En finir au plus vite avec cinq mille yens, comme le lui suggérait Téruko, était peut-être encore le meilleur moyen de préserver sa sécurité.

7

Senkitchi, de l'autre côté de son comptoir perdu dans la fumée des cigarettes, avec un gilet noir à boutons dorés qu'il portait très ajusté et une chemise dont les manches retroussées laissaient voir les bras vigoureux, travaillait toujours avec adresse et rapidité. Nombreux étaient les clients qui essayaient de lui parler, mais il s'en tenait à des réponses laconiques de deux ou trois mots, et on pouvait se demander, quand on l'observait en plein travail, si Téruko ne se moquait pas du monde en disant que Senkitchi livrait son corps à n'importe qui.

Parfois, lorsque, un instant inoccupé, il laissait son regard errer dans le vague, on aurait pu deviner, sous la courbe harmonieuse de ses sourcils, la mélancolie de la jeunesse. Alors, au fond de son cœur, Taéko se forgeait de lui l'image plutôt factice d'un jeune homme solitaire, écrasé sous le poids de la société actuelle et sans aucun appui.

« Ton prochain jour de repos, c'est quand ? »

Taéko était venue exprès pour lui poser cette question, en guettant une heure creuse du bar, et avait réussi à garder un ton détaché.

« Après-demain...
— Tu as des projets ?
— Non, pas spécialement. Je pensais aller faire un petit tour à la fac, depuis le temps...

— Menteur ! »

Tous deux se mirent à rire. Et, tout en riant, Taéko réfléchissait. Le surlendemain, après la fermeture de sa boutique à six heures, elle n'avait rien de prévu.

« Et si on dînait ensemble ?

— Oui... mais, alors, pas question d'endroit guindé, pas de ça pour moi, hein ! Si vous me laissez faire tout ce que je veux, je vous tiendrai bien compagnie, pourtant... »

Ce brusque relâchement de langage avait quelque chose d'effrayant, d'autant plus que ces paroles avaient été dites avec le même sourire aux lèvres. Un instant, Taéko pensa battre en retraite et tout annuler, mais comme, en même temps, cette peur, ce frisson qui la gagnaient soudain étaient précisément le genre de sensations qu'elle attendait de Senkitchi depuis le début, elle ne put se résoudre à faire marche arrière.

Ils convinrent tous les deux d'un rendez-vous pour le surlendemain à six heures dans un café de Shinjuku que lui indiqua Senkitchi. Comme Taéko ne connaissait pas cet endroit, Senkitchi lui dessina un plan rapide derrière son ticket de caisse. Il avait l'air tellement habitué à faire ce plan qu'elle en conçut quelque désagrément, mais elle se reprit bien vite en se disant que ce n'était pas la peine de se dégoûter pour si peu.

. . . .

Le jour du rendez-vous arriva. On était le 25 février. Le lendemain, se réunissait le comité des Beautés Toshima, et si quelque chose devait arriver ce soir-là, et même finir, le rapport qu'en ferait Taéko à la réunion n'en serait que plus détaillé.

Taéko, qui avait aussi des visées éducatives quant au goût de Senkitchi, s'était habillée ce jour-là avec la plus grande recherche, décidant de mettre son étole en chinchilla de style « Mademoiselle ». Cette fourrure qui, à première vue, évoquait la peau d'un poisson-globe, Senkitchi ne savait sans doute pas à quel point elle était chère. A l'inverse, elle choisit une bague de peu de valeur, une améthyste. Qui sait ? Senkitchi pouvait très bien avoir des tendances kleptomanes.

Prise par ce nouveau suspense, elle s'équipa ce soir-là comme un général qui part en campagne. Sur une combinaison noire, elle mit un ensemble broché lie-de-vin, un collier en perles de verre multicolores de chez Christian Dior, puis enfila des souliers bordeaux à bouts ronds dans le goût de Cardin, modèle qui venait de supplanter les chaussures italiennes à décor unique.

Le café F*** était un endroit vide, clair, prosaïque, et Taéko avait beau essayer de se hausser sur sa chaise, elle n'en était pas moins ridicule à rester là assise toute seule en pareille tenue. Elle avait déjà quinze bonnes minutes de retard sur l'heure du rendez-vous, mais elle était en colère contre Senkitchi qui n'était pas encore arrivé ; et, de toute façon, elle l'était déjà à l'idée qu'il avait pu choisir de manière aussi insouciante un café qui lui convenait si peu.

« Décidément, ce n'est pas un garçon pour moi ! Même si les étudiants de l'Université K*** me laissent sur ma faim, il vaudrait mieux pour moi que je m'en contente ! » pensa-t-elle, avec un nouvel accès de colère devant le regard curieux et impudent de la serveuse qui apportait un café.

Taéko était maintenant dans un état pitoyable. Pour peu qu'on se rappelât le brillant succès de sa collection de printemps, le nombre de ses riches clientes qui augmentait de jour en jour, les projets d'agrandissement de sa boutique, qui aurait pu l'imaginer à cette heure, dans un endroit de ce genre, attendant un homme ? Mais ce sentiment, en même temps qu'il avivait son désarroi, renforçait son impression positive que, face au luxe et à l'hypocrisie, un « ailleurs » lui était justement nécessaire. C'est ainsi qu'elle perdit l'occasion de se lever et de partir. Elle n'aurait pas su l'expliquer, mais elle eut l'intuition que c'était là un tournant décisif de sa vie, et que, si elle laissait échapper une telle chance, celle-ci ne se représenterait pas une seconde fois.

Deux clients entre deux âges entrèrent. Leurs manteaux étaient tout déboutonnés. Ils s'assirent en face de Taéko, la dévisagèrent un moment en chuchotant, puis enfin : « Eh, ma grande, deux cafés ! » crièrent-ils à la serveuse qui se tenait près du mur, ce qui incita Taéko, en dépit d'elle-même, à se lever machinalement pour partir.

C'est précisément cet instant que choisit Senkitchi pour arriver. Elle lui avait à peine lancé un de ces regards pleins de gratitude pour qui vient vous sauver que déjà elle s'en repentait, car le bruit qu'avait fait Senkitchi en entrant brusquement dans le café, bruit si fort qu'il résonnait encore sous le plafond bas, n'était autre, elle n'en croyait ni ses yeux ni ses oreilles, que celui de pieds chaussés de socques en bois!

Par ce froid, il était pieds nus dans des socques en bois, et il avait mis un jean à peine propre, usé et délavé, avec un blouson de cuir au col d'une fourrure sans nom qui laissait entrevoir la chemise rouge qui lui couvrait la poitrine.

Des socques en bois! On aurait pu s'attendre à tout, mais des socques en bois!

Taéko qui, depuis qu'elle était toute petite, avait été élevée à l'occidentale, n'était jamais sortie dans la rue, non, pas même une fois, avec un homme susceptible de mettre ce genre de choses aux pieds. Son ex-mari était un homme qui, même pour une promenade sur la plage en été, ne manquait pas de garder ses chaussettes.

Toutes les illusions qu'elle avait conçues pour leur rendez-vous s'effondrèrent, et elle pensait vraiment avoir perdu d'avance la partie, quand Senkitchi, qui s'était assis devant elle les jambes largement écartées, lui demanda sans préambule :

« Tu as attendu ? »

Taéko se dit qu'il y allait un peu fort avec son « Tu as attendu ? ». Mais se souvenant de l'âge qu'elle avait et de sa situation, elle se ravisa aussitôt : se mettre en colère devant un tel partenaire, c'était se comporter en vraie petite fille. Aussi lui répondit-elle en le gratifiant d'un sourire qu'elle s'efforça de rendre le plus hautain possible :

« J'arrive à l'instant. J'étais en retard, moi aussi.

— C'est bien ce que j'avais imaginé ! » lui rétorqua Senkitchi, après avoir jeté un rapide coup d'œil à la tasse de café qu'elle n'avait pas encore touchée.

Après tout, comme il s'agissait d'une passade sans lendemain, il n'aurait servi à rien de se disputer, et Taéko était déterminée à n'adresser aucun reproche à Senkitchi. Elle jugea qu'elle n'avait pas non plus à se mêler de son accoutrement vestimentaire, qu'il s'expliquât par un manque réel d'argent ou par une vie déréglée peu soucieuse des problèmes financiers. Elle avait encore moins de raison de lui constituer, par charité, une garde-robe occidentale.

Elle en venait même à voir dans la tenue extravagante de Senkitchi (sous l'influence sans doute de son œil exercé de styliste) quelque chose qui lui allait vraiment bien. Cette manière de s'habiller lui allait mieux en tout cas que son habit trop strict de barman, lui collait à la peau en témoignant jusque dans les détails d'une certaine recherche et, c'en était même vexant, convenait beaucoup plus à ce genre d'endroit que l'élégance de Taéko, parfaitement ridicule.

Taéko n'avait jamais encore approché de si près cette sorte de jeune homme, tel qu'on en voit partout dans les rues. Ce jean qui lui moulait les cuisses, ce blouson de cuir négligemment porté, et même ces pattes un peu trop longues sur le visage, tout s'harmonisait avec sa beauté, il était parfait, portrait tout droit sorti d'un tableau des quartiers populaires. Et, par-dessus tout, se dégageait de ce garçon une force grossière et sauvage que Taéko n'avait jamais connue jusqu'alors.

« Je meurs de faim, moi !

— Où allons-nous ? » demanda Taéko qui commençait à avoir mal à la tête.

Non, par exemple, elle n'allait tout de même pas entrer dans un grand restaurant avec un homme chaussé de socques en bois ! Et d'abord, puisque Senkitchi avait exigé d'elle qu'elle lui laisse faire ce qu'il voulait, il n'était pas question d'aller dans un « endroit guindé », encore moins dans un de ces lieux privilégiés où Taéko aurait pu se détendre.

« Très bien. Où tu veux, alors. Mais, si c'est possible, dans un restaurant japonais, un petit salon à tatamis, où l'on peut s'asseoir à la japonaise... »

Elle tentait ainsi de sauvegarder désespérément cette vanité bourgeoise qui lui interdisait d'être vue en train de dîner en compagnie d'un homme avec qui elle formait un couple si mal assorti.

8

Senkitchi l'entraîna dans une salle à l'étage d'un restaurant de brochettes relativement correct, non sans être passé auparavant devant une gargote coréenne où il avait eu l'air de vouloir entrer, mais qui, par bonheur, regorgeait de clients : Taéko avait évité le pire. Une fois installée dans une petite pièce bien chauffée et à l'abri des regards indiscrets, elle sentit fondre tout d'un coup la tension qui, depuis un moment, vibrait sèchement en elle, jusqu'à en oublier un instant sa colère et son désespoir.

Senkitchi buvait bière sur bière, et égrenait à belles dents des brochettes de foie de poulet. Il mange comme un jeune chien de chasse, se dit Taéko, mais elle ne le trouvait pas particulièrement repoussant. Si on pouvait penser à une bête, c'est que Senkitchi, ce soir-là, semblait s'être figé en une sorte d'existence lointaine, mais terriblement vivante, qui, malgré l'absence de la barrière que constituait entre eux d'ordinaire le comptoir du bar, donnait paradoxalement l'impression qu'on contemplait un animal à travers sa cage de zoo. « Peut-être que je ne l'aime déjà plus... » Et, à cette idée, elle se sentit un peu rassurée.

« Les pièces à tatamis, c'est bien, quand même ! Mais une fois assis, alors, là, il en faut de l'argent ! Moi, je n'y étais jamais entré..., lança soudain Senkitchi qui avait fini son assiette.

— Il ne faut pas s'en faire pour ça, voyons ! » lui dit-elle en prenant malgré elle un ton vulgairement protecteur. Pour Taéko, le sourire hautain des femmes occidentales, qu'elle était pratiquement une des seules au Japon à pouvoir si bien imiter, n'avait plus de secret. Et l'instant où, fronçant les sourcils, sa bouche laissait flotter un léger sourire était des plus réussis. Elle s'y était exercée jadis bien des fois devant sa glace et avait fini par faire tout à fait sienne cette expression qui, lorsqu'elle était renforcée par un trait d'eyeliner sur la paupière supérieure, ne manquait pas de produire un effet d'une grande coquetterie, ce qu'elle savait pertinemment.

« Ah, là, ce sourire, comme il te va bien ! remarqua immédiatement Senkitchi.

— Ah bon ? Merci ! »

Jusque-là, ça allait encore, mais le sujet qu'aborda ensuite Senkitchi était le pire qu'on puisse trouver pour un premier rendez-vous d'amour.

« Les clients qui viennent au bar, pourquoi est-ce qu'ils sont comme ça ? Les hommes comme les femmes, au bout de deux ou trois jours, ils se mettent à dire des obscénités. Ils me traitent comme un idiot qui n'a pour lui que son corps, et finalement, à force de jouer moi-même à l'idiot, je le deviens pour de bon. Non ! les hommes sont vraiment dégoûtants. Je commence à détester l'humanité entière. En plus, tout de suite, ils vous mettent leurs billets sous le nez. Bon, mais ce qu'ils me donnent, je le prends, c'est sûr ! »

Taéko écoutait en silence, frappée par la véhémence du ton, mais, au fur et à mesure qu'elle l'écoutait, sa situation à elle devenait bien étrange. Pouvait-on concevoir quelqu'un d'assez courageux pour continuer à tenir des propos amoureux, après avoir essuyé un tel discours ?

Senkitchi, appuyé contre la fenêtre au verre dépoli qui variait sans cesse de couleur au rythme des enseignes lumineuses de la rue voisine, baissait son visage qu'une seule bouteille de bière avait suffi à rendre tout rouge, tandis qu'un de ses genoux pointait impoliment au-dessus de la table : il se lança brusquement dans un bavardage sans fin, crachant à travers la pièce son flot de paroles, et Taéko s'aperçut alors que, à son insu, elle s'était laissé mettre en échec.

Quand, un peu auparavant, elle avait vu les socques en bois de Senkitchi, c'est pourtant elle qui avait pensé aussitôt : « Notre amour est fini. » Mais, s'il était clair qu'elle avait devancé son partenaire dans ce sentiment, elle n'avait pu, en paroles, marquer ce point la première. Et maintenant, après ce qu'elle avait dû entendre de Senkitchi, elle avait pour ainsi dire le bec cloué, si bien que les paroles du jeune homme lui disaient toujours plus nettement : « Tout est déjà fini. » Sinon, comment pourrait-il parler ainsi à une femme dont il voyait très bien que le but avoué était de le séduire ?

Cependant, la voix forte de Senkitchi, son souffle un peu ivre, ses allures d'animal pris au piège éveillèrent dans le cœur de Taéko une profonde pitié, et, oubliant complètement la récente froideur de ses sentiments, elle en vint à concevoir pour lui de l' « amitié ».

Au point où on en était, elle pouvait se permettre n'importe quelle question, fût-elle risquée. Aussi, regardant Senkitchi droit dans les yeux, au-delà de la mousse de son verre de bière, elle lui demanda sans détours :

« Alors... c'est-à-dire que toi... tu as couché avec tous ces clients dont tu viens de parler ? »

Senkitchi lui lança un bref regard perçant.

Puis, aussitôt, un rire plein de fanfaronnade lui monta aux lèvres :

« Ah oui, alors, que j'ai couché avec ! Des vieux pépés de soixante ans, des vieilles mémés de soixante ans ! »

Ce fut vraiment là un de ces instants misérables comme il en existe peu.

Taéko fut sur le point d'ajouter ensuite : « Pour vivre ? », mais, son éducation reprenant le dessus, elle s'abstint de poser cette question. Ce manque de courage était regrettable. Car si Senkitchi avait répondu clairement : « Pour vivre », tout était ramené à un simple problème social ; mais, si ce n'était pas uniquement pour vivre, s'il s'agissait de dépravation, ou de vice, Taéko avait alors bien plus de raisons de se tourmenter.

Dans le long silence qui suivit, Senkitchi but bière sur bière. Puis il prit une bouteille dans laquelle il restait quelques gouttes, en boucha l'ouverture d'une main pour la secouer énergiquement comme un shaker, et exhiba finalement sa paume couverte de mousse : il riait.

Bientôt, Senkitchi se coucha de tout son long sur les tatamis. Taéko, de loin, contemplait son visage endormi qui changeait de couleur au gré des néons dont la lumière passait par la fenêtre. Elle-même, insensiblement, s'était allongée en travers de la table (une légère et curieuse ivresse l'avait gagnée), et c'est de près, cette fois, que, comme quelqu'un qui regarde du haut d'un pont la surface d'une sombre rivière, elle se pencha sur le visage de Senkitchi.

Sans même un mouvement de paupière, une larme s'échappa tout à coup du coin de l'œil du jeune homme pour aller rouler sur une de ses longues pattes. Avec quelque chose d'étrangement transparent, cette larme ressemblait si peu à une larme qu'instinctivement Taéko tendit la main, la recueillit au bout de son index, et la porta rapidement aux lèvres pour en vérifier la saveur. Elle sentit un faible goût de sel, c'était bien une larme.

Ce léger attouchement du doigt, où et comment le ressentit Senkitchi, on ne saurait le dire, mais, ouvrant brusquement les yeux, il se redressa. Et, les deux mains appuyées sur les tatamis, longuement, gravement, il dévisagea Taéko.

Taéko, croyant apercevoir une pâle lueur briller dans le blanc de ses yeux, fut parcourue d'un frisson. C'est à cet instant qu'il la serra dans ses bras. Le baiser qu'elle reçut alors était si désespéré, si sombre, et si doux, qu'elle eut l'impression que c'était la première fois qu'on l'embrassait ainsi, et, pour qu'il n'écarte pas trop vite ses lèvres, elle saisit avec force sa nuque aux cheveux humides de brillantine.

9

Ce jour-là, il n'y eut rien d'autre qu'un baiser.

Et ce baiser inaugura entre eux quelque chose qui ressemblait à une joyeuse complicité. Ils se sentaient libres, sereins, et ne revinrent plus sur le lugubre sujet qui venait de les occuper. Ils finirent leur repas en échangeant des plaisanteries. Taéko paya l'addition. Ils sortirent.

Grâce aux socques de bois de Senkitchi, il n'était pas question d'aller danser.

Ils marchèrent donc au hasard, par les rues de cette nuit d'hiver, en direction du Kabukitchō. Pour Taéko, tout était une expérience nouvelle, étrange, et plus cela était curieux et insolite, plus il lui semblait qu'elle pouvait accepter l'idée que tout prît fin ici.

Mais elle dut vite se rendre à l'évidence que cette sympathie mutuelle qu'elle avait cru voir naître entre Senkitchi et elle, ce sentiment que leurs cœurs se comprenaient n'était qu'une douce illusion.

Ils marchaient ensemble, et pas un mot comme « Allons quelque part, veux-tu ? » ou bien encore « Où veux-tu aller ? » ne sortait de la bouche de Senkitchi.

Ils débouchèrent au coin du Grand Théâtre Koma du Kabukitchō, et, sans crier gare, Senkitchi entra dans un stand de tir à l'américaine baptisé « Gun Corner ». Devant un tel comportement, que pouvait-on imaginer d'autre, sinon qu'il avait complètement oublié qu'il marchait en compagnie d'une femme ?

Et cependant, il fallait que Taéko, à ses côtés, lui glissât aussitôt la moindre petite pièce dont il avait besoin.

Il s'amusa environ quinze minutes, puis, se contentant de dire : « Non, décidément, je préfère le patchinko, j'y suis habitué, au moins ! », il se dirigea vers un grand patchinko, deux ou trois bâtiments plus loin.

Le tintement et le cliquetis des billes leur parvenaient déjà, tandis que les haut-parleurs diffusaient une célèbre marche de la marine : ils se disputèrent un instant devant la porte.

« Tu peux t'amuser à ça quand tu es seul, non ? »

Leurs voix, luttant contre le vacarme ambiant, étaient obligées de s'élever.

« Ne dis donc pas de bêtises ! Tu peux bien jouer au patchinko avec moi ?
— Mais enfin, je...
— Bêcheuse ! »

Sous les lumières du patchinko, le chinchilla de l'étole de Taéko ressemblait à s'y méprendre à une peau de poisson-globe.

« Mais enfin, c'est un amusement d'hommes !
— Homme ou femme, quel rapport avec le patchinko ? Si la bille va dans le bon trou, ça sonne, et c'est tout... mais, qu'est-ce qu'il y a, ça ne va pas ? tu es toute pâle !
— Ce sont les néons, sans doute. Tu ne veux pas boire un thé quelque part par ici ? Après, je te laisserai tranquille, tu auras tout le temps.
— Si je t'ai dit non, c'est non !
— Bon, eh bien, je t'attends dehors, alors.
— Comme tu voudras, je t'en prie ! »

Taéko, reprise par la colère, et ballottée par la foule, se résigna à attendre devant la porte. De temps en temps, elle jetait un coup d'œil à l'intérieur du patchinko. Senkitchi, tout à sa tâche de relancer les billes, continuait d'y montrer son beau profil. On n'aurait su dire quand tout cela finirait.

Taéko n'avait jamais été ainsi traitée par quiconque. D'habitude, c'était elle qui faisait attendre les autres, et encore, même elle n'avait jamais poussé jusque-là la muflerie.

Enervée de se sentir humiliée, elle rentrait la tête dans les épaules pour lutter contre le froid, et essayait de se trouver une excuse au cas où elle rencontrerait une de ses connaissances, quand quelqu'un lui frappa brusquement l'épaule. Elle se retourna et vit un homme d'environ trente ans qui se mit à lui demander : « Eh, tu viens ? » d'une voix curieusement rauque, mais empressée.

Taéko, s'arrachant à cette main, se précipita dans le patchinko, lorsque l'idée que cet homme l'avait prise pour une prostituée lui traversa soudain l'esprit. Sous le coup d'une grande indignation et d'une effrayante volupté, son cœur se mit à battre plus violemment, mais elle n'eut aucune envie de le dire à Senkitchi. Car il n'aurait pas manqué de voir là une plaisanterie perfide, une allusion blessante à sa propre situation.

Comme il n'y avait pas beaucoup de monde à l'intérieur, Taéko resta debout à côté de Senkitchi et s'absorba dans la contemplation de cet homme complètement pris par le jeu de sa machine à billes. Etait-ce bien le même homme qui, il y a tout juste un instant, l'avait embrassée aussi intensément ? Cette parfaite indifférence, pourtant, ne semblait pas calculée, et dans cette silhouette bien droite, dans ce profil remarquable, Taéko croyait voir le corps plein d'abandon d'un fauve dans sa cage. Elle le regardait émerveillée : c'était là un être humain d'une essence entièrement différente de tous ceux qu'elle avait pu jusqu'alors approcher dans sa vie.

« Tu étais là ? »

Et Senkitchi, sans même tourner la tête, prit à tâtons une pleine poignée de billes qu'il lâcha dans les mains de Taéko, sur ses gants en veau gris.

Taéko essaya donc de jouer au patchinko, machine qu'elle touchait pour la première fois de sa vie, mais les billes que lui avait données Senkitchi tombaient pour rien entre les clous. En un tour de main, elle les perdit toutes.

« Bon, eh bien, au revoir. Je rentre la première. J'ai compris que je n'avais aucun don particulier pour le patchinko.

— Tu pourrais continuer un peu !

— Non, merci bien. J'ai passé une très bonne soirée. Au revoir, et à une autre fois ! »

Senkitchi tourna enfin de son côté un visage où flottait un sourire distrait, et, sous les lumières du patchinko, si brillantes qu'on se serait cru en plein jour, ce visage apparut, l'espace d'un instant, d'une effrayante beauté.

« Tout est parfait comme ça ! » se dit Taéko qui, pénétrée d'une satisfaction froide et étrange, trouva la force de quitter rapidement cet endroit.

« Bon, eh bien, c'est fini... »

Taéko sortit en hâte du patchinko : elle courait,

plutôt qu'elle ne marchait, en se faufilant à travers la foule.

De nombreux taxis vides attendaient, mais son cœur l'incitait à marcher toujours plus loin.

« Eh bien, c'est fini... »

Alors, soudain, derrière elle, au milieu de ce quartier de plaisir où la nuit ne faisait que commencer, elle ressentit intensément l'existence de Senkitchi. Sur la toile de fond de ces néons, dans la musique des haut-parleurs et le klaxon des voitures, il y avait un patchinko lumineux, où un jeune garçon, seul et beau, était entièrement absorbé par une machine insensée. L'impression de vide était écrasante. Entre la solitude de Senkitchi et la sienne, s'ouvrirait toujours plus profond un abîme qu'ils ne pourraient franchir une seconde fois, que les épaves multiples d'une société en désordre viendraient bientôt combler, et, noyé dans cet entassement d'êtres humains, de bâtiments, de marchandises, perdu dans tout ce bric-à-brac, plus jamais elle ne pourrait distinguer le visage de Senkitchi. A moins que celui-ci n'assassine quelqu'un, et que sa photo ne figure dans les journaux !

Taéko, voyant cet abîme béant à ses pieds, perdit toute assurance de pouvoir le supporter jusqu'à sa mort. Jamais autant que ce soir-là elle n'avait eu le sentiment d'avoir été aussi séparée de toute chose, d'avoir été aussi seule.

Et ce baiser ! Sa bouche gardait le souvenir d'une saveur sombre à vous prendre le cœur, un goût qu'aucun autre homme ne lui avait fait connaître. Il lui semblait que jamais elle ne pourrait l'oublier et que, s'ils se séparaient ainsi pour toujours, ce baiser serait le plus lancinant des souvenirs, torture permanente de son cœur.

Taéko fit brusquement demi-tour.

Soudain inquiète à l'idée que Senkitchi avait peut-être déjà quitté le patchinko, elle revint sur ses pas, et elle courait presque, maintenant.

... Lorsque, de l'extérieur, elle reconnut le profil de Senkitchi qui n'avait absolument pas changé de position, elle se sentit envahie d'un rare bonheur.

« Je suis revenue !

— Ah !

— J'avais oublié de te demander quelque chose. Ton prochain jour de congé, c'est quand ?

— Le premier mercredi de mars, le 6, je crois.

— On se revoit à la même heure ? au même endroit ?

— Mais oui, si tu veux !

— La prochaine fois, on va danser, d'accord ?

— D'accord... »

10

Le lendemain, elle ne se rendit pas à la réunion des Beautés Toshima, prétextant une maladie subite. Elle n'aurait pu supporter qu'on la questionnât sur Senkitchi.

Tous les jours jusqu'au 6 mars, elle travailla d'arrache-pied, refusant tous les rendez-vous futiles.

Le temps était maintenant venu, en effet, de laisser les sentiments se déposer tranquillement dans son cœur, comme l'eau au fond d'un réservoir.

Pour son rendez-vous du 6, elle enfila, sur une vieille jupe, un de ces pulls à col roulé vermillon comme en portent les poétesses, mit sens dessus dessous sa garde-robe pour en extirper un manteau en poil de chameau complètement démodé qu'elle avait l'intention de donner, se coiffa exprès de la manière la plus négligée possible : elle ne savait plus quoi inventer pour se mettre à l'unisson d'un amoureux en jean. Et, finalement, au bout de ses peines, elle arriva avec vingt bonnes minutes de retard à son rendez-vous.

Comme le café était très bien éclairé, on repérait tout de suite les clients qui s'y trouvaient. Senkitchi n'était pas là. L'avait-il fait exprès, ou bien avait-il oublié leur rendez-vous ? C'est tout ce qu'elle put se demander dans son cœur plein d'amertume.

Un gentleman, qui était assis face au mur du fond, légèrement en biais, se leva et l'interpella :
« Eh ! »
C'était Senkitchi dans un complet-veston irréprochable. Au premier coup d'œil on reconnaissait le sobre raffinement d'un tissu anglais, un prince-de-galles dans les tons feuille-morte. Il avait une cravate italienne d'un goût parfait, des chaussures impeccablement cirées, et une pochette blanche sur la poitrine... Taéko, sous le choc, en fut réduite quelques instants au silence.

11

Qu'est-ce que Senkitchi pouvait bien avoir manigancé en s'habillant de façon aussi élégante ? Car on ne pouvait imaginer que c'étaient des vêtements d'emprunt. Ils ne lui allaient pas seulement bien, non, aux yeux experts de Taéko, il s'agissait d'un ensemble vraiment pensé dont l'extrême sobriété, par exemple, faisait incontestablement ressortir la jeunesse du visage. Un tel goût n'évoquait en rien l'élégance raffinée et fragile d'un fils de famille, mais exprimait plutôt la rudesse d'un homme qui a mal tourné, et cette note piquante rehaussait le tout en empêchant Senkitchi de ressembler à un vulgaire mannequin de devanture.

Cependant, Taéko s'était reprise, et elle put enfin s'exclamer :

« Eh... que se passe-t-il ? Mais, c'est que tu es très bien comme ça ! C'est épatant... franchement, je ne pouvais pas t'imaginer ainsi ! Quel démon es-tu donc ? »

Taéko avait l'impression de s'être « fait avoir », ce qui lui remit immédiatement en tête la tenue déplorable dans laquelle elle se trouvait. Ce misérabilisme des plus étudiés n'aurait donc eu pour seule fortune que de la faire paraître une fois de plus comique aux yeux de Senkitchi !

« Toi aussi, aujourd'hui, tu es très bien ! »

Le sentiment de victoire plein de malice qui se devinait derrière ces mots froissa passablement Taéko, mais, en même temps, dans le ton sur lequel ils étaient prononcés, s'entendait pour la première fois toute la gentillesse dont un homme peut entourer une femme.

« Allons, assieds-toi ! »

Taéko jusque-là était restée debout.

Une fois assise, elle prit conscience des regards des clients, cinq ou six personnes, qui convergeaient vers eux, mais, cette fois-ci, elle ne s'en formalisa pas. C'est qu'elle était fascinée par la beauté de Senkitchi, rayonnant dans ses magnifiques habits.

Quoi qu'on en dise, la femme bien élevée qu'était Taéko pouvait difficilement juger du charme d'un homme tant qu'elle ne le voyait pas en complet-veston, aussi était-elle vraiment convaincue, maintenant, de celui de Senkitchi. Non seulement la tenue de ville impeccable qu'il avait revêtue n'avait rien à voir avec l'élégance de cette jeunesse dorée qui laisse surtout deviner la quantité d'argent de poche qu'elle reçoit de ses parents, mais elle exerçait une séduction d'autant plus dangereuse qu'elle s'entourait de mystère.

« Je suis bien ennuyée. Ce soir, c'est moi qui suis habillée n'importe comment, on ne pourra aller nulle part comme ça. Peux-tu m'attendre, pendant que je rentre me changer ?

— Mais non, c'est très bien comme ça. Avec de l'assurance, on peut faire bonne figure n'importe où, tu ne crois pas ?

— Mais comment donc... naturellement ! » dit-elle en s'efforçant crânement de prendre un ton badin.

Mais, du coup, elle sentit monter en elle un brusque courage. Si elle se rendait, ainsi accoutrée, dans un night-club où elle était connue, le gérant écarquillerait peut-être les yeux, mais il ne manquerait pas de voir là une lubie sans doute explicable. Par ailleurs, avait-on jamais vu une femme se faire interdire l'entrée d'un endroit quelconque, à moins, bien sûr, qu'elle ne porte des pantalons ! Il se pouvait même que certaines habituées du night-club, s'imaginant qu'une telle tenue était le dernier cri de la mode, se mettent à imiter Taéko !

Elle eut alors envie de s'amuser en prenant une revanche méritée sur Senkitchi :

« Ce soir, c'est toi qui fais ce que je veux ! »

Elle avait retrouvé toute son aisance.

12

Mais, à sa grande surprise, Senkitchi qui, entraîné dans un restaurant français des plus chics, s'était vu confier le soin de composer le menu se tira fort bien de cette épreuve.

« Mine de rien, il sait tout, l'odieux personnage ! »

Senkitchi, avec un parfait cynisme, lui donna cette explication qui la fit frémir :

« Eh bien, c'est que dans notre bar d'Ikébukuro, il y a beaucoup de clients étrangers. Alors, à force d'aller avec eux dans toutes sortes d'endroits, j'ai appris pas mal de choses. Il n'y a pas de quoi se vanter, vraiment ! »

Après le dîner, ils se rendirent dans un night-club qui donnait un spectacle de danse espagnole. Le danseur étoile, un homme presque chauve, leur fit entendre les claquements de talons d'un zapateado, brillamment interprété, en secouant le peu de cheveux qui lui restait sur la tête. Senkitchi observait la scène d'un air condescendant tout à fait déplaisant. De ce jeune homme si bien habillé, et qui se taisait avec une belle obstination, se dégageait maintenant une dignité physique plutôt sombre.

En le regardant à la dérobée, Taéko fut prise d'un soupçon. Cette fierté n'était-elle pas celle d'un gigolo ?

Les hommes au rang social élevé que fréquentait Taéko avaient évidemment la dignité convenable à leur situation, mais cette dignité était de celle qu'on acquiert péniblement une fois parvenu au seuil de la vieillesse, c'était une respectabilité sociale ou intellectuelle tout imprégnée de cette modestie ou de cet orgueil que donne un long et habile usage du monde, elle n'avait rien à voir avec cette arrogance dont témoignait Senkitchi, et qui venait uniquement de la chair. Dans le regard hautain que Senkitchi promenait sur le monde, on pouvait naturellement voir une sorte de bravade puérile, mais s'y manifestait aussi clairement le sentiment de mépris qu'entretiennent spontanément les animaux forts et beaux pour leurs congénères mal dégrossis. Un tel regard, il va sans dire, est particulièrement peu apprécié des instances supérieures de la société.

« Lorsque nous serons devenus plus intimes, il faudra que je le lui dise ! »

Cette idée traversa l'esprit de Taéko, qui s'étonna elle-même de cette préoccupation pédagogique pour le moins prématurée.

Taéko, qui avait pris un Cointreau, poussa Senkitchi à boire de la tequila.

Les Mexicains avalent cet alcool d'un trait, en léchant le sel et la lamelle de citron qu'on a déposés entre le pouce et l'index de la main gauche bien serrée. Taéko, voulant lui enseigner cette coutume, s'efforça de plier les doigts vigoureux de Senkitchi, mais, par jeu, celui-ci fit exprès d'être plus maladroit qu'un bébé. Résistant à la tendre et délicate pression de Taéko, il évitait de fermer le poing en redressant subitement son index. Tandis qu'ils entrelaçaient ainsi leurs doigts, Taéko sentit, au plus profond d'elle-même, comme l'écho d'un lointain grondement de tonnerre.

C'était un même alcool transparent qu'ils buvaient tous deux. Apparemment, c'était vraiment le même alcool, une même eau distillée, mais la tequila était de feu et le Cointreau de miel.

« Alors, tu aimes la tequila ?

— C'est bon, répondit Senkitchi en léchant l'articulation de ses doigts toute couverte de sel.

— Tu as déjà bu du Cointreau ?

— Non ! »

Dans les bars de troisième catégorie, personne ne commande ce genre d'alcool, et le barman n'a aucune raison particulière d'en faire l'essai. Mais Taéko avait envie des lèvres de Senkitchi, aussi lui donna-t-elle son verre pour lui faire boire un peu de son Cointreau.

« Peuh ! Ça sent le médicament, c'est beaucoup trop doux, non, ça ne me convient pas du tout, cette boisson !

— Ce n'est vraiment pas la peine de faire cette tête-là ! Ce qui te manque, justement, c'est un peu de douceur, et tu aurais bien besoin qu'on t'en procure un peu ! »

Le spectacle avait pris fin, et ils se levèrent pour danser. En s'approchant de la piste devant la scène, Taéko fut prise d'inquiétude en pensant à son pull à col roulé, mais elle s'évertua à s'imaginer dans la peau d'une poétesse originale et excentrique. Qu'y avait-il de mal à porter un pull ? N'avait-elle pas entendu dire que Greta Garbo en personne allait où bon lui semblait en tricot gris, et sans aucun scrupule ?

Taéko dansait dans les bras de Senkitchi pour la première fois.

Quand elle dansait, elle détestait par-dessus tout l'impression d'être enfermée dans une serre tiède, de se retrouver enveloppée dans du coton. Mais, en dansant enlacée par Senkitchi, il lui sembla être prise dans un pressoir en bois, antique et solide instrument paysan. Bien loin d'une sensation de douceur, c'était comme si se transmettait à elle, de la façon la plus crue, quelque chose comme de l'agressivité, du mépris, sans la moindre trace d'une adoration galante des femmes. Les cuisses dures et musclées de Senkitchi se plaquaient cruellement contre les cuisses douces et tendres de Taéko.

Elle lui murmura à l'oreille de la serrer plus fort encore. Et Senkitchi resserra son étreinte. Elle se rapprochait, puis s'écartait, s'écartait puis se rapprochait des joues brûlantes de cet homme... ivresse lumineuse où ils étaient tous deux allongés dans une riche prairie d'été, et Senkitchi arrachait un brin d'herbe pour chatouiller doucement la joue de Taéko. La piste de danse, dans ce night-club obscur, devenait soudain un vaste pré sous le soleil d'été, l'herbe était chaude, et le corps de Senkitchi, enveloppé dans son costume anglais, exhalait le parfum des plantes en plein midi...

Ce n'était pas le désert.

Non, ils étaient vraiment à mille lieues du désert !

Taéko commença à trouver un peu ridicule une telle sensation de bonheur, et voulut l'attribuer à l'ivresse. Mais, jusqu'alors, il avait été bien rare que l'ivresse l'eût rendue heureuse. Et, pour une fois, cette sensation était parfaitement claire. Comme sur un échiquier, on apercevait toutes les cases sans qu'aucun élément ne restât dans l'ombre.

Elle voulut voir son bonheur de beaucoup plus près encore et retira ses mains des bras de Senkitchi pour saisir le visage du garçon.

« C'est son visage, là, au creux de mes mains. C'est bien vrai, c'est son visage ! »

Senkitchi, sans esquisser le moindre sourire, et avec un sérieux atroce, laissait tomber sur Taéko un regard ténébreux et splendide. Alors, elle, comme une aveugle, chercha sa lèvre inférieure qu'elle caressa tout du long. La lèvre céda sous ses doigts, laissant entrevoir les dents blanches d'un chien de chasse.

Et pour la première fois de sa vie, ce fut elle qui se mit à dire, trois ou quatre fois : « Je t'aime, je t'aime, je t'aime... »

13

Taéko remarqua un vieux monsieur qui dansait avec une entraîneuse en robe blanche et qui regardait fréquemment de leur côté. Il arrivait tout juste au menton de sa partenaire. Le style de ses vêtements occidentaux était tout à fait démodé et sa façon de danser restait dans le plus pur classicisme anglais... Sur son visage comme sculpté dans le bois s'épanouissait un sourire lui-même sculptural : du bout des doigts, il adressa un petit salut à Taéko. C'était l'ornithologue, le célèbre ex-marquis.

A la seule vue de ce salut, les pas de Taéko commencèrent à s'empêtrer. Pressant Senkitchi, elle retourna s'asseoir. L'ex-marquis et son entraîneuse en firent autant, et Taéko s'aperçut alors que sa chaise était juste derrière celle du marquis. Elle qui, il y a un instant à peine, n'entendait absolument rien de la conversation voisine, en saisissait maintenant jusqu'aux moindres détails. Il s'agissait d'une vulgaire partie de plaisir qui réunissait des gentlemen parvenus sentant encore leur campagne, et Taéko était en train de se demander pourquoi ce vieillard retiré du monde, l'ex-marquis ornithologue, y avait été convié, quand elle finit par comprendre que la nouvelle gloire du pays natal du marquis invitait ce soir-là son ancien seigneur.

« Eh bien, maître, vous n'avez rien perdu de

vos talents d'autrefois ! Par rapport à nous, quel danseur vous faites, quelle distinction, quelle élégance ! Eh, les filles, vous ne connaissez plus que le joue à joue, alors, sûr que vous resteriez sur votre faim, mais regardez un peu, ça, c'est de la vraie danse ! Prenez-en de la graine !

— Ce monsieur... vous avez bien dit " maître " ? était professeur de danse avant ?

— Maître ! Non, mais vraiment ! Quelle ignorance ! Les filles d'aujourd'hui sont complètement ignares ! Autrefois, rien que pour ça, on lui aurait fait couper la tête, non ?

— Oh, non, non, alors, une si jolie tête, cela ne se fait pas couper comme ça ! Je la ferai plutôt empailler pour la ranger à côté de mes spécimens d'oiseaux du paradis, cela serait plus joli à voir, je crois ! »

A entendre ainsi le vieux marquis s'efforcer de faire front par une aussi sordide plaisanterie, Taéko se sentit horrifiée. Mais le pire était que, ébranlée dans la sensation de bonheur qu'elle venait tout juste d'éprouver grâce à Senkitchi, un certain découragement la gagnait.

Il ne semblait pas croyable que ces beaux parvenus fussent d'anciens samouraïs. On devinait chez eux les descendants d'une classe qui n'avait pu autrefois approcher le daïmio. Là, d'ailleurs, n'était pas la question, et il fallait s'interroger plutôt sur les raisons qui poussaient ces gens à se donner tant de mal pour se moquer ainsi de leur ancien seigneur. S'agissait-il, par exemple, de se soulager une fois pour toutes d'un ressentiment de classe accumulé de père en fils au cours des générations ? Le vieux marquis en avait-il conscience ou non ? L'état d'esprit qui le poussait à entrer dans leur jeu pour le seul plaisir de jouer au bouffon restait en tout cas mystérieux... Ou bien peut-être que, ayant perdu depuis longtemps toute fierté de classe, il était tout simplement heureux de venir gratuitement dans un de ces night-clubs luxueux où il n'avait jamais eu encore l'occasion d'aller.

Taéko jeta furtivement un coup d'œil sur le profil de Senkitchi qui regardait ailleurs. Elle s'imagina qu'au fond de ces yeux noirs bouillait pour elle le plus grand mépris. Et, comparée à ce mépris, combien paraissait ingénue et innocente de tout crime la façon dont ces parvenus campagnards se jouaient de leur ancien maître ! Cet amour-propre que Taéko croyait avoir joyeusement extirpé de son cœur il y avait déjà bien longtemps, voilà qu'il se remettait maintenant à la faire souffrir, sous l'influence, du moins se le demandait-elle, de cet ex-marquis rencontré par hasard dans un endroit inattendu. Tout en reconnaissant quelque part en elle-même qu'il s'agissait là d'un véritable délire de persécution, elle supputait ainsi les pensées secrètes de Senkitchi :

« Quoi ! Cette vieille folle ! Dès qu'on gratte un peu le vernis, ce n'est qu'une nymphomane, et pourtant, attention, quelle fierté ! Et allez-y que je te flatte, que je te ménage, mais en réalité, elle n'a pas d'autre idée en tête que de faire de moi un instrument sexuel ! Et, tenez donc, avec ses faux airs modestes, eh bien, son visage déjà plein de petites rides est tout bouffi de vanité ! Non mais, regardez-la ! Il ne va pas falloir beaucoup de temps avant qu'elle jette aux orties son orgueil, et tout le reste, et qu'elle se retrouve agrippée à mes jambes velues, tout en larmes... »

C'est ainsi que Taéko, en prêtant arbitrairement à son partenaire les pires pensées, ranimait ses ardeurs combatives.

« Si c'est ce que tu penses, eh bien, je suis loin de m'avouer vaincue ! Juste une nuit, pour un billet de cinq mille yens, et hop, du balai ! »

Et pourtant la beauté du visage de Senkitchi avait quelque chose d'extraordinaire. Une exquise douceur affleurait sous la virilité des traits, orgueil et solitude se superposaient sur ce profil dont Taéko déjà, fût-ce pour un instant, ne pouvait plus détacher les yeux. Pour cacher ses envies belliqueuses, elle se composa un masque de lassitude :

« Si nous dansions ? » proposa-t-elle langoureusement en se levant.

14

Ils sortirent du night-club, et là, dans les bourrasques du vent nocturne, en attendant le taxi que le portier était allé chercher, rapprochés par le froid, ils échangèrent ces quelques mots discrets :

« Alors, d'accord ? »

Taéko répondit par un signe de tête silencieux.

Elle était heureuse que ce fût Senkitchi qui ait parlé le premier. Puis Senkitchi reprit :

« Où ? »

Taéko hésitait à emmener dans son appartement un jeune homme dont elle ne savait rien. Mais, vite, pour ne pas risquer de dévoiler ses craintes, elle répondit :

« A Shibuya ! »

Suzuko Kawamoto utilisait souvent les services d'un hôtel de ce quartier et l'avait recommandé depuis longtemps à Taéko qui n'y était jamais encore allée. Dire qu'elle n'y était « jamais allée » serait un mensonge, car elle s'y était rendue en visite deux ou trois fois lorsqu'elle était enfant. Ce bâtiment avait servi avant-guerre de résidence à la branche cadette d'une famille de gros industriels. On l'avait transformé depuis pour en faire un hôtel privé que fréquentaient, disait-on, des gens que leur profession exposait particulièrement aux regards d'autrui, comme des acteurs ou des actrices de cinéma.

... Le taxi avait dépassé la gare de Shibuya, quand Taéko se mit à parler :

« Je ne me souviens plus très bien ! Est-ce que je vais pouvoir trouver ?

— Ce n'est pas la peine de jouer les ingénues avec moi !

— Non, mais écoutez-le ! Il est odieux ! Comme si c'était pour moi un chemin familier ! »

Taéko pensa un instant lui dire que c'était une maison où elle était venue quand elle était enfant, mais elle n'en fit rien, de peur de lui révéler sa naissance.

Elle n'avait pas un très grand sens de l'orientation, et on était en pleine nuit. Ce fut donc un vrai miracle si, après avoir fait tourner et retourner le taxi tout autour du quartier Kamiyamatchô, ils trouvèrent enfin l'hôtel en question. Il n'y avait d'ailleurs aucune enseigne lumineuse, et seule une plaque de cuivre où était gravé en petits caractères le nom du club signalait l'endroit. La voiture s'arrêta, et, lorsqu'ils en descendirent, la vision nocturne de cette vieille et belle demeure occidentale, qu'agrémentait une petite esplanade recouverte de gravier, replongea soudain Taéko dans ses souvenirs d'enfance.

Oui, il y avait bien longtemps, elle était venue là. La voiture passait sous le porche, et sa mère en descendait pour rejoindre l'entrée en conduisant par la main la petite Taéko. Pourquoi venaient-elles ici ? N'était-ce pas pour se procurer de l'argent à un moment où la maison Asano montrait déjà les premiers signes de son déclin ? La mère de Taéko n'aurait-elle emmené sa fille dans un tel endroit qu'afin de cacher son embarras ? Lorsque les conversations sérieuses commençaient, Taéko était tout de suite entraînée hors du salon et conduite à la salle de jeux pour s'amuser avec les enfants de la maison.

Taéko prit le bras de Senkitchi et, tout en marchant dans l'allée, elle eut soudain l'illusion d'être revenue dans le passé. Un passé froid, plein de conventions, sombre, mais splendide.

Les fenêtres de la grande bâtisse s'éclairaient de faibles lumières suggestives, le balcon au-dessus du seuil était entouré d'une balustrade en fonte, et Taéko eut le sentiment qu'ils étaient tous là, son père et sa mère encore jeunes, son ancien mari adolescent, ses cousins aux visages maladifs, et leurs nombreux parents, entourés de serviteurs discrets qui ne leur adressaient la parole que révérencieusement. Dîners quotidiens, recueillis et cérémonieux :

« Taé, voudriez-vous me passer le sel... oui, là, je suis vraiment confuse !

— Et comment s'est passée cette journée d'école ?

— Mortellement ennuyeuse comme toujours...

— Oh, mais voyons, Taé, vous ne devez pas vous exprimer comme un garçon ! »

Brusquement, Taéko fut submergée par une joie merveilleuse. Forçant les portes de ce passé, elle allait pouvoir ce soir même le réduire en miettes. Ah, quel blasphème ! Taéko, avec son pull à col roulé et sa jupe bon marché, pendue au bras d'un jeune gigolo, allait violer le seuil de cette demeure de ses pieds tout crottés.

« Quoi ! Qu'est-ce que c'est ? Mais c'est une maison hantée ! »

Le cri joyeux de Senkitchi stimula encore davantage la joie de Taéko.

« C'est horrible ! Il y a des mégots par terre et les massifs sont poussiéreux. On ne doit pas souvent s'occuper du jardin, ici !

— Tout à fait pour nous, en somme ! » dit gaiement Senkitchi qui ignorait tout.

... Taéko sonna, et une servante qui avait l'air d'une femme de ménage apparut. Quand Taéko lui eut expliqué qu'elle venait de la part de

Suzuko, ils furent immédiatement conduits dans une chambre au deuxième étage. La pièce occidentale de superficie moyenne qui leur apparut quand on eut allumé la lumière brisa les rêves de Taéko. Les rideaux, les meubles, tout jurait avec le genre de la maison. Ce n'était qu'un ensemble d'objets bon marché de style américain, et il y avait même, tout brillant dans un coin, un bloc-cuisine en inox.

« Par ici... la salle de bains ! » dit la femme en leur montrant avec fierté une baignoire carrelée de la taille d'une poubelle. Les carreaux formaient un damier rose et blanc.

15

Mis à part les mérites divers des hommes qu'elle fréquentait, on peut dire que cette situation n'avait rien de bien extraordinaire pour Taéko. Comme elle craignait avant tout d'avoir un enfant, elle devait avertir ses partenaires de prendre les précautions nécessaires, mais le moment de le faire était vraiment délicat, et même de plus en plus délicat, plus on y réfléchissait. Cette situation avait fini par l'ennuyer, et elle avait pris l'habitude de donner prosaïquement ses instructions le plus vite possible. Or la réaction de Senkitchi fut pour le moins inattendue :

« Eh bien, je n'en ai pas ! »

Une légère colère poussa alors Taéko à dire une chose qu'elle aurait mieux fait de taire :

« Ça alors ! On ne peut plus se fier aux apparences, tu n'es qu'un amateur ! »

Senkitchi resta un instant silencieux, mais Taéko flaira aussitôt l'horrible danger que cachait ce mutisme. Aussi s'arma-t-elle de courage pour passer vulgairement à la suite et en finir au plus vite :

« Tiens, voilà, prends ça ! »

Senkitchi, sans se presser, alla ramasser ce que Taéko avait sorti de son sac à main et jeté brutalement sur le lit.

« Tu avais tout prévu ! Quelle surprise ! Une vraie fille à G. I. ! »

Ainsi, depuis le début, travaillèrent-ils tous les deux à se blesser mutuellement. Mais le cœur humain est si complexe que, plus ils se faisaient de mal, plus, c'était certain, leurs cœurs se rapprochaient. Chacun de ces échanges, qui frôlaient le pire, inspirait à Taéko un peu de peur, de colère, de dégoût. Mais elle pouvait sentir aussi, au fond de leurs paroles, couler un flot de tendresse que rien ni personne n'aurait su contrarier.

Et ces répliques grossières, tels les flonflons d'une musique populaire, lui donnaient même un coup de fouet, lui procuraient une excitation vaguement passionnée.

Le souvenir d'avoir été prise pour une prostituée devant le patchinko lui revint en mémoire et l'enivra : à l'instant précis où elle achetait un homme, elle s'imaginait en fille de joie !

Ils se déshabillèrent en se lançant des regards furieux.

Taéko observait. Quelle n'eût pas été sa désillusion si, pour se déshabiller, Senkitchi avait précautionneusement suspendu sur un portemanteau son bel et unique costume, s'il avait religieusement enlevé chaque pièce de son élégante tenue de sortie ! Mais, par bonheur, avec des gestes d'une virilité presque idéale, il envoya promener sa cravate, jeta ses chaussettes par terre, et posa sans façon sa veste et son pantalon sur le dos d'une chaise.

Il était nu. Sa peau bronzée était jeune et pure, les muscles saillaient, doucement arrondis. Il était mille fois plus beau qu'habillé.

Taéko, toujours debout, se laissa étreindre par le corps nu de Senkitchi. La main froide et sèche du jeune homme fit glisser la bretelle de la combinaison. Et Taéko sentit un plaisir terrifiant l'envahir, comme si tout son corps était pris de frissons.

« Ne dis rien ! Surtout, ne dis rien ! » implora Taéko en posant une main sur la bouche de Senkitchi.

Avec le caractère qu'il avait, ce n'était sans doute pas à craindre, mais Taéko, en l'occurrence, n'aurait pu supporter la moindre flatterie un peu trop appuyée.

La main rugueuse de Senkitchi se mit à la caresser en descendant vers les reins. Elle voulut un baiser et, l'obtenant, elle se répéta au fond d'elle-même comme une incantation :

« Cet homme est souillé ! Cet homme est souillé ! »

Mais plus elle se répétait ces paroles, plus la peau du jeune homme devenait pure, plus elle avait le sentiment de n'avoir jamais encore rencontré un homme d'une aussi grande pureté.

Enlacés, ils tombèrent sur le lit.

... Ce qui arriva ensuite fut d'une rare délicatesse : aucun jeune homme, si bien élevé fût-il, n'était de force à rivaliser avec Senkitchi, car de toute sa personne se dégageait la grâce unique de la chair. Au début, elle voulut garder son sang-froid, et renoua avec sa vieille habitude de toujours comparer avec ses expériences passées, mais bientôt ces comparaisons furent oubliées, et vint même l'instant décisif et soudain où toute comparaison ne fut plus possible.

16

« Tu as quel âge déjà ? » demanda Taéko, dans un de ces moments de détente qui font penser aux eaux calmes d'un lac.

« Vingt et un ans.
— Pardon ? Vingt et un ans ? C'est impossible ! Quel prodige !
— Eh... »

Senkitchi, satisfait de lui-même, faisait de beaux ronds de fumée avec sa cigarette.

« Dis...
— Oui ?

— Dis-moi, quelle est la chose qui te ferait le plus plaisir au monde ? »

Senkitchi, fronçant ses épais sourcils avec application, lui répondit en scrutant le plafond :

« De l'argent !

— Bon, alors, une autre question. Qu'est-ce que tu aimerais vraiment devenir ?

— Riche. »

Le rire de Taéko résonna dans la pénombre.

« C'est très romantique ! »

Senkitchi parut réfléchir un instant, mais on voyait bien à son air enfantin et sérieux qu'il ne parvenait pas à comprendre. Le ton qu'il prit pour répliquer restait pourtant empreint de dignité :

« Qu'est-ce que tu veux dire ?

— Eh bien, penser que, dans le monde, seul l'argent compte, c'est une idée romantique !

— Il n'y a que les riches pour pouvoir dire une chose pareille !

— Non, pas du tout... mais cela ne vaut pas la peine de discuter... »

Senkitchi réfléchit encore un peu, puis, se retournant vers elle, l'embrassa doucement. Comme un enfant qui réclame une friandise, il mendiait maintenant des explications.

« Bon, je te pose encore une question. N'as-tu jamais pensé à étudier, à réussir, à devenir quelqu'un, comme on dit, à parler avec insolence aux gens, en dehors des liens de la chair, bref, est-ce que tu n'as jamais voulu être un de ces heureux bourgeois comme il y en a tant ?

Ou bien est-ce que tu as abandonné la partie dès le départ ?

— C'est un sermon ? Tu veux me ramener dans le droit chemin ?

— Ne joue pas à l'enfant gâté mûr pour la maison de redressement ! Tu n'es plus un adolescent !

— Aïe ! Aïe !

— L'argent, c'est bien, mais l'argent seul, c'est ennuyeux. Deviens donc un homme ordinaire qui ne vit que pour l'argent. Allez, je vous en prie, jeune homme !

— Alors moi, en fait, je ne serais pas quelqu'un d'ordinaire ?

— Les gens comme toi sont des poètes !

— Ça, par exemple ! C'est la première fois qu'on me dit ça. Moi, un poète ?! Incroyable !

— Mais oui, un poète. Tu as un beau visage, tu es bien fait, tu aimes l'amour, tu rêves d'être riche, et en plus tu t'efforces de te croire un homme, un vrai. Alors ? J'ai bien deviné, non ? Voilà la vie d'un poète. Toutes les femmes seront contentes de toi.

— Eh bien, sois contente, toi aussi !

— Tu as raison ! »

Et ils se turent.

17

Ce fut le matin... Taéko ouvrit les rideaux, et, dans la beauté du soleil d'hiver qui emplissait la chambre, elle eut peur de se trouver laide et se précipita devant le miroir de la coiffeuse. Senkitchi dormait encore profondément.

Un coup d'œil dans la glace lui suffit, et elle s'émerveilla de voir sa peau si belle ce matin-là. Elle avait retrouvé ses dix-huit ans.

Malgré le manque de sommeil, son regard était vif, et s'illusionnait-elle à moitié? les poches sous les yeux semblaient avoir disparu en une nuit. Il eût été presque dommage de mettre quelque chose sur une peau aussi ravissante. Elle prit un bain avant que Senkitchi ne se lève, et, comme il lui restait du temps, elle finit par se maquiller.

Senkitchi ne se réveillait toujours pas. Taéko n'était pas particulièrement pressée — il lui suffisait d'être à onze heures à sa boutique —, mais elle aurait bien aimé bavarder un peu avec le jeune homme. Décidée à le réveiller d'un baiser, elle contempla son visage endormi.

Ce visage, avec ses longs cils et sa bouche légèrement entrouverte, avait quelque chose d'enfantin qui surprenait. Se savoir ainsi découvert eût sans doute déplu à Senkitchi, mais, continuant à l'observer, Taéko se demanda comment il était possible qu'un tel enfant, en une nuit, ait pu acquérir sur elle un aussi grand pouvoir de domination.

Afin de mieux s'imprégner encore de ce visage, elle entrouvrit impitoyablement les rideaux, si bien que le soleil du matin tomba droit sur Senkitchi. Une légère grimace vint troubler ses traits, ses sourcils se plissèrent sous les rayons aveuglants, mais le visage, avec l'éclat lustré de sa peau juvénile, se mit à briller dans la lumière comme une sculpture d'or.

Taéko l'embrassa avec force en lui enfonçant la tête dans l'oreiller. Il cligna des yeux un moment, puis lui lança un regard furieux en disant :

« Arrête ! J'ai sommeil. »

... Ils partirent enfin :

« Allez, paye la chambre toi-même. Il n'est pas convenable que ce soit une femme qui le fasse. »

Et elle lui tendit un portefeuille contenant trente mille yens.

« Bon... »

Senkitchi, sans la moindre gêne, sonna la femme de chambre, prit la note et paya. La servante disparue, il lança le portefeuille à Taéko.

Taéko l'attrapa par un bout et l'agita en l'air.

« Tu ne prends pas le reste ? C'est pour toi, je te donne tout !

— Non, je n'en veux pas ! »

Le refus de Senkitchi était des plus nets.

« Pourquoi ?

— Pour moi aussi, c'était bien.

— Si tu n'en veux pas, tu perds de ton charme, vois-tu !

— Tu es agaçante ! »

Et pour la première fois Taéko vit le visage de Senkitchi exprimer la colère. Cette vision la combla.

« Faisons un marché. J'aimerais t'acheter quelque chose avec cet argent. Cela t'intéresse ?

— Je ne suis pas à vendre !

— Mais je n'ai aucune envie de t'acheter, même si tu me le demandais ! Je veux simplement ton adresse, ton numéro de téléphone et la date de ton prochain jour de congé. Ne pourrais-tu pas me les vendre ?

— Bon, d'accord, je vends ! »

Senkitchi vendit ainsi ce qu'on lui demandait et reçut la somme de vingt-cinq mille yens.

18

Taéko, qui avait prétexté une maladie subite pour ne pas aller à la dernière réunion du Comité Toshima, attendait celle du mois de mars en comptant les jours sur ses doigts. Il fallait languir jusqu'au 26.

Elle devait coûte que coûte s'ouvrir à quelqu'un de son nouvel amour, mais, à part ses deux fidèles amies, elle ne trouvait personne à qui parler. Cette situation lui fit profondément ressentir sa solitude.

Beaucoup de gens se proclamaient ses amis intimes. Quelques-uns même ne cessaient de lui répéter à longueur de temps qu'ils seraient, eux, toujours de son côté. Mais, si elle s'était laissée aller à leur faire confiance, si elle avait parlé selon son cœur, il n'eût pas fallu vingt-quatre heures pour que les commérages se répandent aux quatre coins de la ville.

« Cette fois, Taéko est allée trop loin. Elle s'est amourachée du barman d'un club pour travestis ! Jusqu'ici, nous étions amies, mais, non, décidément, elle est tombée trop bas, ce n'est plus possible. On nous prendrait nous aussi pour des moins que rien. »

Taéko ne se faisait aucune illusion et jouait son personnage sans jamais se confier aux autres. En temps normal, elle se réjouissait plutôt de l'hypocrisie vénéneuse des gens du monde, mais, amoureuse maintenant de Senkitchi, elle étouffait dans son rôle au point de défaillir.

« C'est très dangereux... J'ai commencé à haïr le mensonge. Comment est-ce possible ? Je sens que je ne peux plus supporter de mentir ! »

Taéko gagnait sa vie uniquement grâce au mensonge, un mensonge à cent pour cent, pouvait-on dire, et c'est sur le mensonge que reposait son existence tout entière. Aussi était-il évident que sa vie serait bouleversée de fond en comble si elle en venait à détester l'art de feindre.

La mode de printemps cette année-là était aux silhouettes longues et fines, aux gros motifs, aux belles ampleurs, aux jupes évasées, et ces détails, ces inventions — Taéko était bien placée pour le savoir — n'étaient que de la poudre aux yeux. En tant que créatrice de haute couture, elle en avait parfaitement conscience. Tout cela n'était que pur mensonge, mais on ne pouvait gagner de l'argent que grâce au mensonge. Personne, en effet, n'aurait l'idée de payer pour acheter une vérité.

Le jour J arriva. Les trois amies devaient se retrouver une fois de plus à Roppongui, mais avaient choisi ce soir-là un « steak-house » tenu par des Occidentaux et nommé « Speak Easy ». Ce restaurant était construit à la manière des débits de boisson clandestins du temps de la prohibition à Chicago, et un judas dans la porte d'entrée permettait de contrôler l'identité des clients.

Comme il fallait concilier leurs emplois du temps respectifs, le rendez-vous avait été fixé à neuf heures. Taéko, qui, par un fait exprès, n'avait rien d'autre de prévu, en fut fort contrariée, allant jusqu'à s'imaginer que les dieux eux-mêmes s'étaient ligués contre elle pour la faire griller d'impatience jusqu'au dernier moment.

Elle décida alors de rentrer chez elle, et de prendre tout son temps pour se changer.

Elle habitait un immeuble situé sur une hauteur, non loin de sa boutique, à Ninohashi, et sa vie de célibataire dans cet appartement au sixième étage était un modèle de parfaite indépendance. Elle n'avait, bien sûr, ni chien, ni chat, ni aucun autre animal, sinon elle-même, ce qui l'occupait déjà beaucoup. Naturellement, il lui était déjà souvent arrivé de rentrer chez elle avec un de ses amants, pour peu qu'il eût des bonnes manières, mais elle n'aurait jamais toléré qu'un homme pantouflât dans son appartement, ni s'y installât en maître.

Les nuits qu'elle passait seule n'étaient pas toujours semblables. Lorsqu'elle venait de tomber amoureuse, la solitude se faisait joyeuse, agréable. Mais, trait de caractère qui dénotait chez elle une certaine froideur, l'euphorie, le plaisir de ces heures solitaires ne venaient pas du fait qu'elle les passait à rêver de celui qu'elle aimait ; non, c'était un bonheur tout à fait irréel et limpide, celui que lui procurait la satisfaction de se savoir riche, belle et entourée d'hommes. Dans ces nuits-là, elle pouvait lire de nombreux livres, se débarrassait le plus facilement du monde du courrier en retard, trouvait agréable d'écouter des disques sans personne à ses côtés, et sa joie d'être seule était des plus pures.

La même solitude, quand Taéko n'était pas amoureuse, se révélait effroyablement triste. La valeur même de sa vie de célibataire devenait fluctuante avec des hauts et des bas. Son humeur, qui s'élevait par moments à des hauteurs folles, lui faisait croire un instant plus tard que rien n'avait vraiment d'importance. Bref, la solitude devenait un combat de tous les instants.

Ce soir du 26 mars, inutile de le dire, était pour Taéko un soir de solitude heureuse. Il ne lui était même pas nécessaire de repenser à Senkitchi : la joie intense qu'elle ressentait à se retrouver seule était la meilleure preuve de l'existence du jeune homme.

Taéko méprisait ces chambres d'artistes que leurs habitants veulent toujours décorer de mille curiosités. Un beau tapis de T'ien-tsin hérité de son père recouvrait le sol de son salon, et deux ou trois objets, pas plus, y étaient mis en valeur. Une Vénus d'environ un mètre taillée dans un marbre couleur d'ambre, rapportée également par son père d'un voyage en Europe, un cerf décoratif en bronze d'un travail d'une extrême délicatesse, ou encore un tableau, et un seul, signé de Kuroda Seiki : tout, dans cette pièce, était calculé pour l'unique plaisir des connaisseurs.

Après avoir pris un bain, Taéko fit dix minutes de gymnastique, puis s'habilla sans hâte devant la grande glace de sa chambre. Pas de mari pour la presser, pas de travail non plus à finir dans la soirée, rien ni personne ne l'empêchait de prendre tout son temps pour se maquiller, se changer.

Elle réfléchit longuement à ce qu'elle allait mettre, et se décida finalement pour un tailleur Nehru en soie sauvage dont les nœuds faisaient ressortir la couleur verte comme des éclats de jade. Nehru, cet admirable Premier ministre à qui le monde de la mode avait emprunté le nom sans autorisation ! Puis elle orna le col de son tailleur d'un tour de cou de même tissu.

Elle essaya plusieurs chapeaux et choisit en fin de compte une toque bleu-noir qui ferait parfaitement l'affaire avec ses gants de même couleur. Comme chaussures, elle prit des souliers italiens en veau qui avaient les motifs tachetés d'un bois de teck : ils allaient avec un de ses sacs à main.

... Quand Taéko se sentit enfin satisfaite de sa tenue, il était déjà neuf heures moins cinq !

19

« Bonjour ! Eh bien, on ne t'a pas vue depuis une éternité, et en plus tu arrives en retard ! Mais, ma parole, tu as rajeuni pendant ces deux mois ! On te donnerait dix-huit ans. Tu ne fais pas plus de vingt ans, en tout cas... »

Taéko avait à peine franchi le seuil du « Speak Easy » que Suzuko s'était mise à la taquiner. Nobuko, elle, se taisait, en laissant une cigarette se consumer entre ses longs doigts. D'un regard en coin, elle avait épié l'arrivée de Taéko, comme s'il s'agissait pour elle d'un film de troisième ordre dont elle aurait eu à faire la critique.

Les trois amies avaient pris l'habitude de s'attarder à bavarder devant leurs apéritifs préférés. Suzuko buvait du Dubonnet, Taéko du porto, tandis que Nobuko sirotait virilement un Martini très sec.

Au début, elles s'en tinrent à des propos anodins sur leurs activités professionnelles.

« Moi, par exemple, pour mes critiques, je passe mon temps à voir des tas de films étrangers. Non seulement ça ne m'apporte rien, mais ce n'est même pas amusant. Parmi les spécialistes de films occidentaux, il n'y a pratiquement que des intellectuels entichés de littérature française. Tout cela n'est pas très folichon, sans compter que les sociétés de production étrangères sont d'une avarice ! Les jeunes premiers, j'en ai plus qu'assez de voir leurs têtes à l'écran, et les beaux garçons qu'on peut rencontrer dans la vie, ne m'en parlez pas, ils sont tous idiots ! Enfin, je me demande vraiment pourquoi les hommes qui ont un visage agréable sont tous aussi bêtes !

« L'autre jour, par exemple, comme je disais gentiment à un jeune : " Tu ressembles à Alain Delon ! ", il n'a pas hésité à me répondre : " Alain Delon ? Qu'est-ce qu'il fait dans la vie, celui-là ? S'il me ressemble autant que ça, tu ne voudrais pas me le présenter ? " Il faut pas mal de prétention pour dire une chose pareille, vous ne trouvez pas ? »

Taéko et Suzuko éclatèrent de rire toutes les deux en même temps, et se retinrent de laisser transparaître leur impression que cette histoire ne prouvait en rien la stupidité du garçon, mais montrait plutôt qu'il s'était bel et bien moqué de Nobuko. Il ne faisait presque aucun doute pour elles qu'il s'agissait du pianiste du piano-bar où elles étaient allées ensemble. C'était tout à fait le genre de propos dont il était capable.

Suzuko se mit à parler de son restaurant en leur expliquant que la seule chose qui l'ennuyait vraiment dans le fait de rester ouvert tard, c'était les clients d'âge moyen qui arrivaient dans la nuit en compagnie de filles de bars.

« J'ai remarqué que les hommes qui se font avoir par les femmes portent presque toujours des pantalons trop larges. Une époque comme la nôtre où la valeur d'un homme se mesure à la largeur de son pantalon, vous ne trouvez pas cela extraordinaire ?... Bon, mais passons... Figurez-vous que tout récemment j'ai eu une petite aventure avec Nobuo Kamiya... », poursuivit-elle en citant le nom de cette étoile montante du cinéma.

Suzuko aimait les gens connus. Elle s'en justifiait en expliquant que leur célébrité même était la meilleure garantie de la discrétion des liaisons qu'on nouait avec eux. Les gens célèbres sont toujours sur le qui-vive, aussi n'y a-t-il jamais de problèmes avec eux. En plus, comme leurs chances de trouver un partenaire sont des plus réduites, ils se jettent sur n'importe quelle proie.

Depuis qu'il avait entendu parler de ces photographes italiens qui s'en prennent traîtreusement aux stars de cinéma, Nobuo Kamiya inspectait les moindres recoins des chambres d'hôtel où il allait, cherchant même sous les lits. L'histoire amusa beaucoup Taéko et Nobuko. Ce héros des écrans était en fait peureux comme un lièvre et, quand il conduisait, il restait l'œil rivé au rétroviseur pour vérifier qu'on ne le suivait pas : un vrai danger public ! Il croyait que les reporters étaient doués de tous les pouvoirs, les imaginait sérieusement à l'affût dans le plafond, guettant à travers les cloisons, ou cachés sous le plancher. Avant que Suzuko ne puisse enfin se mettre au lit avec lui, avait lieu un examen en règle des lieux où ils se trouvaient. Il arrivait même que l'acteur prît le léger ronflement du ventilateur pour le bruit d'un magnétophone.

... Après ce récit, l'histoire de Taéko n'aurait sans doute pas eu beaucoup de succès.

Elle décida donc d'attendre qu'on ait commencé de dîner. Elle s'en remettrait alors aux questions que ses deux amies ne manqueraient pas de lui poser.

Assises à une table près du mur tendu de soie rouge, elles avaient commandé, qui une langouste grillée, qui un chateaubriand, et patientaient en grignotant des carottes crues, lorsque enfin le tour vint pour Taéko de raconter, d'un air contraint et forcé, ses aventures avec Senkitchi.

Mais, dans l'esprit de Taéko, le déroulement des événements n'était pas très net. Tout était encore trop nouveau, la fraîcheur de certaines impressions encore trop vive. Elle aurait voulu mettre un peu d'ordre dans son récit, mais elle ne savait pas par où commencer.

« Enfin, ce n'est pas un garçon ordinaire, et je crois que j'en suis tout à fait amoureuse ! »

Nobuko et Suzuko dévisagèrent alors Taéko avec inquiétude, comme si elle était tombée malade.

« Bon, mais le S ? demanda Suzuko en employant leur code secret.

— Je n'ai jamais rencontré d'homme aussi merveilleux !

— Ce n'est pas possible ! C'est un enfant, non ?

— Eh bien, il semble que ce soit le seul domaine où l'expérience ne compte pas ! »

Taéko ne savait vraiment pas comment décrire cet être qui alliait avec autant de perfection jeunesse et maturité.

Suzuko et Nobuko, ignorant complètement les assiettes qu'on venait de leur apporter, se mirent à harceler leur amie de toutes sortes de questions. Les autres tables étaient occupées par des étrangers. Il n'y avait donc pas lieu de se gêner.

Taéko, qui avait eu une telle envie de parler, était stupéfaite de voir que, le moment venu, aucune parole vraiment claire ne lui venait à la bouche. Il lui était désagréable de penser qu'elle donnait l'impression de se faire prier, et qu'elle montrait ainsi une certaine indifférence à l'égard de Suzuko et Nobuko. Solitude insupportable où elle ne désirait même plus se confier à ses meilleures amies, sa voix résonnait nettement, mais pour répéter seulement des explications dérisoires :

« De toute façon, il est vraiment bien ! Je n'ai jamais rencontré quelqu'un comme lui.

— Bon... mais lui, ce garçon, il est gentil avec toi ? »

Taéko fut stupéfaite de cette question à laquelle elle pensait pour la première fois.

Senkitchi s'était-il jamais montré gentil envers elle ?

20

« Ce garçon, il est gentil avec toi ? »

Cette question avait été posée le plus innocemment du monde par son amie, la critique de cinéma, mais c'est justement ce genre de paroles qui devait atteindre le plus cruellement son cœur.

Etait-ce bien de la gentillesse que Taéko recherchait chez Senkitchi ? On pouvait se le demander, mais plus elle réfléchissait, et moins la réponse était évidente. Au plus profond de son cœur, pourtant, il était certain qu'elle avait soif de tendresse.

Taéko ne savait pas elle-même quelle sorte de tendresse elle désirait, mais ce qu'on pouvait affirmer, c'est qu'elle se sentait presque rassurée que Senkitchi ne soit pas gentil, du moins au sens ordinaire du terme.

De là à dire qu'elle était satisfaite, non, ce n'était pas le cas. Voilà justement ce que la question de Nobuko venait de lui faire comprendre : jusque-là elle avait aimé Senkitchi pour sa froideur, mais elle se sentait subitement malheureuse d'aimer quelqu'un d'aussi froid.

Elle avait imaginé dans l'esprit de Senkitchi les calculs sordides d'un gigolo, ce qui l'avait mise à l'aise, ou plutôt, elle s'en était amusée, mais maintenant c'était une douleur qui lui perçait le cœur. Et tout cela à cause de la question anodine d'une amie !

Devant l'air sombre de Taéko, Suzuko et Nobuko se regardèrent sans bien comprendre. Et, contrairement à l'entrain qui marquait d'ordinaire leurs réunions, le repas commença dans un silence quasi total.

Suzuko luttait frileusement avec son formidable appétit. Sans y prendre garde, elle avait commandé un chateaubriand, et à la vue de ce morceau de viande qu'elle s'imaginait déjà grossir sa propre chair, elle faillit se sentir mal, mais elle se consola bien vite en se disant que la vraie cause de l'embonpoint était le sucre et qu'il lui suffirait de ne pas prendre de dessert.

Suzuko était de nature plutôt nonchalante, et, chez elle, ni l'amour ni l'appétit ne provenaient de désirs passionnés. Quoi qu'elle fasse, sa paresse même l'empêchait de se restreindre. Il lui était donc difficile de faire coexister amour et appétit et, tout en sachant cruellement que, si elle voulait être aimée des hommes, il lui fallait maigrir un peu, quand par hasard elle trouvait quelqu'un qui voulait bien l'aimer telle qu'elle était, elle baignait dans le bonheur parfait de son indolence.

Nobuko avalait goulûment son énorme langouste grillée au charbon de bois. Sa façon de manger avait vraiment quelque chose de fébrile. Elle rajoutait sans cesse un peu de sauce au beurre sur son crustacé, ou bien s'apprêtait à le faire, puis se ravisait au dernier moment. Et si elle piquait du bout de sa fourchette quelques feuilles de cresson, c'était pour rester soudain toute songeuse. Bref, sa façon de manger était celle d'une intellectuelle. Son corps sec solidement campé sur sa chaise, elle balayait sans discontinuer de son regard critique toutes les tables environnantes, mais son assiette ne s'en vidait pas moins sans qu'on s'en aperçoive. Esclave de sa curiosité, elle feignait la lassitude et, avec l'air blasé de quelqu'un qui pense qu'il n'y a plus rien d'intéressant de nos jours, elle avait des antennes particulières pour flairer la moindre histoire d'amour.

« Il est là ! Il est là ! dit Nobuko à Suzuko en lui faisant signe des yeux.

— S'il pensait qu'en venant ici, on ne le verrait pas... Quel écervelé ! Le pauvre, faisons semblant de ne pas le voir ! »

Suzuko leva les yeux et aperçut un couple qui s'apprêtait à occuper la table voisine, lui, acteur de cinéma bien connu et déjà marié, elle, chanteuse de chansons populaires françaises. Leurs frasques défrayaient actuellement la chronique. L'homme portait une chemise à col montant avec une cravate toute mince, et la femme avait un maquillage très pâle rappelant les spectres du peintre Maruyama Okyo. Ses longs cheveux lui descendaient jusqu'au milieu du visage.

« Eh bien, lorsqu'elle mange, elle doit tremper directement ses cheveux dans sa soupe ! » s'exclama Suzuko en se mêlant de ce qui ne la regardait pas.

L'homme prit conscience de la présence de Nobuko au moment où il allait s'asseoir et, meilleur acteur que celle-ci, il se redressa aussitôt pour venir la saluer.

« Ah ! Il y a longtemps qu'on ne s'était pas vus, Nobuko !

— Ah, oui ? Comme le temps passe ! Et vous, comment allez-vous ? lui répondit-elle d'un air détaché tout en restant assise.

— En ce moment, je suis dans les griffes de Ségui, et vraiment, ces personnages de don Juan qu'il cultive dans ses films, ça me dépasse !

— Mais vous, qu'est-ce que vous cultivez, au juste ?

— Ah, vous êtes dure ! Des navets, non ? »

A ces mots, Taéko se mit à rire, soudain détendue.

Ces grands gestes professionnels de star de cinéma, ces larges mouvements des mains, ces yeux exorbités... et surtout, cette rigidité, cette coquetterie dans la moindre attitude que donnait à cet homme la conscience de ne pas être un comédien quelconque, mais un jeune premier, tout le faisait ressembler à une poupée articulée en beaux habits occidentaux.

Cette petite scène parvint en tout cas — oh, miracle ! — à dissiper l'atmosphère malsaine qui stagnait au-dessus des Beautés Toshima, pour la remplacer par des bouffées d'air pur dont l'influence rafraîchissante persista longtemps encore après le retour de l'acteur à sa table.

« Vous ne trouvez pas cela bizarre ? Même un homme comme lui a un certain talent, finalement ! remarqua immédiatement Nobuko, toujours très sensible à ce genre de choses.

— Et voilà comment tout le monde tombe sous son charme !

— Que dis-tu ? Je ne suis pas du tout sous son charme, voyons ! »

Un certain mécontentement se devinait chez Nobuko.

Sur la table, une grande poivrière et une grande salière en bois sculpté d'Italie se dressaient comme deux sentinelles. L'eau brillait éblouissante dans les grands verres sans pied, les pensées se blottissaient dans leur vase en argent, et les feuilles de salade, après un séjour prolongé dans la sauce, n'avaient plus l'air très vaillantes.

Tout d'un coup, Suzuko, avec la vivacité de quelqu'un qui vient d'avoir une bonne idée, s'écria :

« Pour la suite de la soirée, c'est moi qui décide ! Défense de faire opposition ! Ce soir, nous irons au " Hyacinthe " ! »

Taéko, surprise, leva la tête, mais Nobuko enchaîna immédiatement :

« Ah, bravo, excellente idée ! »

Dans cette réplique sans appel, il n'aurait pas fallu voir la moindre trace de méchanceté de la part de Nobuko : c'était sa façon de parler lorsqu'elle était sûre de l'amitié de ses amies.

« Mais... », avait commencé à dire Taéko qui s'interrompit aussitôt pour s'essuyer la bouche avec sa serviette. Du coin de l'œil, elle aperçut les marques de rouge à lèvres qui s'y étaient imprimées, et elle sentit alors monter en elle un courage complètement fou, cette sorte de courage qu'une femme montre lorsqu'elle se remaquille après un baiser. Cette sorte de courage qui vous porte à penser : « Maintenant, tout peut arriver ! »

« Je devrais peut-être téléphoner... », pensa-t-elle un instant. Car, pour recevoir à nouveau la visite de ces femmes au regard acéré qui semblaient partir en tournée d'inspection, Senkitchi aurait eu besoin, lui aussi, d'une bonne mise en condition.

Mais l'ennui d'avoir à trouver un prétexte pour expliquer ce coup de téléphone, joint à l'inquiétude de paraître bizarre si elle allait soudain téléphoner sans rien dire, détermina Taéko à garder autant que possible tout son sang-froid devant ses amies.

21

Il y avait longtemps que Taéko n'était pas retournée à Ikébukuro, au « Hyacinthe ». Dès lors qu'elle rencontrait Senkitchi en dehors du bar, elle n'avait plus de raison de fréquenter cet endroit, mais elle se sentait cependant un peu honteuse de ce pragmatisme grossier. Dire que Taéko ne souhaitait plus voir Senkitchi dans cet environnement pervers n'eût pas été tout à fait exact. Car c'était justement dans le lien que Senkitchi gardait avec le « Hyacinthe » que se trouvait la source même de l'insouciance avec laquelle elle s'abandonnait à cette aventure.

Si, spontanément, elle était allée de moins en moins souvent au bar, c'est seulement qu'elle se sentait gênée d'en détourner indûment Senkitchi à son seul profit. Mais, puisque les circonstances l'y faisaient revenir avec ses amies, elle se sentait plutôt joyeuse à la pensée de revoir son jeune amant sur son lieu de travail.

« Mais lui, avec toi, il est gentil ? »
Cette question de Nobuko résonnait encore

clairement à ses oreilles, et Taéko se demandait comment ce soir même elle allait pouvoir le prouver.

Elles entrèrent dans le bar enfumé, et furent immédiatement conduites dans le box qu'elles avaient occupé la première fois, et où elles purent de nouveau admirer *Le jugement de Pâris*.

« Décidément Pâris a bien choisi Vénus ! » dit Suzuko décidée à faire de Taéko la reine de la soirée.

Mais Nobuko enchaîna, sans se soucier le moins du monde de ce qui venait d'être dit :

« Cela faisait longtemps que je n'étais pas allée dans un bar de travestis. Quand je pense que, dans une ville aussi grande que Tōkyō, il n'y a que ce genre d'endroit où on chouchoute et distrait un peu les femmes... c'est vraiment triste !

— Et dans tes réceptions chez les étrangers, on ne les chouchoute pas, les femmes, peut-être !

— Tu parles ! Des vieux messieurs ventripotents !

— Si tu aimes tant que ça les jeunes, tu n'as qu'à aller dans les bases américaines !

— Les jeunes Américains sont arrogants, tout imbus d'eux-mêmes, et collants : non merci, je n'en veux pas. Ah, si le Japon avait été occupé par l'armée italienne, ce serait autre chose ! »

Tout en écoutant ce bavardage d'une oreille distraite, Taéko regardait, inquiète, vers le comptoir, mais, à la place de Senkitchi dans son gilet noir de barman, c'était un garçon inconnu qui œuvrait, agitant un shaker.

Elle pensa demander des explications à Téruko, mais celle-ci, retenue par des clients dans un autre box, ne semblait pas près de pouvoir s'en échapper. Téruko, qui excellait dans l'art de distraire son monde, était la coqueluche de toutes les tables.

Un travesti qu'elle ne connaissait pas bien leur tenait compagnie, et, au bout d'un moment, Taéko parvint à lui demander discrètement à l'insu de ses deux amies :

« Le petit Sen n'est pas là aujourd'hui ? »

Mais le travesti lui répondit d'une grosse voix impitoyable et sur un ton sentencieux :

« Il est sorti un moment, je crois. Et alors, qu'est-ce que cela peut faire ? Enfin... mademoiselle... il n'y a pas que lui ! Regardez devant vous ! Est-ce qu'il n'y a pas un homme, un vrai, un homme, enfin, un homme pour vous servir ? Allons, pas de caprice, sinon je vous pince... »

Comprenant qu'il n'y avait rien à faire, Taéko se résigna. Elle s'efforça de se persuader, suivant ce qu'on venait de lui dire, que Senkitchi était juste sorti un instant pour aller acheter des cigarettes et qu'il allait revenir bientôt. Une minute puis deux passèrent. Il n'apparaissait toujours pas derrière le bar aux bouteilles multicolores. Suzuko et Nobuko s'abstenaient par pitié de prononcer le nom de Senkitchi, mais cette situation devint vite insupportable pour Taéko.

Finalement, n'y tenant plus, elle se leva sous prétexte d'aller se laver les mains et, se frayant un passage dans la foule des clients, d'un coup d'œil lancé par-delà les nuages de fumée, elle fit signe à Téruko.

Celle-ci était habillée d'un kimono mauve tout brillant de lamé, qui rappelait les tenues de scène de nos chanteuses à la mode, dont seuls la distinguaient de gros pendants d'oreilles en cristal. Sous un épais maquillage, on devinait pourtant le visage d'un adolescent rieur et ingénu.

« Ah ! Princesse... il y a bien longtemps...

— Tiens... Voilà pour toi... pour m'excuser... »

Et Taéko lui glissa furtivement un billet de mille yens dans la manche de son kimono.

« Oh, je suis confuse, vous êtes trop gentille avec moi. Mais quelle beauté aujourd'hui, princesse ! Splendide ! Et la couleur de votre tailleur Nehru, une merveille ! Ne dirait-on pas les forêts germaniques ?

— Arrête, ce n'est vraiment pas le moment ! »

Téruko comprit immédiatement :

« Eh bien, le petit Sen n'est pas venu travailler aujourd'hui, et cela sans autorisation. C'est tout à fait ennuyeux, à vrai dire, mais, moi, je pensais justement qu'il avait rendez-vous avec vous, princesse !

— Allons, c'est sérieux ! Ne plaisante pas ! »

Pourtant, tout en disant cela, Taéko, les yeux fermés, se raccrocha éperdument à un très mince espoir. Avec cette espèce de rapidité qui caractérise les gens habiles à qui rien ne peut échapper.

« Tu as bien dit qu'il n'avait pas prévenu ? C'est bien vrai ?

— Tout ce qu'il y a de plus vrai! A quoi servirait-il que je vous mente, princesse?

— Donc, tu es certaine qu'il n'est pas venu ce soir, puis reparti avec un client?

— Absolument certaine. Je suis prête à le jurer, si vous voulez!

— Il n'est pas venu à l'ouverture du bar, c'est bien cela?

— Oui!

— Alors, il est peut-être malade, un rhume ou quelque chose comme ça...

— Ah, princesse... vous aussi, vous avez bien des soucis! Pour quelqu'un de votre condition qui ne devrait avoir aucun problème dans la vie, rechercher la difficulté comme vous le faites, c'est vraiment le comble du luxe!

— ... J'emprunte ton téléphone! »

Taéko, d'un doigt nerveux, composa le numéro de Senkitchi. Le concierge, toujours aussi peu aimable, répondit, la fit attendre un long moment, et revint lui dire que Senkitchi n'était pas là. Taéko respirait de plus en plus difficilement, la poitrine comme oppressée par un emplâtre.

Mais si Senkitchi n'était pas sorti avec un client, il restait encore un espoir. Avec le caractère capricieux et insouciant qui était le sien, Senkitchi pouvait très bien faire son apparition maintenant, à l'improviste. Et, sans aucune excuse pour son retard, comme si de rien n'était, aller tout tranquillement s'installer derrière son comptoir.

Pensant que rien encore n'était tout à fait désespéré, Taéko retourna s'asseoir avec ses amies, mais elle ne parvenait plus à retrouver son entrain.

« Ah ! Mais vous êtes Nobuko Matsui, n'est-ce pas ? J'ai vu votre photo dans un magazine ! » lança un des travestis, et, Nobuko retrouvant un peu de bonne humeur, tout le monde se lança dans une discussion sur le cinéma. Taéko se détendit un peu.

Senkitchi n'apparaissait toujours pas. Cette attente nerveuse qui se prolongeait n'avait rien de la douceur de l'amour. Elle relevait plutôt, pour Taéko, de l'angoisse du joueur qui a parié sa vie contre le monde entier. Et Suzuko et Nobuko, ses deux fidèles amies, se retrouvaient maintenant elles aussi incluses dans ce monde hostile et froid.

Senkitchi n'était toujours pas là.

L'imagination de Taéko rétrécissait progressivement en spirale, et elle se voyait clairement aspirée vers des pensées qu'elle avait jusqu'alors évitées de toutes ses forces.

« Pour qu'il s'absente ainsi, sans permission, c'est qu'il doit avoir un rendez-vous secret et merveilleux. Avec une grosse dondon milliardaire, ou avec un millionnaire plus très jeune, ou bien encore... (mais là, Taéko se heurtait au cœur du problème, à ce qu'elle se défendait absolument d'imaginer) avec une pure et belle jeune fille de moins de vingt ans ! »

Plus malheureuse que jamais, elle eut l'impression que, s'il ne se passait pas quelque chose, elle allait littéralement exploser, être réduite à néant par l'état lamentable dans lequel elle se trouvait. Explosion immense et difficile à maîtriser, et cependant aussi comique que des pop-corn éclatant sur le feu.

Elle avait l'impression que même les branches de cerisier artificielles et criardes suspendues au plafond du bar se moquaient d'elle. Une femme qui attend. Etre devenue une femme qui attend, et rien de plus... Ce jeune blanc-bec avait un tel pouvoir que, même de loin, il réussissait à faire de Taéko ce que pour rien au monde elle n'aurait souhaité devenir.

« Si nous rentrions ? » dit gaiement Suzuko en lui lançant une bouée de sauvetage.

La simplicité absolue avec laquelle Suzuko avait pris la situation en main fut d'un réel secours pour Taéko qui pensa qu'elle avait là une vraie amie.

... Après des adieux hâtifs devant le bar, Taéko monta seule dans un taxi. Elle indiqua l'adresse de son appartement d'Azabu-Ninohashi, puis, calant sa tête contre le dossier de son siège, ferma les yeux. Son ivresse avait quelque chose d'insaisissable et de confus, son esprit s'éparpillait en tous sens à travers des zones troublées ou non par l'ivresse, et un malaise indéfinissable — était-ce le froid ? était-ce la migraine ? — venait l'assaillir par intermittence. Et cependant, avec une sincérité toute nouvelle pour elle, sans vanité ni calcul d'aucune sorte, elle ne cessait d'appeler dans son cœur le nom de Senkitchi. Nom d'une folle douceur, nom qui renfermait en lui toute la folie du monde.

« Je suis complètement folle ! Complètement folle ! »

Mais cette pensée, qui aurait dû lui rendre la raison, recouvrait en fait une rare complaisance envers elle-même. Elle en était parvenue au point où, pour obtenir sur-le-champ un baiser de Senkitchi, elle aurait sacrifié sans regret toute sa fortune.

Peut-être les dieux apprécièrent-ils enfin la sincérité inhabituelle au cœur de Taéko, toujours est-il qu'elle fut prise à cet instant d'une inspiration soudaine. D'un cri déchirant, elle ordonna au chauffeur de se rendre à Shinjuku.

Ce dernier, montrant qu'il était habitué aux caprices de ce genre de clients, changea de direction sans dire un mot.

On était au printemps, et, même à cette heure tardive, il y avait encore beaucoup de monde dans le quartier de Shinjuku. Comme les voitures ne pouvaient aller plus loin, Taéko se fit descendre devant le Grand Théâtre Koma, puis s'enfonça tout droit dans une rue bordée de cafés. Le « Gun Corner », à l'angle, n'était pas encore fermé, et on pouvait y voir surgir par à-coups, devant un décor aux couleurs criardes, des diligences ou des cavaliers indiens.

Puis, avec son entrée ornée de branches de cerisier artificielles et son enseigne tapageuse : « Une fête des fleurs à un million de dollars ! », ce fut devant elle, ouvert en nocturne, le patchinko de Senkitchi. Avec précaution, elle regarda à l'intérieur.

Soutenue par une étrange certitude, elle inspecta rangée après rangée, se faufilant entre les joueurs complètement absorbés par le mouvement de leurs billes.

Senkitchi était là, tout au fond, devant la dernière machine. Elle se sentit si heureuse, si soulagée qu'elle dut se retenir de se précipiter vers lui en courant. C'est qu'elle avait mieux à faire! Et, de loin, elle se plongea dans la contemplation de la silhouette de ce jeune homme pris par sa passion solitaire.

Il avait retroussé les poignets de sa chemise de sport noire, ses lèvres étaient tendues dans une moue maussade et, complètement seul, il introduisait ses billes les unes après les autres pour les envoyer retomber entre les clous. De l'endroit où elle était, Taéko pouvait même distinguer sur le col de sa chemise noire quelques pellicules éparpillées comme de légers flocons de neige printaniers.

22

Taéko parvint dès lors à la conclusion que, pour préserver quelque peu la paix de son cœur, il n'y avait pas d'autre solution que d'arracher Senkitchi au « Hyacinthe ».

Normalement, elle aurait dû parler de ce problème avec ses amies, les Beautés Toshima, mais, après le triste spectacle qu'elle leur avait donné l'autre soir, elle savait d'avance quelle serait leur réponse, et, surtout, son amour-propre le lui interdisait.

Elle décida donc de tout régler avec de l'argent. Entamer les économies qu'elle s'était efforcée de faire en pensant à sa vieillesse solitaire l'attristait pourtant un peu. Sauf pour ses vêtements, elle avait en effet l'habitude de vivre en dépensant le moins d'argent possible.

Comme elle avait, malgré tout, une certaine expérience de la vie, elle se rendait compte que, si on cédait à la facilité dans ce genre d'affaires, on se préparait immanquablement des ennuis. Il fallait donc faire les choses le plus régulièrement possible, même si cela devait paraître ridicule. Tout d'abord elle devait s'assurer des intentions de Senkitchi, aussi lui demanda-t-elle s'il n'avait pas envie d'arrêter de travailler au « Hyacinthe ».

« Nous y voilà ! lui dit-il avec un sourire railleur. J'étais sûr que tu en arriverais là !

— Quoi qu'il en soit, as-tu ou non envie d'arrêter ?

— Dans la mesure où j'ai un autre travail aussi bien payé, pourquoi pas ? Mais pour un étudiant comme moi qui a interrompu ses études, c'est exclu d'avance. Et, si tu m'obliges à quitter le " Hyacinthe " pour te débarrasser de moi tout de suite après, alors, tant qu'à faire, mieux vaut pour moi rester comme je suis ! Pas de sentiment déplacé, je t'en prie ! Et d'abord, ça ne te va pas !

— Que ça m'aille ou pas, ce n'est pas ton problème ! Si je te propose cela, c'est que j'en prends toute la responsabilité. Tu n'as pas besoin de trouver un autre travail tout de suite, je t'aiderai en attendant... Fais-moi confiance, non ? Elle est quand même connue dans le quartier, la patronne ! »

Depuis quelque temps, entraînée par Senkitchi, Taéko s'était mise à employer devant lui un vocabulaire vulgaire dont elle n'avait pas l'habitude.

Le problème avec Senkitchi semblait pratiquement réglé. Il était aisé de deviner dans la façon de parler du jeune homme que ce n'était pas la première fois qu'on cherchait à le séduire en lui susurrant à l'oreille ce genre de proposition, et qu'il était devenu très méfiant. Si vraiment il envisageait sérieusement cette fois-ci de quitter le « Hyacinthe », alors qu'il y était toujours resté, c'était incontestablement une victoire pour Taéko.

« Bon, si tu arrêtes, il faut le faire dans les règles !

— Dans les règles ? C'est-à-dire ?

— Je ne veux pas donner l'impression que je t'ai débauché, et que tu t'es sournoisement enfui pendant la nuit.

— Idiote ! cria-t-il, blessé dans ses sentiments. Quand je voudrai arrêter, je le dirai moi-même, et je m'en irai, c'est tout. Je ne suis tout de même pas une putain, et je n'ai pas besoin de filer à l'anglaise en pleine nuit ! Ne confonds pas ! »

Pour que Senkitchi se mette ainsi en colère, c'est que Taéko devait avoir atteint chez lui un point sensible, aussi s'empressa-t-elle de s'excuser :

« Ce n'est pas ce que je voulais dire, voyons ! Mais écoute ! Attends un peu avant d'annoncer toi-même au bar ton intention d'arrêter. Il faut que je réfléchisse à tout un tas de choses, moi aussi... »

... Taéko prit alors rendez-vous avec le travesti Téruko dans un café à Ikébukuro.

Ils se rencontrèrent par un bel après-midi ensoleillé, et Taéko fut surprise de voir Téruko apparaître dans un « travestissement » tout à fait masculin. A la regarder de près, on devinait un léger fond de teint, mais, de loin, avec son pimpant pull-over bleu ciel, on aurait vraiment pu la prendre pour n'importe lequel de ces petits jeunes gens détestables qui courent les rues.

« C'est extraordinaire ! Quelle métamorphose !
— Oh, que je suis malheureuse, princesse ! Vous me voyez pourtant là au naturel ! » dit alors Téruko dans un langage tout ce qu'il y a de plus féminin.

Aucun client ne se retourna, habitué qu'on était ici à ces nouvelles mœurs.

Taéko résuma la situation, et Téruko, attendrie, la remercia de sa confiance :

« Vous avez bien fait de me demander conseil ! En effet, il vaut mieux faire ce genre de choses dans les règles si l'on veut s'éviter des ennuis par la suite... Oui... bon... mais alors, princesse, avant tout je voudrais vous demander quelque chose, vous prenez vraiment en charge l'avenir de Senkitchi ? Vous êtes certaine de pouvoir le faire ?
— Mais oui, bien sûr !
— Vous êtes follement amoureuse... c'est

incroyable ! Je ne voudrais pas jouer les trouble-fête, mais... il pourrait y avoir pas mal de problèmes, je crois. Enfin... pourquoi pas ? Ce sera pour vous une expérience instructive, de toute façon.

— Ne me traite pas en enfant, s'il te plaît !

— Ah ?! Excusez-moi. Mais, moi, Téruko, je suis votre alliée pour la vie ! Ne l'oubliez jamais ! Si, par malheur, rien n'allait plus entre vous et le petit Sen, vous pouvez toujours venir m'en parler... vous n'aurez pas à vous en repentir, princesse ! »

Arrivée à ce point de la conversation, elle ressentit pour Téruko une vive amitié, une amitié comme elle n'en avait jamais encore éprouvé jusqu'ici pour une amie de son sexe. C'était sans doute un peu trop facile, mais elle eut soudain envie de pleurer.

Dans ce que Téruko lui dit ensuite, il y eut un certain nombre de révélations.

Lorsque la patronne du « Hyacinthe » — un travesti — avait engagé Senkitchi, elle en était devenue folle au point d'indisposer tous ceux qui travaillaient au bar. Puis Senkitchi avait pris l'habitude de répondre sans scrupule aux avances des clients, ce qui provoquait à chaque fois des disputes mémorables entre lui et la patronne. Quand celle-ci s'était aperçue que la conduite scandaleuse du jeune homme augmentait les bénéfices du bar, elle s'était retrouvée coincée entre son amour et ses comptes. Les comptes avaient eu finalement gain de cause, et l'amour avait été sacrifié. La patronne s'était d'ailleurs consolée rapidement avec un autre amant. Mais, même si Senkitchi était libre maintenant, elle ne le laisserait pas partir aussi facilement et ne manquerait pas de faire entrer en jeu des questions d'argent peu ragoûtantes. Aussi Téruko se proposait-elle de jouer les intermédiaires pour faire aboutir au mieux cette négociation délicate et se faisait fort d'obtenir de la patronne une promesse écrite certifiant qu'elle s'engageait à rompre désormais tout lien avec Senkitchi.

A écouter ce récit des relations ayant existé entre la patronne du « Hyacinthe » — un homme d'un certain âge — et Senkitchi, Taéko, qui aurait dû pourtant depuis le début s'attendre à ce genre de choses, fut prise de nausée. Elle ne pouvait imaginer que Senkitchi eût le moindre goût pour l'ignoble. Mais elle se trouvait brusquement confrontée à un exemple désespérant qui montrait à quelles extrémités peut se laisser porter la vanité masculine, dès lors qu'elle se sent flattée.

Pour un homme comme pour une femme, « être aimé » est tout à fait différent d' « aimer ». Taéko commençait à en prendre conscience depuis sa liaison avec Senkitchi. Ces deux sentiments faisaient partie de deux univers totalement étrangers l'un à l'autre. Taéko était mise pour la première fois devant cette vérité effrayante de la vie humaine. La joie furieuse que l'être aimé éprouve à se profaner peut atteindre des profondeurs insondables. Et l'être qui aime est condamné à suivre, entraîné dans une perpétuelle descente aux enfers.

Comparé à ce genre de drames, ce qu'avait vécu jusqu'alors Taéko relevait plutôt des rêves d'amour heureux qui naissent dans l'esprit cotonneux des jeunes étudiantes.

Elle en était là de ses réflexions, quand soudain se dessina à ses yeux un plan de rééducation tout à fait inattendu.

« Je vais faire semblant de lui trouver un travail et... mais oui, c'est cela... voilà ce que je dois faire : je vais aider ce garçon à redevenir un étudiant sain et studieux ! »

23

Grâce aux bons offices de Téruko, un arrangement fut finalement conclu entre la patronne du bar et Taéko pour la somme de cent cinquante mille yens. Téruko reçut discrètement vingt mille yens de commission.

Le discours de la patronne fut un véritable petit chef-d'œuvre. Les cent cinquante mille yens étaient censés couvrir uniquement les dettes de Senkitchi que Taéko voulait bien payer à sa place, et — qu'on se le dise ! — c'était tout à fait gratuitement qu'elle offrait ce gêneur à Taéko.

« Cependant, ajouta-t-elle après ce préambule, il vaudrait mieux ne rien dire de tout cela à notre petit Sen ! C'est un drôle de petit vaniteux, ce garçon, et s'il apprenait que celle qu'il aime avait en secret remboursé ses dettes, il entrerait dans une colère folle contre vous, aussi bien que contre moi. Comme, en plus, c'est un fieffé menteur, il serait fort capable de vous dire : " Mais je n'ai pas un sou de dettes dans ce bar, tu t'es fait rouler ! " Et, dans ce cas, je suis sûre que vous n'hésiteriez pas à le croire lui, plutôt que moi, ce qui m'attristerait profondément. Le mieux est donc de ne rien dire.

« Dès demain, si le petit me demande d'arrêter, je lui donne purement et simplement son congé. Il pensera certainement que je lui ai fait cadeau de sa dette, et ce sera alors tout à mon avantage : vous voudrez bien me pardonner si j'abuse ainsi un peu de la situation ! »

Téruko, à côté, retenait difficilement son rire et, détournant la tête, toussotait bizarrement. Mais Taéko devait admettre que, si elle gardait le silence, le mensonge de la patronne resterait secret et que ce véritable marché de dupes était, tout compte fait, on ne peut plus raisonnable. De plus, si par hasard ce qu'on lui disait était vrai, se taire était encore pour Taéko le meilleur moyen de ne pas avoir à regarder en face un aspect déplaisant de la personnalité de Senkitchi.

... C'est ainsi que le départ de Senkitchi fut arrangé sans problème, et, lorsque Taéko se rendit compte qu'elle était enfin parvenue à délivrer ce garçon de son environnement malsain, elle ne put s'empêcher de se sentir transportée au septième ciel. Comme, dès le départ, tout cela s'était fait avec l'assentiment de l'intéressé lui-même, c'était en tous points pour Taéko une éclatante victoire.

Pour fêter cet événement, selon ses propres mots, elle entraîna Senkitchi jusqu'au petit matin dans une folle équipée où, terriblement exaltée, elle but plus que de raison.

« Qu'est-ce que tu as à être contente comme ça ? Tu as seulement fait un chômeur de plus...

— Laisse-moi ! Je suis heureuse ! Je t'en prie, ne joue pas les rabat-joie ! »

Taéko contemplait sous toutes ses faces ce garçon à la tenue irréprochable, remplie du bonheur de l'avoir tiré de ses propres mains hors de la fange.

Mais, réflexion faite, quelle qu'ait pu être jusque-là la déchéance abjecte des nuits de Senkitchi, elles étaient justement la preuve essentielle d'une masculinité d'autant plus resplendissante, et penser que Senkitchi avait pu en être sali n'allait pas au-delà des sentiments d'une femme ignorante du monde.

Taéko aurait presque voulu écrire une thèse sur ce sujet.

Imaginons par exemple une femme qui impose ses quatre volontés à l'homme qu'elle aime, qui ne lui laisse pas la moindre liberté, des premiers baisers du soir jusqu'à leur séparation matinale, supposons que cette femme dirige tous leurs rapports, eh bien, l'honneur viril de cet homme en sortira grandi. Il n'y a aucune raison en tout cas pour qu'il s'en trouve le moins du monde féminisé. C'est que la force qui permet à une telle femme d'adopter une conduite aussi peu réservée n'est autre que le magnétisme viril qui se dégage de son partenaire.

La plupart des jeunes gens qu'avait jusqu'alors fréquentés Taéko faisaient montre sur ce point d'une « vanité masculine » superficielle et idiote. Ils conservaient dans leur esprit des idées toutes faites bien curieuses : c'étaient eux les chefs, et ils devaient dominer les femmes comme le ciel la terre. Sinon, du moins le pensaient-ils, ils n'étaient pas des hommes. Et, pour eux, avoir une femme au-dessus d'eux était déjà une position honteusement féminine.

Y a-t-il préjugé plus bête que celui-là ? Un homme véritable, un homme absolument homme de la tête aux pieds, qu'il soit debout ou assis, qu'il se mette au-dessus ou en dessous, ou à l'envers, qu'il se renverse dans toutes les positions possibles, n'en est-il pas toujours plus homme dans la splendeur de sa virilité ?

Prenons l'exemple d'un homme qui, parmi ceux qui attachent tant d'importance à leur virilité banale et fonctionnelle, aurait le triste malheur d'être sans le moindre charme sexuel. Qu'il essaye donc d'imposer ses comportements virils à une femme qui, dans le fond de son cœur, le déteste : cela n'aurait aucun sens !

Pour un homme, pour une femme, la virilité, la féminité, expression charnelle des êtres humains, dépendent de la sexualité globale qui rayonne de leur chair et doit naître de l'éclat de la personnalité tout entière. Cela n'a rien à voir avec cette virilité de fanfaron fondée sur un fonctionnalisme étroit. Vivre, exister d'une existence pleine et entière, cela suffit à un homme vraiment homme dans toute sa chair : quoi qu'il puisse faire, un homme de cette trempe reste toujours un homme.

Senkitchi faisait justement partie de ces hommes. S'adaptant facilement à toutes les situations, contrairement aux autres jeunes de son âge, il ne tirait aucune vanité sexuelle de lui-même.

C'est pourquoi Taéko, tout en se félicitant d'avoir arraché Senkitchi à son bourbier, savait bien que cela n'apporterait aucune modification à l'existence profonde de cet être. Puisqu'en dépit de tous ses efforts d'autoprofanation, il n'avait pu finalement se salir vraiment... elle en venait à penser que plus tard, même si elle réussissait à faire de lui un « homme digne de ce nom », tout serait encore comme avant.

Vouloir faire revenir Senkitchi à l'université alors qu'elle avait poussé aussi loin son analyse du problème présentait, pour peu qu'on y réfléchisse, une contradiction insoutenable.

Il y avait à cela une raison dont elle n'avait pas encore pris conscience. Taéko, en réalité, désirait maintenant, avec l'aide de la société, priver le jeune homme de sa liberté, même lorsqu'il était seul et hors de sa portée.

24

La cérémonie marquant la reprise des cours avait été fixée au 12 avril, et Taéko, qui s'en était discrètement informée, avait combiné dans sa tête un plan des plus minutieux. L'université de Senkitchi était située à mi-chemin de la colline du quartier de Kanda. Or, au faîte de cette colline, se trouvait un petit hôtel élégant dont les fenêtres — Taéko s'en souvenait pour y avoir rendu visite un jour à une amie — donnaient sur la façade arrière de l'université. Elle avait donc donné rendez-vous au jeune homme le 11 avril, sans lui dire le nom de l'hôtel où elle avait réservé une chambre.

Depuis que Senkitchi avait quitté le « Hyacinthe », elle aurait pu prendre, si elle l'avait voulu, un certain nombre de mesures appropriées. Mais elle veillait au contraire à ne pas trop le poursuivre et le laissait intentionnellement libre de ses mouvements.

Elle aurait pu, par exemple, si elle l'avait voulu, lui faire tout de suite quitter la chambre qu'il occupait alors pour l'installer dans un luxueux appartement près de chez elle. Elle pouvait se le permettre financièrement. Mais elle se rendait bien compte qu'à le harceler de la sorte les choses ne tourneraient pas nécessairement à son avantage.

Elle pouvait aussi chercher à se renseigner sur les zones d'ombre qui persistaient dans la vie de Senkitchi même après son départ du « Hyacinthe ». Mais cela aussi, Taéko se l'interdisait.

Et, puisqu'il ne travaillait plus au bar, le voir tous les soirs lui eût été facile. Elle ne le fit pas. Satisfaite d'avoir remporté une première victoire, elle pensait qu'il serait plus adroit maintenant de se montrer assez froide envers lui.

Pourtant, c'est malgré elle qu'elle lui téléphonait. S'il n'était pas là, la nervosité la gagnait, elle rappelait plus de dix fois jusqu'à ce qu'il rentre, au point d'agacer le concierge. Pendant tout ce temps, elle ne touchait pas à son travail. Et quand elle réussissait à le joindre, elle parvenait tout juste à lui murmurer, épuisée, d'une voix presque mourante, comme s'il s'agissait d'une affaire de la plus haute importance qui l'avait accablée toute la journée et dont elle pouvait enfin se décharger, alors qu'en fait elle n'avait guère que cela à lui dire : « Bonne nuit ! » Mais la question qu'elle aurait voulu lui poser entre toutes : « Où étais-tu donc ? », elle la retenait désespérément au fond de sa gorge.

Un soir, Taéko, pleine de regrets, se reprocha malgré tout de ne pas avoir demandé à Senkitchi où il était allé. D'un autre côté, elle lui en voulait parce qu'il ne le lui avait pas dit. Elle avait bien conscience pourtant que, si Senkitchi lui avait avoué de lui-même qu'il s'était rendu à tel ou tel endroit, elle n'en aurait été que plus troublée, tant cela lui aurait paru être une excuse détestable.

Le 11, jour de leur rendez-vous, le temps était légèrement couvert et il avait même plu en fin d'après-midi. En levant la tête au coin de la rue, elle vit par hasard s'afficher sur l'écran du journal lumineux d'un grand quotidien un bulletin météorologique rédigé en anglais. Comme elle pouvait lire distinctement : TOMORROW — FAIR

(Demain — Beau temps), son cœur se mit à battre plus vite à l'idée du succès qu'allait connaître son gentil stratagème.

Taéko suivit d'abord Senkitchi qui voulait absolument voir un horrible film de guerre. C'était le genre de films qu'auparavant elle aurait refusé d'aller voir, si quelqu'un d'autre le lui avait demandé.

Leurs doigts se frôlèrent par hasard, et une onde électrique chaude et vive, née de leur intimité physique, les traversa tous deux. Taéko, dans le couloir de la salle de spectacle, eut soudain la certitude qu'ils formaient un des couples les plus chics et les plus distingués de Tōkyō.

Avec cette amitié étrange et désinvolte qui apparaît parfois aux confins de l'amour, Taéko ironisa sur l'extrême rapidité avec laquelle Senkitchi repérait dans une foule les regards admiratifs des filles qui se retournaient sur son passage. Au beau milieu de l'escalier, une jeune fille, qui se trouvait pourtant déjà en compagnie d'un homme, détourna la tête pour fixer intensément le visage de Senkitchi.

« Idiote ! Moi, je suis habitué ! Elles ne m'ont vu qu'un instant, mais lorsqu'elles couchent avec eux, c'est à moi qu'elles pensent...

— Prétentieux !

— Et toi, on ne te regarde pas, peut-être ?

— Arrête de me tutoyer comme ça tout le temps à haute voix devant tout le monde !

— Bien, Madame ! »

A vrai dire, Taéko, elle non plus, n'était pas à

l'abri des regards gourmands, surtout de la part de ces hommes d'âge mûr, ou plus que mûr, qu'elle détestait par-dessus tout. Avant de connaître Senkitchi, ces regards lui étaient désagréables, mais, mise en concurrence avec lui, elle aurait eu presque envie maintenant de les compter !

Taéko avait toujours méprisé ces moyens faciles et communs qu'utilisent les femmes légères afin d'exciter la jalousie des hommes, les minauderies du style : « Hier, quelqu'un, je ne sais plus qui, m'a dit à l'oreille : je t'aime ! » Mais, sous l'influence perverse de Senkitchi, elle en arrivait parfois à vouloir essayer ce genre d'agaceries. Il se montrait toujours si distant, et au-dessus de tout.

Au restaurant, alors qu'elle était allée téléphoner, un étranger d'un certain âge entra à son tour dans le vestiaire et, profitant de ce qu'il n'y avait personne, vint par-derrière respirer le parfum de ses cheveux. Les effleurant légèrement de la main, il lui murmura dans un soupir :

« Quelle beauté, quelle élégance... et ces cheveux... »

Taéko détestait les étrangers, mais comme elle ne voyait pas le visage de cet homme immense qui se pressait contre elle, elle ne put tout à fait s'interdire, malgré son appréhension, de trouver agréable la sensation de ces doigts jouant avec sa chevelure, et séduisants ces mots anglais prononcés d'une voix basse et feutrée. Comme, par ailleurs, la personne à qui elle téléphonait tardait à répondre, elle les avait perçus avec une acuité particulière.

Revenue à leur table, elle raconta aussitôt cette aventure à Senkitchi. Un soupçon d'irritation put se lire sur son visage, et cette légère contrariété, inattendue chez quelqu'un comme lui, la combla de joie. Mais tout au fond d'elle-même, elle ne put s'empêcher d'être profondément remuée :

« Ainsi, moi aussi, je suis en train de devenir une de ces femmes insignifiantes comme il y en a tant ! »

Alors, elle enfonça un peu plus le clou, cherchant à le blesser :

« Avec quelqu'un d'aussi grand que cet étranger, tu ne peux pas te battre, n'est-ce pas !

— Eh là ! Je ne suis pas de l'espèce des chevaliers, moi !

— Mais, tu as bien fait de la boxe, non ? »

Senkitchi se tut brusquement, et son regard se glaça.

Ce silence effraya Taéko. Elle pensa elle-même qu'elle était allée un peu trop loin, mais elle ne pouvait plus revenir en arrière.

« Et toi, je te vois très bien en putain pour Occidentaux ! » répliqua-t-il enfin, d'une façon enfantine bien contraire à ce qu'il était d'habitude.

La riposte de Taéko ne se fit pas attendre :

« Mais c'est justement ce que j'étais avant ! Tu ne le savais pas ? »

Ce grossier mensonge lui était venu sans réfléchir.

« Ah, bon ! Alors, nous sommes quittes, dans ce cas !

— Oui, c'est cela... Ne sois plus fâché !

— Qu'est-ce que tu crois ! Pourquoi serais-je fâché ? »

L'humeur de Senkitchi devenait singulièrement maussade.

Taéko savait d'avance que cette dispute finirait tôt ou tard en queue de poisson, et, ce qui l'inquiétait davantage, c'était ses projets pour la nuit. Si Senkitchi était de bonne humeur, il n'y avait aucun problème, elle pouvait l'entraîner même de force. Mais, s'il se mettait à bouder, elle ne se sentait plus le courage de l'emmener dans cet hôtel voisin de son université. Et dans ce cas, c'était toute la suite de son plan qui s'écroulait.

Or, chose curieuse, alors qu'ils prenaient un verre après le dîner dans un petit bistrot de Roppongui, Taéko avait à peine commencé à aborder prudemment le sujet qui lui tenait à cœur que, contre toute attente, Senkitchi retrouva soudain sa bonne humeur.

« Ah ! Là-bas ! Quelle bonne idée ! C'est fantastique ! Je n'y suis encore jamais allé ! Avant même de faire le barman, j'ai souvent regardé cet hôtel du campus de l'université. Il me donnait envie de réussir dans la vie. Je rêvais de devenir le plus vite possible *quelqu'un* d'important, d'y emmener des filles, installé au volant de ma Cadillac ! »

25

... Depuis quelque temps, à vrai dire, Taéko ne ressentait plus le besoin de tous ces hors-d'œuvre servis pour faire attendre le plat de résistance des menus imposés !

C'était la première fois qu'elle allait passer fièrement la nuit avec un homme dans un hôtel authentique, en se donnant des allures d'honnête voyageuse grâce au grand sac qu'elle avait récupéré dans la soirée et qui devait lui servir de camouflage. Arrivée à l'hôtel, elle n'avait pas plus tôt fermé la porte de leur chambre que, à la seule pression de la main de Senkitchi sur son épaule, il lui sembla que tout son corps était déjà sous perfusion, goutte-à-goutte inépuisable de la passion.

Cependant, ce soir-là, dès l'instant où le garçon d'étage les avait laissés seuls, c'est le bagage typiquement féminin de Taéko qui avait retenu essentiellement l'attention de Senkitchi.

« Que de précautions ! Qu'est-ce qu'il y a dedans ? »

Curieux et amusé, il fixait le grand sac de voyage bleu ciel posé sur le porte-bagages contre le mur, et semblait avoir oublié jusqu'à l'existence de Taéko.

Ce sac, c'était bien celui que, lorsqu'ils étaient sortis du petit bar de Roppongui, le patron avait remis à Taéko en lui disant : « Tenez, je vous rends ce que vous m'aviez confié... » Bagage qu'elle s'était empressée de donner à Senkitchi. Ni lourd ni léger, il était évident qu'elle était allée exprès le porter dans ce bar à un autre moment de la journée.

« Si tu veux voir ce qu'il y a dedans, tu peux l'ouvrir !
— Et la clef ?
— Il n'est pas fermé à clef, voyons ! »

Retrouvant soudain ses gestes précis et vifs d'ex-barman, Senkitchi posa le sac par terre et l'ouvrit. A l'intérieur, il n'y avait que des livres, des romans sans intérêt et deux bouteilles de scotch, le tout enveloppé avec soin dans deux couvertures en laine.

« Alors ? C'est juste le poids qu'il fallait, non ?
— Quel souci du détail, vraiment !
— En tout cas, ce whisky-là, c'est du vrai ! Pas comme le scotch d'un certain bar de ma connaissance... »

Senkitchi, une bouteille à chaque main, heureux, souriant, s'approcha de Taéko, et, l'entourant, lui donna un baiser. Taéko, se sentant prise brusquement dans l'étau des deux coudes du garçon, fut fâchée un instant de ce baiser si insouciant, mais sa colère s'évanouit avant même qu'elle eût le temps d'en prendre conscience.

. . . .

Le lendemain matin, ils s'attardèrent, faisant la grasse matinée, dégustant un copieux petit déjeuner anglais.

Taéko tira les rideaux et ouvrit la fenêtre. La belle lumière d'avril éclairait les maisons qui s'étendaient pêle-mêle sous ses yeux, entassées en vagues successives jusqu'au pied de la colline. Çà et là, des cerisiers dont les feuilles commençaient à percer paraissaient encore plus splendides, baignés dans le soleil de miel qui les faisait reluire. Par la fenêtre ouverte, les bruits de la ville, le grondement des voitures et des tramways leur parvinrent d'un seul coup. Mais, plus que tout, c'est l'éclat sourd des voix humaines montant de l'Université R***, juste au-dessous d'eux, qui venait agresser les oreilles.

Tout allait dans le sens des projets de Taéko.

De la fenêtre du deuxième étage où ils se trouvaient, on pouvait parfaitement voir les jardins de l'Université R***, son court de tennis, les parterres fleuris derrière le bâtiment principal, l'escalier de pierre conduisant à la porte la plus proche de l'hôtel.

La cérémonie de reprise des cours paraissait terminée, et les étudiants qui venaient d'entrer à l'université se répandaient en foule dans la cour. Les centaines de boutons dorés de leurs uniformes flambant neufs resplendissaient tous d'un même éclat au soleil printanier. Ces jeunes étudiants — phénomène nouveau si on compare avec la mentalité des étudiants d'autrefois — gardaient-ils pour la plupart des sentiments enfantins ? Ou bien le nombre de parents abusifs avait-il considérablement augmenté ? Toujours est-il qu'un bon tiers des personnes qui se pressaient dans la cour de l'université était constitué par des familles en visite.

De leur chambre, on ne distinguait pas les

visages, mais, mêlé aux cerisiers, cet attroupement considérable d'étudiants qui se fondaient en un torrent vigoureux dévalant jusqu'aux marches de pierre en dehors du campus donnait par-dessus tout la sensation, tel un agrégat de vibrions fourmillant sous la lame d'un microscope, d'un excès de vie, de printemps, de jeunesse. Ce tumulte de la jeunesse, cette « santé » d'une jeunesse ordinaire semblaient venir se briser, avec une force écrasante, sur les fenêtres de ce lointain hôtel perché sur la colline.

« Regarde ! Comme ils sont nombreux dans la génération qui te suit ! »

Cette scène, elle s'était juré de la montrer coûte que coûte à Senkitchi pour provoquer dans son cœur l'amorce d'une vie nouvelle, et elle était heureuse d'avoir pu l'appeler près de la fenêtre sans qu'il se doute de rien. C'est que, en dépit de ses calculs, elle se trouvait au fond frappée elle-même par toute cette jeunesse, comme s'il s'agissait d'un spectacle vraiment inattendu.

Senkitchi s'approcha en maillot de corps et, tout en continuant à fumer, posa sa main libre sur l'épaule de Taéko.

« Arrête ! On peut nous voir d'en bas !

— Mais c'est que je dois leur montrer, moi ! Pour qu'ils deviennent vite comme moi... *quelqu'un* de bien ! »

Le ton de Senkitchi était on ne peut plus gai, et Taéko se rassura en constatant qu'il n'y avait dans ces paroles aucune dérision.

Elle sentit intuitivement à travers son épaule

que diverses émotions commençaient à agiter Senkitchi.

Tout d'abord, il était certain qu'avec cette joie superficielle dont il faisait preuve habituellement il s'enivrait du contraste qu'il offrait.

Ah, ce sentiment du mauvais étudiant qui, par une splendide matinée de printemps, le jour même de la reprise des cours à son université, en observe la cérémonie officielle du haut d'une chambre d'hôtel, une femme dans les bras ! Non, ce sentiment n'était pas répréhensible en soi. Même vu par une femme, il n'y avait rien là de vraiment mal.

La vertu, en foule, se tortillait tout en bas, tandis que le vice, haut dans le ciel clair, solitaire, avait la main tranquillement posée sur l'épaule d'une femme... Si on résumait ainsi la scène, elle ne pouvait que chatouiller l'héroïsme particulier d'un jeune homme.

« Voilà pour eux ! dit brusquement Senkitchi en crachant par la fenêtre.

— Arrête ! le réprimanda Taéko.

— Ces bébés ! Tous autant qu'ils sont ! Ils sont là à imaginer leur brillant avenir, accrochés aux mains de leurs mamans, tout frétillants de joie !

— Et alors ? Peut-on rêver quelque chose de mieux ? » répliqua Taéko, en dégageant doucement son épaule de la main de Senkitchi et en le regardant droit dans les yeux.

Conclusion morale tout à fait édifiante, quoique paradoxale !

Taéko se rendit compte que ces derniers mots avaient piqué au vif les sentiments de Senkitchi.

« Alors, qu'est-ce que je dois faire, d'après toi ? dit Senkitchi en détournant légèrement les yeux.

— Moi ? Je n'ai rien de spécial à te dire ! Tu es libre !

— Est-ce que tu n'es pas pourtant en train de me faire un sermon pour que je redevienne aussi pur que ces gosses pleins d'avenir ?

— Mais tu es toujours pur ! Je le sais bien, moi !

— Tu parles comme un éducateur spécialisé !

— C'est vrai, ça fait un peu ritournelle ! »

Senkitchi éteignit sa cigarette en l'écrasant maladroitement contre le cadre blanc de la fenêtre. « Il commence à s'énerver », pensa Taéko.

« En fait, tu veux que je me déguise comme ces petits corbeaux dans leur uniforme noir ?

— Je t'ai déjà dit que tu étais libre, non ?

— Tu m'as trompé ! Tu devais me trouver un bon travail...

— Ça, c'est pour plus tard. Il faut que tu finisses tes études, sinon, c'est inutile d'y penser... J'en ai déjà vaguement parlé à une bonne cliente qui est mariée avec le directeur d'une société de textiles ! »

C'était à moitié vrai, mais Senkitchi parut très impressionné. Taéko pensa que c'était le moment de passer à l'offensive :

« Voyons, de toute façon, tu es bien inscrit à l'université, non ?

— Oui, bien sûr !

— Bon, eh bien, vas-y dès demain... A trop compter sur les petits boulots, on n'arrive à rien de bon : c'est lâcher la proie pour l'ombre.

— ... Mais j'ai déjà redoublé une fois !
— Tu n'as qu'à tout reprendre depuis le début, c'est tout !
— Facile à dire !
— Par exemple, si tu t'inscris en gestion, j'ai quand même un magasin ! Je pourrai t'aider dans tes révisions, non ? dit Taéko en se lançant carrément.
— Bon, alors, c'est décidé ! Je deviens un étudiant honnête et sérieux ?
— Mais oui, pourquoi pas ?
— Nos relations seront-elles honnêtes, elles aussi, à partir de maintenant ?
— Tu es toujours aussi odieux ! »
Taéko passa son bras tout inondé de soleil autour du cou du jeune homme et l'embrassa. La bouche de Senkitchi avait une saveur mêlée de tabac et de café, mais cette saveur était celle d'un homme adulte.

26

Le soir du 10 avril, devait avoir lieu un gala de charité où Yves Saint Laurent, créateur dont la gloire commençait à s'élever au firmament de la mode parisienne, présenterait sa collection. Taéko avait décidé de s'y montrer pour la première fois en public accompagnée de Senkitchi.

Ce dernier était retourné à l'université dès les premiers jours d'avril et suivait régulièrement les cours. Il était difficile de dire jusqu'à quand il persévérerait dans ses bonnes résolutions, mais, pour l'instant, il faisait même voir ses cahiers à Taéko.

« Bon, quand tu regardes ça, tu me fais confiance, non ? Avec ton scepticisme permanent... »

Taéko saisit alors l'occasion pour lui dévoiler en détail ce qu'était sa vie, mais bizarrement il ne parut pas vraiment étonné.

« Je savais déjà tout ça ! Au " Hyacinthe ", tout le monde savait tout sur toi !

— Ah bon ! Vous saviez ? »

Elle en resta sans voix.

Ainsi, on savait tout de ses origines familiales, et elle n'avait jamais été inquiétée dans sa vie privée : cela méritait vraiment qu'on retrouve confiance en l'espèce humaine ! Taéko, à son insu, conservait encore des principes de vie d'avant-guerre, et elle n'avait pu se défaire d'une conscience excessive de sa propre dignité. Aussi se sentait-elle, de son côté, soulagée depuis qu'elle avait permis à Senkitchi de venir librement et ouvertement chez elle.

Mais si vraiment tout le monde avait toujours su qui elle était, à quoi bon s'être donné tant de mal depuis le début pour s'envelopper d'un « charme mystérieux » ! Elle était heureuse de penser que Senkitchi l'avait aimée pour ce qu'elle était vraiment, au-delà de tous ces artifices, et cependant effrayée maintenant de l'intelligence du jeune homme qui, sachant tout, avait gardé un silence total.

La volonté passionnée que Taéko avait d'éduquer Senkitchi comportait une perpétuelle contradiction. Derrière l'envie de lui faire retrouver la fierté d'un étudiant vertueux, se dissimulait un autre désir : celui d'écraser, de réduire à néant son indomptable orgueil, apanage unique du monde de la chair et de l'ombre, en l'attirant brutalement en plein soleil, dans le monde ordinaire. Elle voulait lui apprendre que, dans le monde normal, un simple étudiant, fût-il beau comme un dieu, n'avait aucun pouvoir, et, pour cela, il était avant tout nécessaire qu'il redevienne un étudiant, et rien d'autre.

« Aujourd'hui, tu vas faire tes débuts ! lui dit joyeusement Taéko.

— Je n'ai aucune intention de me lancer dans le monde de la mode !

— Il ne s'agit pas de ça ! Je te parle de tes débuts dans le monde avec moi ! A partir de maintenant, nous ne nous verrons plus en secret, et je te présenterai à tout le monde comme " mon neveu ". Personne ne le croira bien sûr, mais je pense avoir assez d'influence pour imposer cette situation !

— Alors, il faut que je t'appelle " ma tante " ?

— Ah non, par exemple ! Appelle-moi " Taéko ", en me vouvoyant.

— Et toi, comment m'appelleras-tu ?

— Mais " mon petit Sen ", comme avant !

— Alors moi, je dois te dire : " Taéko, vous... ", etc. Non, mais quelle prétention !

— Pourtant, les rôles de chevalier servant, c'est dans tes cordes, non ?

— Oui, c'est tout ce que j'ai à vendre ! Du moins, jusqu'à maintenant.

— Eh bien, ce sera toujours pareil ! Dans le monde, on achète, on vend, c'est tout ! »

En vue de cette soirée, Taéko avait fait faire pour Senkitchi un costume neuf en drap satiné noir, et elle lui avait offert une cravate toute blanche avec un bouton de cravate orné d'une perle. Il était entendu que Senkitchi devait passer chez elle avant de sortir pour une inspection générale de sa tenue.

Ce soir-là, Taéko quitta sa boutique avant l'heure, rentra chez elle se changer, puis, Senkitchi venant d'arriver, ils se campèrent tous deux devant la grande glace.

Taéko portait une robe de cocktail noire avec pour seul ornement une broche en diamant de chez Tiffany's fixée sur sa poitrine, et Senkitchi, lui aussi tout en noir, ne put s'empêcher de dire : « Ma parole, c'est un enterrement ! » Mais il n'avait pas l'air spécialement mécontent de l'image du couple qui se reflétait dans la glace.

Et vraiment, ils formaient un beau couple, dans leur tenue de soirée presque classique. En dépit de leur différence d'âge, on avait l'impression qu'ils étaient faits l'un pour l'autre, et tout cela flattait agréablement la vanité de Senkitchi. L'intimité charnelle, lorsqu'elle se drape dans la dignité de vêtements aussi parfaits, fait naître une tension telle qu'on dirait que les corps s'appellent l'un l'autre en retenant leur souffle. On parvenait là à une véritable philosophie du vêtement.

Ils se redressèrent fièrement, fascinés par l'image d'eux-mêmes que leur renvoyait le miroir, et goûtèrent un instant d'émotion sensuelle pareil à ceux que procure une grande musique : « Comme cela doit être merveilleux, comme cela doit être beau, lorsqu'ils font l'amour ! »

27

Ils entrèrent par l'entrée du nouveau bâtiment de l'Hôtel Impérial qui conduit aux salons de réception. Là, parmi la foule qui se pressait devant les ascenseurs, Taéko aperçut Suzuko Kawamoto et Nobuko Matsui. Elle retint Senkitchi par la manche :

« Attends un peu ! Je ne savais pas qu'elles venaient aussi ! »

Puis elle s'approcha de ses deux amies et leur tapota l'épaule.

Un ascenseur arrivait. Plusieurs invités montèrent, laissant sur place Suzuko et Nobuko, que Taéko entraîna de force vers le hall.

« Mais qu'est-ce que c'est ? Qu'est-ce qu'il y a ? »

Les trois femmes et Senkitchi se réunirent dans un coin devant les téléphones.

« J'ai un service à vous demander. Puisque vous êtes mes amies, il faut absolument que vous me promettiez quelque chose. A partir de maintenant, le petit Sen est mon neveu ! Tout ce qui s'est passé avant doit rester secret, vous entendez !

— Avant ! Qu'est-ce que tu veux dire ? Il ne travaille plus au " Hyacinthe " ?

— Le mot même d' " Hyacinthe " est tabou !

— Oui, bien sûr, mais, même si nous ne disons rien, il y a beaucoup de gens qui sont allés dans ce bar et qui se souviendront de lui !

— Ça ne fait rien. Je verrai à ce moment-là. En tout cas, à partir d'aujourd'hui, vous devez à tout prix faire semblant de ne rien savoir. N'est-ce pas ? Vous voulez bien me le promettre ?

— Oui, oui, c'est juré ! dirent en chœur Suzuko et Nobuko.

— Ah ! Bien... » Taéko poussa un soupir de soulagement.

« De ta part, on s'attendait à tout ! Que d'histoires pour si peu ! »

Suzuko et Nobuko considéraient maintenant sous toutes les coutures la tenue de soirée de Senkitchi.

« Mais dis donc, mon petit Sen, on s'était complètement trompées sur ton compte ! Tu es un vrai prince charmant !

— Oh... ce que je suis confus ! répliqua-t-il en s'efforçant de dissimuler sa gêne sous un ton vulgaire.

— Bon, mais quand tu ouvres la bouche, c'est autre chose...

— Ah, Mesdames, je suis pourtant votre humble et fidèle serviteur...

— Arrête ! Tu deviens ennuyeux !

— Sois naturel ! S'il te plaît, mon petit Sen,

naturel ! intervint alors Taéko, toujours attentive.

— Je sais ! Je sais ! Fais-moi confiance ! »

Suzuko portait une robe de cocktail lourdement brodée, et Nobuko était en kimono.

Avec Senkitchi au milieu du trio, la conversation avait pris spontanément un tour frivole, et il s'était établi une ambiance de folle liberté que Taéko elle-même avait du mal à contrôler.

« Lorsque je montre mes épaules nues comme ça dans un cocktail, je ne sais pas pourquoi, mais je me sens toute chose, là, justement, du côté des épaules, se mit à dire Suzuko d'une voix forte. J'ai envie d'un bras d'homme au poil épais et tout soyeux pour me servir d'étole !

— Si c'est ce genre d'étole que tu cherches, il y en a plein dans le hall de l'hôtel !

— Ah non, alors ! Pas de fourrures étrangères ! »

On ne pouvait nier qu'il y avait chez Senkitchi quelque chose qui les incitait à tenir ce genre de propos.

Qu'il le veuille ou non, il conservait encore l'atmosphère particulière qui se dégage d'un homme qui a travaillé dans des lieux où les femmes peuvent se permettre de tout dire, perdent toute retenue, tout maintien, et se laissent aller à une totale nudité psychique. Senkitchi pouvait bien prendre un air grave et sévère, devant lui les femmes, rassurées, en venaient fatalement à se montrer sous leur vrai jour. Elles n'avaient plus aucune pudeur ni aucune méfiance.

Taéko était sincèrement embarrassée par cette situation. Elle s'y résigna pourtant en pensant que c'était là le prix à payer pour le silence qu'elle avait imposé à Suzuko et Nobuko. Mais surtout, dès qu'elle les avait aperçues devant l'ascenseur, elle s'était réjouie, à travers sa confusion, de trouver ainsi l'occasion idéale de réparer un honneur bien entamé par la soirée où Senkitchi l'avait laissée attendre sous les regards apitoyés de ses deux amies.

« Nous garderons votre secret, mais alors sois gentil avec nous aussi ! dit Suzuko en posant la main sur le bras de Senkitchi.

— Comment ?

— Comme tu voudras !

— Ah, non ! Tu peux être gentil avec elles, mais tu ne dois pas t'en approcher à moins d'un mètre ! intervint alors Taéko en freinant leur ardeur.

— Tu vas donc devoir te promener avec ton mètre à ruban ! » enchaîna Nobuko d'un ton méchant.

Et, à les voir discuter ainsi, Senkitchi pouvait fort bien passer aux yeux des spectateurs pour un homme chanceux que se disputaient trois femmes dans la fleur de l'âge. Des touristes étrangers, des hommes, passèrent près d'eux : ils bombaient le torse en essayant de se donner un air imposant, mais leurs yeux jetaient des regards envieux vers le petit groupe.

28

Ils montèrent tous les quatre dans un ascenseur qui les conduisit aux salles de réception du septième étage. Après avoir réglé leur participation charitable aux hôtesses d'accueil, ils se dirigeaient vers le salon où devait se tenir le gala, quand l'organisateur principal, Monsieur Kusunoki, un homme dont la prestance mettait en valeur le smoking, vint présenter ses hommages à Taéko.

« J'ai prévu deux possibilités de table pour vous, Mesdames. Vous pouvez partager la table qu'occuperont Monsieur et Madame l'Ambassadeur du L***, ou aller vous installer à la même table que Madame Muromatchi : faites comme il vous plaira. »

Taéko se trouvait de nouveau confrontée à une situation délicate qui appelait une décision rapide de sa part. Madame Muromatchi, mariée au directeur d'une société de textiles, était précisément cette fidèle cliente dont elle avait parlé à Senkitchi. Elle était certainement venue là pour espionner la société qui patronnait cette présentation de mode, société rivale de celle de son mari. Taéko pensa qu'il lui eût été utile de la flatter un peu, mais, si elle allait à cette table, elle ne pourrait pas bavarder de tout et de n'importe quoi avec Suzuko et Nobuko. L'autre table était celle de Madame l'Ambassadrice du L***, qui fréquentait assidûment elle aussi la boutique de Taéko et aimait donner ces fameux cocktails fantomatiques. En choisissant cette table d'étrangers, en tout cas, Taéko ne se verrait pas taxée de favoritisme par ses clientes japonaises, nombreuses à cette soirée. Et comme Monsieur et Madame l'Ambassadeur ne comprenaient pas le japonais, elle pourrait converser avec ses compatriotes en toute liberté.

« Bon ! Rendons-nous à la table de l'Ambassadeur ! » dit alors Taéko.

— Parfait ! Je vais vous faire conduire par un garçon. Mais avant, il faut que je vous dise quelque chose : il y a tout juste un instant, Yves Saint Laurent s'est évanoui ! »

Monsieur Kusunoki plissait doucement les yeux.

« Ah !... Mais pourquoi donc ?

— La fatigue du voyage, ajoutée à ses perpétuels soucis. Cet homme est aussi fragile qu'un oisillon ! »

Nobuko ne perdit pas cette occasion :

« Comment ! Il s'est évanoui : quel chic ! susurra-t-elle à l'oreille de Taéko.

— Eh bien, toi qui aimes ce genre de personnes délicates, ne te prive pas ! Va vite le soigner !

— Dire que, derrière ces paravents dorés, il y a là, évanoui, pathétique, tout pâle, ce génial créateur aux nerfs si fragiles, et que tout le monde s'agite autour de lui : " Vite, une piqûre ! Non, le médicament, là ! " Mais c'est tout simplement fantastique, non ? C'est Chopin ! Oui, regardez bien sa photo, Saint Laurent, c'est Chopin ! »

Au fond de la grande salle, on avait installé un dispositif scénique formé d'une rangée de paravents dorés qui brillaient de mille feux. De là partait un tapis long et étroit qui s'allongeait en direction de l'entrée et autour duquel de nombreuses tables avaient été disposées en U pour le dîner. Les neuf dixièmes des invités étaient déjà là. Les chandeliers eux-mêmes, à l'annonce de l'indisposition du grand couturier, avaient pris un éclat lourd d'inquiétude, et Taéko se pénétrait voluptueusement du contraste merveilleux qui s'était établi entre le drame qui se jouait en coulisse et les invités, irresponsables dans leurs beaux habits. Mélange solennel de sincérité et de mensonge dont s'enveloppait aussi le faux prince qui était avec elle : elle était ravie. C'était une vraie réception !

Taéko et ses amis se dirigèrent vers leur table. Comme Monsieur et Madame l'Ambassadeur n'étaient pas encore arrivés, ils prirent leur aise et s'y installèrent confortablement.

« Mon petit Sen ! Tu vas certainement t'ennuyer ! lança Nobuko avec un aplomb imperturbable, dès qu'on eut commandé les boissons.

— Ah, oui ! j'aurais préféré de beaucoup aller voir un match de boxe !

— Alors, pourquoi es-tu venu ? Pour faire acte de piété filiale envers tes " tantes " ?

— Oui... Ce doit être ça ! »

Taéko avait bien pensé que Senkitchi pourrait s'ennuyer. Mais l'idée de le forcer à venir l'avait amusée, comme l'amusait l'expression de Senkitchi qui supportait son ennui uniquement à cause d'elle, comme l'amusait encore le fait de mettre sa résistance à l'épreuve de l'énergie inépuisable des vanités féminines... Tous ces plaisirs avaient été savamment calculés. Et d'abord, si Senkitchi avait été homme à préférer les défilés de mode aux matchs de boxe, elle n'en serait certainement pas tombée amoureuse !

« Taéko, en ce moment, tu es en pleine forme ! C'est insupportable ! Tu n'as plus ce côté languissant d'autrefois ! » dit Nobuko la critique à l'instant précis où Taéko saluait quelques langues de vipère du monde de la mode qu'elle venait d'apercevoir à une table située en face d'elle, de l'autre côté du long chemin triomphal qui, comme dans une salle de kabuki, allait servir de scène au défilé des mannequins. Moment idéal pour délaisser Senkitchi et ajuster son tir sur Taéko qui s'empressa de répondre :

« Merci ! Pour un film, ce ne serait pas une si mauvaise critique : un peu au-dessus des séries B, si je comprends bien !

— Tout juste. C'est plein de vie, et les couleurs sont belles, mais ça fait un peu trop mélodrame...

— Merci ! C'est tout à fait gentil ! »

Suzuko s'efforça de changer de sujet de conversation en reprenant sa sempiternelle histoire : « Je suis bien ennuyée. Ces derniers temps, un étudiant de l'Université R *** s'est amouraché de moi. Il vient dans mon restaurant uniquement pour me voir, le brave garçon, et je crois que, depuis que je le connais, il a bien mangé, pour le moins, quatre-vingts assiettes de spaghettis !

— Oh ! oh ! L'amour ne fait pas maigrir !

— C'est un bon garçon, mais je ne voudrais pas que cela devienne trop sérieux : j'ai peur des suites... des suites violentes même, puisqu'il m'a dit qu'il faisait partie du club de karaté de son université !

— Il n'y a pas de club de karaté à l'Université R***, voyons ! dit Senkitchi.

— C'est vrai ? J'ai été abusée, alors... »

Tandis qu'ils parlaient ainsi, Kusunoki passa derrière eux d'un air affairé et dit à l'oreille de Taéko :

« Rien ne va plus ! Saint Laurent a enfin repris ses esprits, mais maintenant il pleure comme un enfant ! Le tiers de la collection n'a pas encore passé la douane, et Hanéda n'est pas tout près d'ici... »

Tout en disant cela, Kusunoki, qui avait pourtant la responsabilité de la soirée, souriait d'un air satisfait.

« Mais... c'est terrible ! Qu'allez-vous faire ?

— Oh, cela va s'arranger... Oui, de toute façon, les choses vont bien finir par s'arranger. Le problème, c'est le dîner, parce que après le défilé, maintenant, c'est difficile... »

Juste à ce moment-là, on entendit la voix de l'animateur dans le micro :

« Mesdames, Messieurs, la grande fatigue et les nombreux soucis de Monsieur Saint Laurent nous ont contraints à retarder l'ouverture du défilé, veuillez nous en excuser. Nous allons procéder en conséquence à un petit remaniement du programme prévu, et vous prier de bien vouloir commencer dès maintenant à dîner. Nous vous remercions par avance de votre patience et de votre compréhension. »

« C'est bien ce que je vous disais... », poursuivit Monsieur Kusunoki. On avait à peine eu le temps de l'écouter qu'il avait disparu.

« Puisqu'il s'agit d'un dîner-buffet, je n'ai pas besoin d'enlever mes gants », pensa Taéko qui s'apprêtait déjà à se dépouiller de ses beaux gants en chevreau noir.

Les invités se levèrent tous ensemble et s'attroupèrent autour des tables dressées tout le long des fenêtres.

Taéko et ses amis allaient se lever à leur tour, quand un garçon vint leur dire que Monsieur et Madame l'Ambassadeur avaient annulé leur participation au gala, et qu'ils pouvaient disposer librement de leur table.

Ils quittèrent leurs sièges et se mêlèrent à la foule des invités. Taéko se heurtait sans cesse à des gens qu'elle connaissait, et il leur fallut franchir de nombreux obstacles avant d'arriver au buffet.

A une table était installé un homme politique célèbre accompagné de toute sa famille. Il était connu pour son grand respect de la cellule familiale et ne serait jamais sorti sans sa femme, ses deux fils et ses deux filles, qu'il emmenait même dans les night-clubs ou dans les bars. Ils étaient complètement occidentalisés, et, par exemple, chaque fois que Madame se rendait aux toilettes, le père et les deux fils se levaient respectueusement. Taéko avait eu l'occasion une fois d'assister de loin à cette scène et avait cru un instant, stupéfaite, qu'ils étaient sur le point de se disputer.

Taéko les salua, et le politicien, debout, lui répondit de sa voix rauque et épaisse :

« Mais vous êtes toujours plus belle, chaque fois que j'ai l'honneur de vous rencontrer ! »

La chair molle de ses joues pendantes lui donnait l'air d'un bouledogue.

« Oh! Est-ce que ce ne serait pas Junnosuke Kawaï? demanda Senkitchi après qu'ils se furent éloignés.

— Mais oui !

— Qu'est-ce qu'il vient faire dans un défilé de mode?

— Tous ceux qui sont ici y ont quelque chose à faire. Les activités politiques de Monsieur Kawaï sont financées par la société de textiles qui patronne cette soirée ! »

Au moment où ils allaient enfin parvenir à se servir, Taéko se sentit de nouveau retenue par l'épaule. C'était sa fameuse cliente Hideko Muromatchi, la femme du directeur d'une autre maison de textiles.

Depuis la réception du Nouvel An à l'ambassade du L***, elle avait laissé tomber toutes les autres boutiques qu'elle fréquentait auparavant et était devenue une admiratrice enthousiaste des créations de Taéko. Elle se faisait faire au bas mot une dizaine d'ensembles par mois. Car plutôt que d'essayer de cacher l'obésité de sa cliente par des coupes savantes, Taéko, fidèle à sa technique psychologique, n'hésitait pas à lui proposer un style à grands motifs voyants qui la comblait d'aise, en mettant paradoxalement en valeur les particularités physiques de sa personne. Grâce à Taéko, Madame Muromatchi était devenue beaucoup plus élégante que dans ses tenues précédentes, dont la caractéristique essentielle était de coûter très cher. La confiance de cette nouvelle cliente dépassait maintenant de loin les problèmes d'habillement : elle ne pouvait plus rien décider, même pour un simple rhume, sans les conseils de Taéko.

« Taéko! C'est atroce! Je vous cherchais partout! Je pensais que nous serions à la même table!

— Ah! Veuillez m'excuser, je vous en prie... »

C'est ainsi que Taéko, en se donnant plus ou moins des grands airs, avait coutume de s'attirer les bonnes grâces des femmes de la bourgeoisie.

Elle présenta Suzuko et Nobuko :

« La propriétaire du restaurant " Louise ", et la critique de cinéma...

— Le restaurant " Louise " ? J'y suis déjà allée une fois... et les nombreux articles de Mademoiselle Matsui dans les hebdomadaires... »

Madame Muromatchi se montrait fort aimable.

« Et voici mon neveu, Satō...

— Votre neveu? A vous? Quel beau jeune homme! Quelle superbe lignée! Bon, mais j'aimerais bien me mettre avec vous. A notre table, ils sont tous à mourir d'ennui. Vous avez une place?

— Justement, il y a un instant, Monsieur et Madame l'Ambassadeur... »

Taéko n'eut même pas le temps de continuer que Madame Muromatchi avait déjà décidé :

« Ah?! Mais alors, très bien ! C'est la table là-bas, n'est-ce pas ? Je vais chercher quelque chose à manger, et je vous rejoins ! Oui, mais je suis venue avec ma fille ! Où est-elle donc passée ? Où est ma Satoko ? »

Et, aussitôt happée par la foule, elle disparut.

Taéko et ses amis remplirent leurs assiettes de rosbif et autres mets sans grande originalité, qu'ils s'empressèrent de manger une fois revenus à leur place : ils commençaient à avoir faim, malgré tout ! C'est alors que Madame Muromatchi arriva, tirant sa fille par la main. Senkitchi, poussé par Taéko, posa sa serviette sur sa chaise et se leva.

« C'est Satoko. Quand je sors avec cette grande fille, je ne peux plus cacher mon âge...

— Que dites-vous, voyons ! Vous avez l'air de deux sœurs. »

Satoko portait une robe de cocktail rose, très jeune fille sage. Elle s'assit avec beaucoup de modestie.

Ce n'était pas à proprement parler une beauté, mais c'était une jeune fille qui avait l'air d'une jeune fille, chose rare de nos jours. Maquillés avec discrétion, les traits de son visage étaient réguliers et bien dessinés, même si les lèvres à la moue encore enfantine manquaient de fermeté. Ses épaules et ses bras, resplendissants de santé, de fraîcheur, étaient comme asexués et laissaient entrevoir un côté garçonnier. Elle avait de beaux yeux. Comparés à ceux démesurément grands, profonds et artificiels des mannequins, les yeux de Satoko étaient plus étroits, et moins obscurs. Ses prunelles, à nulles autres pareilles, étaient d'un noir pur et limpide, et lorsque son regard se déplaçait, elle donnait l'impression qu'un rêve doux et charmant passait devant vous. On aurait dit en effet, non pas qu'elle voyait elle-même une multitude de rêves, mais qu'on pouvait, avec elle, rêver facilement.

« Je vous présente mon neveu, Senkitchi Satō. Il est étudiant, mais comme il s'est fait faire un nouveau costume, il m'a demandé de l'emmener dans un endroit où il pourrait le porter...

— Ce n'est plus comme dans le temps ! Les étudiants d'aujourd'hui portent le costume avec beaucoup d'élégance ! commenta Madame Muromatchi.

— Ces temps-ci, on voit beaucoup de cravates Saint Laurent, ajouta Satoko.

— Comment ? Toi ? Tu t'intéresses aux cravates, maintenant ? dit Madame Muromatchi soudain inquiète.

— Mais j'ai vu qu'on en vendait... », repartit Satoko d'un air pincé.

Senkitchi se montrait étrangement sage. Il n'essayait pas de faire de l'esprit comme avec les femmes du genre « Beautés Toshima », et on voyait bien, en tout cas, qu'il n'avait jamais approché une jeune fille de bonne famille aussi stéréotypée que Satoko. Silencieux, Senkitchi donnait aux gens l'impression d'être un jeune homme plein de suffisance et d'arrogance, et Suzuko dit sans ménagement :

« Eh bien, ce garçon, quand il est devant une jolie jeune fille, quel poseur il devient ! »

La réponse de Senkitchi, totalement inattendue, fut pour Taéko comme pour les autres un véritable choc :

« Pour une femme, ce qui compte, ce n'est pas la beauté, mais la jeunesse ! »

29

Quand Taéko toucha le coude de Senkitchi, il était déjà trop tard. Satoko détournait la tête d'un air guindé, et tout le monde s'était tu. Seule Madame Muromatchi, qui, l'esprit ailleurs, n'avait rien entendu, dit d'une voix extraordinairement enjouée :

« Ça va commencer ! L'orchestre se met en place. »

... En réalité, cela n'en finissait pas de commencer.

Entrecoupé d'une lamentable traduction, le long discours ennuyeux du directeur de la société qui sponsorisait la soirée était à peine terminé que le manager français vint saluer le public.

La musique suivit, et quand, enfin, annoncé par le présentateur qui lisait les numéros du catalogue, le premier mannequin apparut nonchalamment devant les paravents dorés — il s'agissait d'Ara, célèbre modèle de *Vogue*, une femme d'âge moyen et d'origine asiatique dont les faux cils étaient collés exagérément loin des yeux et qui portait sous un tailleur bleu marine un corsage de piqué blanc —, il était déjà neuf heures passées.

Les trois femmes, fascinées par cette silhouette, semblaient avoir oublié la présence de Senkitchi.

Ara, toute vaporeuse, semblait marcher sur un nuage. La taille imperceptiblement courbée, déhanchée, avec un regard plein de méchanceté, elle progressait fièrement au milieu des spectateurs. Soudain, dévoilant ses dents blanches, elle sourit. Sourire instantané dont on put se demander un instant s'il avait vraiment existé, car, aussitôt, ses yeux fendus en amande reprirent comme si de rien n'était leur expression noyée d'une cruauté tranquille et sombre. Parvenue au bout de l'allée, elle enleva prestement sa veste, pivota sur elle-même pour se faire admirer, puis revint devant les paravents dorés où, avant de disparaître, elle gratifia le public d'une de ces poses élégantes et alanguies qui faisaient le succès des couvertures de *Vogue*.

« Il y a trois ou quatre ans, elle était encore chez Dior, dit Taéko en exhibant ses connaissances.

— Vous avez vu ? Elle tousse. Il paraît qu'elle a un cancer de la gorge. Depuis hier, on s'inquiète, tout le monde ne parle plus que de ça... », ajouta Madame Muromatchi, faisant preuve d'un savoir encore plus récent.

Trois mannequins français, puis trois mannequins japonais se succédèrent ensuite à un rythme soutenu. Monsieur Kusunoki passa de nouveau derrière Taéko :

« Bon ! Tout va bien ! Le clou de la soirée, les robes du soir, viennent de passer la douane, et on a demandé à la police de prendre des mesures exceptionnelles. On est en train de nous les apporter en voiture de patrouille avec sirène. La météo était mauvaise, l'avion avait du retard... »

Monsieur Kusunoki semblait de plus en plus heureux.

« Dans une voiture de police ? Avec des sirènes ? s'écria Suzuko.

— Et Saint Laurent ?

— Dès qu'il a appris la nouvelle, il a repris vie. Finalement, il a des nerfs d'acier !

— Quel dommage ! Quel dommage ! » dit Nobuko, mais le sens de ces paroles parut complètement échapper à Monsieur Kusunoki.

Tandis qu'ils parlaient ainsi, le défilé des mannequins se poursuivait normalement.

Elles avaient toutes de grands chapeaux en forme de bol, des manières de poissons rouges enfermés dans un bocal, et marchaient, impassibles, en lançant de brusques sourires.

Paule, une fille de petite taille, arriva avec des chaussures qui ne lui allaient pas. Elle faillit les perdre plusieurs fois, s'arrêtant pour repartir faire quelques pas plus loin.

Les grands maîtres en stylisme assis en face de Taéko, semblables aux spectateurs d'un match de tennis qui suivent la balle des yeux, tournaient sans cesse la tête de gauche à droite d'un air affairé. Seule une invitée, une splendide Indienne en sari violet, sereine et détachée, paraissait contempler cette présentation de mode du haut d'une tradition séculaire de la beauté, avec philosophie, tandis qu'un homme en smoking, un étranger au crâne chauve, bâillait toutes les cinq minutes.

Une trentaine de modèles s'étaient déjà succédé, quand Taéko, qui était restée l'œil rivé sur les mannequins et sur son catalogue, pensa soudain que Senkitchi devait s'ennuyer. Elle jeta un regard furtif dans sa direction pour constater qu'il était plongé dans la contemplation des paravents dorés. Mais, de ce côté, se trouvait aussi le doux profil des joues de Satoko, et elle en fut légèrement contrariée.

En face, de l'autre côté de la scène, on remarquait un vieux gentleman à moustache blanche, les yeux tout brillants de joie, qui s'était carrément assis en tailleur sur le bord du tapis et mitraillait les mannequins avec le flash de son appareil photo.

« Numéro 57 ! »

A cet appel fait aussi en français, apparut un mannequin japonais portant un manteau de laine cyclamen.

« Adorable ! »

« Qu'en penses-tu ? » demanda Madame Muromatchi à sa fille.

Satoko, qui, apparemment, n'arrivait pas à retrouver sa bonne humeur, répondit sèchement :

« Ah non, par exemple ! Quelle horreur ! »

Lorsque le numéro 73, courte robe du soir

incrustée de coquillages d'or, s'avança sur la scène, suivi bientôt d'autres tenues de soirée tout aussi somptueuses, il était près de dix heures et demie. Malgré l'agitation qui devait régner en coulisse, les mannequins continuaient à apparaître et à disparaître avec le même visage imperturbable, et on pouvait déjà imaginer que la soirée allait se terminer sans aucun incident.

« Tu t'es beaucoup ennuyé ? osa enfin demander Taéko en chuchotant.

— Eh...

— Encore un peu de patience, s'il te plaît... Tu viens chez moi ce soir ?

— Eh...

— Tu as des cours de bonne heure demain matin ?

— L'après-midi seulement...

— Ah bon ! »

... Taéko se sentit étrangement triste. Dans cette atmosphère brillante, elle eut soudain l'impression qu'au fond de son cœur un vent s'était levé pour venir y souffler une légère poussière de sable. Et là, sans avoir la moindre intention de lui faire des reproches, elle posa à Senkitchi une question qu'il eût mieux valu éviter :

« Pourquoi as-tu dit une chose pareille, tout à l'heure ?

— Tu es agaçante !

— J'étais très ennuyée, moi !

— Je ne te gênerai plus dans ton travail, je te le jure !

— Non, ce n'est pas... »

147

Taéko se tut. Senkitchi eut apparemment pitié d'elle, car au bout d'un moment, il lui dit :

« Excuse-moi !

— Oh, ce n'est rien... », et Taéko serra secrètement la main de Senkitchi sous la table.

« Je n'aime pas tous ces riches, ça me rend complexé, je ne peux pas m'en empêcher...

— Il ne faut pas que tu deviennes faible. Est-ce que tu n'es pas un loup ?... »

Taéko se tut un instant, puis, de nouveau, mais avec plus de force, elle saisit la main de Senkitchi. Et, d'une voix à peine audible, elle murmura : « Je t'aime ! »

Senkitchi, pliant les doigts de Taéko à travers leur gant de chevreau noir, lui répondit aussitôt : « Moi aussi ! »

Satoko, juste à ce moment-là, fit glisser son sac de ses genoux, et plongea la tête sous la table. Elle put voir leurs deux mains qui se séparaient rapidement, et lorsqu'elle releva son visage, Taéko fut frappée de la voir rougir jusqu'aux oreilles.

Devant les paravents dorés, Saint Laurent, qui avait perdu connaissance, pleuré puis retrouvé tout son calme, débitait en français, les yeux timidement fixés au sol, des salutations distinguées.

30

Un jour où le temps se montrait aussi maussade que pendant la saison des pluies, bien qu'on ne fût encore qu'au mois de mai, Senkitchi téléphona à Taéko pour lui demander si elle était libre dans la soirée. Taéko, exceptionnellement, n'avait rien à faire, mais, même si elle avait eu un rendez-vous important, elle n'aurait pu se dérober à un tel coup de téléphone, à une voix aussi douce.

A peu près certaine que Senkitchi voulait l'emmener voir un match de boxe ou sortir boire et s'amuser, elle lui demanda tout de suite : « Où ? A quelle heure ? », mais sa réponse fut tout à fait inattendue :

« Je viens dîner chez toi. J'aimerais passer une soirée tranquille, lire des livres... Prépare-moi quelque chose, veux-tu !

— Ah ?! Bon... quel genre de plats veux-tu que je commande ? " Louise " se fera certainement un plaisir de nous livrer quelque chose...

— Tu ne comprends rien ! Tu peux bien faire toi-même un peu de cuisine, non ? »

Et Senkitchi raccrocha.

Taéko fut abasourdie de constater combien les caprices de Senkitchi, comme ce coup de téléphone imprévu, avaient le pouvoir de la rendre atrocement féminine. Mais, pour ce qui est de cuisiner, le savoir mondain dont on l'avait gavée depuis l'enfance se révélait parfaitement inutile : elle n'avait plus aucune confiance en elle. Et chez son ex-mari, il y avait un cuisinier !

Taéko quitta sa boutique de bonne heure et se précipita dans un taxi pour aller dans un luxueux supermarché d'Aoyama, où elle entassa dans le chariot étincelant qu'elle tirait derrière elle une quantité extraordinaire de victuailles. Des steaks coupés à la new-yorkaise — environ trois cents grammes par tranche —, des brocolis « clean », des asperges fraîches ; pas de pommes de terre, car c'était trop long à préparer, mais des frites françaises surgelées de chez Ribes, du caviar Romanoff, une boîte de conserve importée de maïs en grains, un pain de mie coupé en tranches fines pour faire les toasts du caviar, une baguette à la française, et, comme dessert, un entremets instantané au chocolat de la marque américaine Jell-O. Elle passa à la caisse. A part les deux morceaux de bœuf qui coûtaient mille deux cents yens et le caviar d'un montant équivalent, le reste était raisonnable. Il n'y en avait que pour trois mille cinq cents yens environ. Pour un tel festin, on lui aurait demandé au moins six ou sept mille yens dans un restaurant, et, abstraction faite de ses talents culinaires, elle était heureuse de s'en tirer à si bon compte. Trois mille cinq cents yens, ce n'était que le quart de ce qu'elle demandait en général à ses clientes pour la façon d'une robe haute couture.

Lorsqu'elle revint chez elle, toute chargée de paquets, Senkitchi, à qui elle avait remis un double de ses clefs, était déjà arrivé : il vint l'accueillir dans l'entrée avec un baiser.

« Attends, il faut que je pose mes paquets ! »

En cette soirée d'averses, l'humidité dépassait les quatre-vingts pour cent, et le pull-over noir de Senkitchi était empreint d'un parfum étrange où une odeur de moisissure se mêlait à la fraîcheur des pommes de l'Indiana. Comme elle cachait sa tête sur la poitrine du jeune homme, elle fut prise soudain d'une terrible nostalgie à sentir sur sa peau ce lainage ordinaire tricoté à la machine. Elle qui, d'habitude, était indifférente à cet appartement où elle habitait seule avait le sentiment ce soir-là, sur cette large poitrine duveteuse, d'être vraiment rentrée chez elle.

Mais, comme toujours, elle dit le contraire de ce qu'elle aurait voulu dire.

« Qu'est-ce que tu as ? Pourquoi veux-tu dîner à la maison ce soir ? Toi qui as horreur des femmes qui se donnent des airs de femmes mariées ! »

C'était ainsi. Elle cherchait à s'imposer par des remarques du genre : « Mais voyons... rien de plus facile à comprendre pour quelqu'un comme moi ! » Elle prenait sans cesse les devants, et cette manie empêchait l'autre de parler, lui rendait plus difficile encore les mots gentils. Bref, elle ne savait pas attendre.

Senkitchi, sans un mot, revint dans le salon et se laissa tomber lourdement sur le fauteuil sous le lampadaire, à côté du poste qu'il avait laissé allumé sur le programme musical de radio FEN, la radio de l'armée américaine.

« Dépêche-toi ! J'ai une de ces faims ! » cria-t-il à Taéko.

Elle le regardait confortablement installé à attendre son dîner et pouvait voir ainsi l'image idéale que ce garçon se faisait de la vie, ou plutôt le rêve qu'il était en train de vivre sous la lumière incertaine du lampadaire.

L'air plein d'importance qu'il se donnait laissait entrevoir le type de foyer auquel il aspirait. Ce n'était pas la peine de lui demander ce qu'il était en train de lire, car elle parvenait à distinguer entre ses mains un de ces sévères manuels bien connus des étudiants et qui traitent des principes ou de l'histoire économiques. Senkitchi, plongé dans ce livre, en soulignait au crayon les passages importants et montrait, sur fond de jazz, un visage on ne peut plus sérieux. C'était, pour Taéko, tout à fait incroyable.

Il avait une attitude si studieuse qu'elle en sentit aussitôt l'extrême fragilité. Ce tableau du style « rêveries d'un jeune homme solitaire », il aurait suffi de le toucher du doigt pour qu'il tombe instantanément en poussière. Ne fallait-il pas à tout prix éviter de troubler ces chimères d'un garçon qui se faisait fort de devenir quelqu'un, alors qu'il n'était rien ?

Pour la première fois de sa vie, ou presque, Taéko s'attacha un tablier autour du cou. Elle alluma dans la cuisine et, profitant de ce que Senkitchi n'était pas là pour l'observer, se mit à feuilleter fébrilement un livre de cuisine, sala et poivra les steaks, puis les laissa mariner dans une huile de salade pleine d'oignons émincés. Elle ouvrit la boîte de caviar, fit griller les petits toasts coupés dans les tranches de pain de mie à la dimension d'une boîte d'allumettes et, sans oublier le beurre, apporta le tout à Senkitchi pour le faire patienter.

« Prends un whisky en attendant. Ce sera bientôt prêt.

— Oui... », répondit distraitement Senkitchi qui semblait absorbé par son traité d'économie comme si c'était un roman palpitant dont il n'aurait pu s'arracher.

Taéko apporta une bouteille de scotch, de l'eau et de la glace. Elle les posa près de lui et retourna dans la cuisine.

Elle avait souvent fréquenté des hommes jeunes, mais c'était la première fois qu'elle se pliait aussi docilement aux caprices de l'un d'entre eux. Elle s'en voulait d'avoir à se démener ainsi dans des tâches culinaires auxquelles elle n'était pas habituée et, pour pouvoir continuer, elle dut se répéter plusieurs fois qu'il ne s'agissait là que d'un jeu de dînette sans conséquence.

Bien sûr, elle se préparait elle-même son petit déjeuner, mais même un enfant en était capable ! A midi, elle se contentait de quelque chose de léger qu'elle se faisait apporter dans sa boutique, et le soir, lorsqu'elle n'était pas invitée, elle mangeait au magasin un repas commandé chez un traiteur de Roppongui. Telles étaient en général les habitudes alimentaires de Taéko, dont on pouvait dire qu'elle ne portait pas un très grand intérêt à la nourriture. Lorsqu'elle passait à la télévision dans une émission consacrée à la mode, elle se satisfaisait très bien du menu insipide de la cantine du plateau.

Taéko s'attaqua ensuite aux frites surgelées, ce qui lui posa un certain nombre de problèmes. Il était écrit sur la boîte qu'on devait les laisser dégeler au moins quatre heures, mais, si on suivait ces indications, elles ne seraient jamais prêtes à temps. Alors, elle fit bouillir de l'eau dans une grande casserole et y jeta pêle-mêle brocolis, asperges et pommes de terre.

Par bonheur, Taéko avait une cuisinière à gaz à plusieurs feux. Elle mit à réchauffer les maïs en grains avec une bonne dose de beurre, et bientôt l'anarchie la plus complète s'empara de la cuisine qui devint un vrai champ de bataille.

Il fallait encore faire une sauce au beurre pour les asperges, et préparer la poêle pour les steaks...

Taéko ne vit pas tout de suite Senkitchi venu jeter un coup d'œil à la cuisine. Il observait la situation, goguenard, son livre à la main.

Sur son beau visage insolent flottait cet air de satisfaction du professeur qui punit un de ses élèves favoris.

Ce sourire de Senkitchi était plein de méchanceté, de malice, mais c'était aussi un sourire très pur, très doux. Et Taéko avait beau être en colère, l'impression de voir pour la première fois sur les lèvres de Senkitchi un sourire aussi limpide et enfantin demeura la plus forte.

Elle restait subjuguée. Tenaillée d'autre part par son complexe d'infériorité culinaire, elle en oublia ces répliques ironiques dont elle avait le secret, n'ayant même plus assez d'énergie pour faire preuve d'autorité en lui réclamant de l'aide. Affolée par ce repas qui lui donnait le vertige, elle fut la première étonnée de s'entendre lui dire d'une voix maternelle :

« Attends encore un peu ! C'est presque prêt !

— J'ai faim ! » répondit laconiquement Senkitchi en retournant au salon.

31

Quand Taéko eut enfin terminé ses préparatifs et mis la gelée au chocolat dans le frigidaire, tout ce qu'elle put apporter sur la table était malheureusement trop chaud, tiède, ou déjà froid, et sa voix seule conservait encore un certain entrain lorsqu'elle s'écria : « Voilà, c'est prêt ! »

Elle devait reconnaître elle-même que son repas était loin d'être un chef-d'œuvre.

Senkitchi se mit à table en face d'elle, posa sa serviette sur ses genoux et, toujours silencieux, prit son couteau et sa fourchette.

Taéko était comme dans l'attente d'un verdict. Elle qui, au lit, se comportait avec tant d'assurance restait là, toute timide, sans aucune confiance en elle, à s'inquiéter uniquement de ce que ce garçon pourrait penser de sa cuisine. Et, plus elle y réfléchissait, plus elle imaginait que rien ne lui plairait.

« C'est très bon ! » s'exclama abruptement Senkitchi.

Et le fait est qu'il avalait son steak avec une vitesse prodigieuse. La viande disparaissait à l'allure d'un morceau de glace fondant dans de l'eau bouillante.

Elle ne put se retenir de lui demander si c'était vrai, ne se souciant plus de laisser voir par cette simple question le bonheur qui l'habitait. Mais, tout de suite, elle ajouta un de ces commentaires bien à elle :

« Tu devais avoir vraiment faim, sinon... »

Les frites qu'elle avait fait dégeler sur le gaz pour gagner du temps étaient si mauvaises qu'elle grimaça en les goûtant. A l'extérieur, elles étaient parfaites avec leurs jolis contours en forme de vagues, mais l'intérieur était aussi fade et mou que la bouillie de riz qu'on donne aux malades.

Senkitchi, lui aussi, après en avoir mangé une ou deux, semblait avoir abandonné la partie. Mais, pour le reste, il avala tout sans rien laisser, et le repas se déroula si vite que la conversation en fut réduite à quelques mots. On aurait dit un dîner d'enterrement.

Cela rappela à Taéko ce qu'elle avait ressenti la première fois, lorsque Senkitchi, s'absorbant désespérément dans son jeu de patchinko, l'avait complètement laissée tomber. Que ce soit les machines à sous, ou ce repas que Taéko avait pris la peine de préparer elle-même, pour ce garçon, tout était pareil, et cette indifférence de chien affamé exprimait mieux que tout la nature solitaire de ce jeune homme qui pouvait facilement dédaigner tout rapport avec le monde extérieur.

Etait-ce une force ? Etait-ce une faiblesse ? Ce mépris apparent n'était-il pas au fond révélateur du rêve qu'il poursuivait depuis toujours en dépit de sa nature foncière, rêve d'une tendre et réciproque intimité avec le monde ?

Taéko, qui bêtement perdait tout appétit lorsqu'il s'agissait de sa propre cuisine, ne savait plus que faire du gros bifteck qui reposait dans son assiette et regardait fixement le vigoureux coup de fourchette de Senkitchi.

Il suffisait de prendre les choses du bon côté pour que aussitôt ce spectacle devienne rafraîchissant, et elle se dit que jamais, au grand jamais, elle n'aurait désiré avoir pour amant un homme qui eût un appétit d'oiseau.

... Ils finirent leur café et Taéko se mit à débarrasser, tandis que Senkitchi revenait à son fauteuil en fumant une de ces cigarettes américaines qu'elle achetait exprès pour lui. La musique se répandait dans la pièce. Il se laissa envahir par une douce torpeur. En aucun cas l'idée ne lui serait venue de proposer son aide à Taéko.

Lorsqu'elle eut enfin terminé, Taéko vint s'asseoir sur le canapé en face de Senkitchi.

Il régnait une étrange atmosphère faite de silence, d'euphorie, de repos. Taéko était bien décidée elle aussi à se taire, tant que Senkitchi ne lui adresserait pas la parole.

Il lui dit enfin sans l'ombre d'un sourire :

« Quel calme... cela ne m'était encore jamais arrivé ! »

Taéko saisit parfaitement ce qu'il cherchait à exprimer.

Ce dîner tranquille dans une maison ordinaire, une maison comme il y en avait des milliers, et ce moment après le dîner... c'était pour Taéko elle-même quelque chose de bien rare, mais, pour Senkitchi, il s'agissait peut-être de l'accomplissement d'un désir poursuivi depuis très longtemps.

Elle faillit lui dire que ce n'était pas grand-chose, qu'elle pouvait lui procurer ce bonheur autant qu'il le voulait, mais elle se retint en pensant à la stupidité d'une telle promesse, car elle était convaincue que l'idée même de la durée était pour Senkitchi quelque chose de tabou.

Aussi, bien qu'elle eût nettement senti dans le ton réfléchi de Senkitchi que celui-ci, pour une fois, sollicitait de sa part une réponse nette, elle se défendit d'aller plus loin.

Elle voulait éviter à tout prix qu'il en vienne à se dégoûter d'elle, et cette appréhension perpétuelle et sophistiquée l'incitait à se montrer sans cesse sur ses gardes, alors que la situation ne l'y obligeait plus. Dans le cas présent, elle s'obstinait encore : il lui fallait préserver sa vie solitaire et se refuser à faire une exception.

Senkitchi s'aperçut sans doute de cette réaction qui manifestait une dureté de pierre : il bâilla discrètement, puis se replongea dans son livre d'économie pour ne plus ouvrir la bouche. Le silence devint brusquement plus pesant.

Taéko fit front en prenant dans sa bibliothèque un roman policier qu'elle avait déjà lu. Comme elle en connaissait déjà toutes les astuces et tous les rebondissements, elle n'arrivait pas à s'absorber dans sa lecture. Le silence de Senkitchi était de plus en plus inquiétant. Elle parvenait à peine à saisir çà et là quelques mots imprimés.

Un long moment s'écoula.

Senkitchi bâilla à nouveau, s'étira de tout son long puis, s'approchant du canapé où se tenait Taéko, s'y laissa tomber lourdement. Il se gratta vigoureusement la tête :

« Ah !... Toutes ces pellicules ! Quelle horreur ! »

Secouant le bas de sa robe, Taéko s'était levée d'un bond.

« Quoi !? »

Senkitchi se dressa, les yeux étincelants.

Taéko, toute à sa joie, s'écria d'une voix perçante :

« Ah, non ! Pardon !... Tu es trop sale ! »

Et, s'imaginant que Senkitchi avait vraiment l'intention de se jeter sur elle, elle s'échappa à travers la pièce, en poussant de petits cris et en se réfugiant derrière les moindres obstacles qui pouvaient la protéger. Tout adultes qu'ils étaient, ils mirent une telle conviction dans ce jeu du chat et de la souris qu'on aurait dit des enfants, n'était l'énergie farouche qui les habitait l'un et l'autre.

Taéko était maintenant de l'autre côté de la table et, les yeux brillants, échangeait des regards furieux avec son adversaire. Elle réagissait à ses moindres mouvements, l'esquivait juste à temps. Finalement elle se précipita dans sa chambre. C'était une pièce sans issue et elle ne pouvait plus fuir.

Senkitchi fit tomber Taéko sur le lit et, manœuvrant avec doigté ce corps qui rebondissait dans ses bras, il fit glisser la fermeture éclair de sa robe. Le dos blanc et voluptueux de Taéko, ce dos dont elle était si fière, apparut dans la lumière douce qui filtrait de l'autre pièce.

Ce dos et ces épaules que mettaient si bien en valeur les robes décolletées, bien mieux en tout cas que les longues robes du soir, faisaient l'orgueil de Taéko. C'était là qu'il fallait chercher le fondement véritable de son imposante dignité, dans ce dos distingué et opulent comme jamais ne pourrait en posséder une hôtesse de cabaret. Et c'est ce dos que Senkitchi parcourait maintenant de haut en bas en le couvrant de baisers.

Taéko, dont la respiration se faisait de plus en plus courte, connut jusqu'au bout la joie d'être contrainte. Difficile déshabillage d'une femme avec toutes ces agrafes... qui cédaient une à une irrésistiblement, cependant qu'elle sentait monter en elle, malgré sa soumission impuissante, un sentiment de libération qui l'entraînait vers un monde de feu, feu brûlant dont les flammes s'avivaient à chaque instant.

Senkitchi, comme un petit chien qui folâtre dans la neige, la dévorait brutalement de baisers. La combinaison se déchira, un faible cri lui échappa.

Taéko savait que ce n'était qu'un jeu et regrettait que ce ne fût qu'un jeu, le jeu de la violence, car elle aurait aimé, dans le plaisir d'une terreur véritable et intense, voir briller les beaux yeux cruels et pénétrants de son amant.

. . . .

La douceur des « après », fine, soyeuse et lourde comme un tissu de taffetas, cette douceur qui accable infiniment la peau nue, Taéko la ressentait enfin pour la première fois.

« Lui, il est gentil avec toi ? »

Elle entendit soudain de nouveau résonner à ses oreilles la question de Nobuko. Mais elle avait perdu toute sa force et cette ironie qui l'avait tant fait souffrir. Ce n'était plus qu'une simple interrogation sans aucune arrière-pensée à laquelle elle aurait pu maintenant répondre tranquillement :

« Oui, il est vraiment gentil, tu vois ! »

Cette douceur indicible, inexprimable, elle aurait voulu la montrer à Nobuko. Si on la lui mettait sous les yeux, même cette critique soupçonneuse ne manquerait pas d'y croire.

Les doigts lourds et engourdis comme des doigts d'or, ils jouaient avec leurs cheveux. Le bruit de la pluie leur parvenait enfin.

« Dis ?... Tu viens habiter chez moi ? Dès demain, même... j'ai juste envie de vivre avec toi... c'est tout..., dit Taéko.

— Oui », répondit simplement Senkitchi.

32

Le surlendemain, dans la matinée, Taéko ouvrit la fenêtre et regarda dehors en attendant que Senkitchi apparaisse dans le jardin devant l'immeuble.

Les gens qui travaillaient étaient déjà partis. L'heure la plus calme de la journée commençait. La plupart des voitures avaient disparu, et, sous le ciel nuageux, le béton du parking faisait une grande tache blanche et vide.

Senkitchi allait sûrement arriver par l'entrée du jardin, ayant entassé ses bagages dans un taxi — un seul suffirait sans doute. En tout cas, ce moment ferait date dans la vie de Taéko. Elle n'avait jamais vécu en concubinage avec qui que ce fût, et cet interdit, aujourd'hui, allait être transgressé.

Elle ne s'étonnait déjà plus de sa légèreté, mais pensait que c'était là le résultat inéluctable de la gentillesse. Gentillesse de Taéko, gentillesse de Senkitchi.

Elle essayait de se prouver à elle-même, en rejetant complètement la logique qu'elle avait suivie jusqu'à ce jour, le caractère naturel de cette forme de vie à deux. Elle n'en était plus à s'imaginer on ne sait quel bonheur illusoire. Non, plus que d'être heureuse, il lui suffisait maintenant d'être naturelle. Car elle n'aurait pas pu vivre plus éloignée de la nature qu'elle ne l'avait fait jusqu'à présent !

Taéko perçut soudain le tintement d'une clochette. Une bicyclette, toute petite vue d'en haut, passait la porte du jardin en tirant une remorque. « Quelqu'un de l'immeuble qui aura commandé quelque chose... Mais qu'est-ce que c'est que tout ce bric-à-brac ? » Cette question avait eu à peine le temps de traverser son esprit qu'elle comprit que le propriétaire de la bicyclette n'était autre que Senkitchi. Elle sortit précipitamment et se jeta dans l'ascenseur.

... Senkitchi était là, devant l'entrée, et, descendu de sa bicyclette, il s'épongeait le front. Il portait son vieux jean élimé et un tee-shirt d'un blanc éclatant tout trempé de sueur.

« Ah! tu as tout transporté toi-même! »

Taéko était stupéfaite.

« Mais oui! »

Senkitchi, sans s'en faire le moins du monde, commença à décharger de la remorque deux ou trois costumes soigneusement pliés dans leur emballage d'origine. Taéko, au premier coup d'œil, avait remarqué que le nombre des livres était infiniment réduit par rapport à celui des vêtements.

Lorsque ses affaires furent plus ou moins bien rangées dans l'appartement, Senkitchi, qui buvait avec un plaisir évident le Coca-Cola qu'elle lui avait proposé, demanda :

« Est-ce que ce n'est pas l'heure d'aller à ta boutique?

— Aujourd'hui, je serai un peu en retard...

— Oh! Excuse-moi! Bon, mais avant de partir, promets-moi quelque chose...

— Quoi? »

Les yeux de Senkitchi se mirent à briller :

« Si je viens habiter ici avec toi, c'est à une condition. Même si on vit ensemble, tu ne dois absolument pas empiéter sur ma liberté. Sinon, c'est toi qui serais perdante, finalement. Tu as bien compris?

— Oui, je comprends... En fait, cela, je le sais depuis le début.

— C'est sûr ? insista Senkitchi.

— Parce que tu penses qu'on peut limiter la liberté de quelqu'un comme toi ? » répliqua Taéko sur un ton triomphant.

Et, sur ce, elle partit.

... C'est ainsi que débuta leur vie commune.

Et, tout de suite, Taéko put comprendre ce que Senkitchi avait voulu dire dans sa proclamation préliminaire.

Elle avait imaginé que ce jour-là, comme l'avant-veille, ils seraient restés dîner à la maison, et elle avait profité des moments creux de la journée pour étudier rapidement un livre de cuisine. Avant de rentrer, elle passerait s'approvisionner dans son luxueux supermarché d'Aoyama. Mais elle eut beau appeler chez elle, Senkitchi était toujours absent.

Taéko ne s'en étonna pas outre mesure. Elle pensa que Senkitchi avait pris le parti d'imiter ces employés tout juste mariés qui, sur les conseils de mauvais amis, habituaient leur jeune épouse à des rentrées tardives. Alors qu'il n'avait rien à faire dehors, il devait tuer le temps au patchinko ou ailleurs pour éduquer Taéko.

Ce soir-là, il revint vers onze heures, un peu ivre, mais Taéko ne fit aucun commentaire.

A partir du lendemain, comme il lui était désagréable de jouer aux épouses modèles qui demandent à leur mari s'ils comptent ou non dîner à la maison, elle partit le matin sans lui demander aucune précision sur son programme de la soirée, et c'est ainsi que ses petits plats romantiques, trop chauds ou trop froids, restèrent un événement unique qui ne fut plus bientôt qu'un souvenir lointain dans leurs habitudes communes.

Depuis qu'ils vivaient ensemble, tout était loin d'être naturel ! Ils comprirent rapidement que, pour cohabiter, il faut une certaine entente mutuelle, un certain nombre de règles. Mais, comme ni l'un ni l'autre n'osait parler de ce genre de choses, ils commencèrent à se gêner sérieusement, des malentendus surgirent.

Taéko apprit cependant à connaître les nombreuses manies qui régissaient la vie de Senkitchi. Elles ne se manifestaient pas sous la forme de ce composé subtil de noceur aguerri et d'étudiant attardé qu'on trouve chez les gosses de riches qui ne pensent qu'à s'amuser : tout, chez lui, était incohérences et impulsions subites. Par exemple, pendant une semaine entière, avec le visage tendu d'un étudiant pauvre qui travaille dur, il rentrait tout de suite après ses cours, et Taéko s'imaginait déjà la petite révolution qui s'était faite dans la tête de Senkitchi. Mais, la semaine suivante, il sortait tous les jours en se faisant le plus élégant possible pour ne revenir qu'après minuit.

Le mystère s'épaississait au fur et à mesure qu'on s'en rapprochait. Depuis qu'ils vivaient ensemble, elle n'arrivait plus à comprendre ce qu'il faisait dehors, sans elle.

Elle s'étonna de voir qu'elle espérait maintenant la venue d'une certaine lassitude, la mort de sa passion, et cela prouvait à quel point cette nouvelle vie devenait chaque jour pour elle un horrible fardeau. Mais, d'un autre côté, elle ne pouvait plus supporter l'idée de vivre séparée de ce garçon.

Ce fut pour Taéko une nouvelle occasion de se découvrir. Elle s'aperçut que sa fierté, comme la mine trop bien taillée d'un crayon, était de plus en plus effilée, pointue, à vif. Sans doute aimait-elle passionnément Senkitchi, mais son orgueil, de plus en plus aiguisé, nourrissait en elle une force de résistance inébranlable. C'était sans doute surprenant, mais elle ne se plaignait jamais.

C'est ainsi que, habitant tous deux sous le même toit, ils ne se rencontraient que par hasard, passant seulement leurs nuits ensemble. Le matin venu, ils se séparaient pour aller vivre leur vie chacun de son côté.

Cette existence dura un bon mois, puis, dans l'attitude de Senkitchi, l'humeur sombre et boudeuse qui lui était autrefois habituelle reparut en s'intensifiant peu à peu.

Il n'y avait plus guère qu'une seule règle que Senkitchi continuât à observer spontanément, celle de ne pas découcher. Mais vint enfin une nuit où il ne rentra pas.

33

Ce fut ce soir-là que les nerfs de Taéko craquèrent.

Décidée à dormir sans l'attendre, elle s'était mise au lit, mais, de plus en plus lucide, elle n'arrivait pas à trouver le sommeil. Elle se releva en enfilant sa robe de chambre et tourna le bouton de la radio pour écouter les émissions nocturnes. Elle ne pouvait plus supporter le profond silence de l'appartement plongé dans la nuit.

Il n'y avait plus aucune trace du bonheur qui emplissait chacune de ces pièces du temps où elle vivait seule, amoureuse de Senkitchi. Où était-elle maintenant cette riche solitude! Seule restait la sensation d'une terrible vacuité au sein de cette longue nuit où même les ombres qui se profilaient aux quatre coins de l'appartement semblaient attendre, toutes tremblantes d'angoisse.

« Ce n'est pas ce que j'espérais! »

Du fond de son cœur lui montaient ces paroles qui n'auraient jamais dû être entendues.

Elle aimait dormir seule dans son lit à deux places, et cet espace superflu lui garantissait un agréable sommeil. Mais, ce soir-là, ce lit trop grand l'empêchait de dormir.

Senkitchi dormait toujours nu, avec un simple linge de coton autour de la taille. Quand il se retournait dans son sommeil, son corps venait toucher celui de Taéko, et elle recevait le choc de cette vague brûlante qui déferlait sur elle à intervalles réguliers. En moins d'un mois, cette présence à côté d'elle lui était devenue absolument indispensable pour pouvoir s'endormir.

Quelque chose de nouveau avait fait son nid quelque part dans l'existence et dans l'esprit de Taéko. Quelque chose de plus brutal que l'amour, de plus difficile à exprimer, y avait pris racine, et Taéko, bon gré mal gré, ne pouvait pas ne pas l'admettre.

« Non, je ne suis pas jalouse ! » répéta-t-elle plusieurs fois en se parlant toute seule. Si elle avait été jalouse, elle aurait déjà eu le temps, en ce seul mois de cohabitation, de tomber vraiment malade. Non, elle n'était pas jalouse !

Mais puisque de toute façon elle devait souffrir, elle ne pouvait se satisfaire de laisser cette souffrance s'annoncer de loin, il lui fallait au contraire — et elle n'aurait su s'expliquer cette folie — l'appeler tout près d'elle.

« Et si on abandonnait l'idée de vivre ensemble ? Si on recommençait à vivre chacun de notre côté ? »

C'était la première fois qu'une telle pensée traversait l'esprit de Taéko. Mais, lorsque deux êtres qui ont vécu ensemble en viennent à se séparer, ce n'est jamais pour revenir à la situation antérieure. Cela signifie généralement la mort de leur amour.

Il ne faisait pas si lourd, ce soir-là, mais Taéko ouvrit son réfrigérateur et se mit à manger des morceaux de glace. Elle aurait eu envie de plonger sa tête dans le frigidaire et de l'y laisser au moins une heure. Si elle avait pu se l'arracher, et la mettre à refroidir pendant quelque temps comme une pastèque, quel n'eût pas été son soulagement !

La tristesse et l'angoisse lui devinrent insupportables. Elle alluma tout ce qu'il y avait comme lampes, dans le salon, dans la salle à manger, dans la chambre. Elle errait ici et là à travers les pièces illuminées, lorsque soudain elle eut l'impression atroce que quelqu'un passait derrière son dos. Ce n'était, dans la grande glace de son armoire, que son propre reflet.

Taéko s'assit par terre sur le tapis :

« Je le quitte ! Je le quitte ! Je le quitte ! »

Cent fois au moins elle se redit ces mots. Mais elle savait bien au fond qu'il ne s'agissait que d'une incantation inutile. Stupéfaite de la longueur de la nuit, elle sortit son nécessaire à manucure et, à même le sol, elle se fit les ongles, ceux des mains, puis ceux des pieds, un à un, le plus lentement possible. Le vernis occidental, sous la forte lumière électrique, paraissait étrangement futile avec son rouge écarlate et criard. Taéko essayait de se consoler en s'imaginant qu'elle était une femme dévergondée, mais le vrai dévergondé, en fait, était Senkitchi. Elle, elle était simplement amoureuse.

A huit heures du matin, quand elle entendit la clef tourner doucement dans la serrure, elle ne se rappelait même plus que c'était là le bruit qu'elle attendait.

Taéko était certaine de pouvoir l'accueillir en lui montrant un visage froid et indifférent. Pourtant, lorsque Senkitchi lui eut dit : « Oh ! Tu es déjà debout ! » et qu'elle le vit, dans la clarté matinale, cligner des yeux sous les lumières étincelantes allumées dans toutes les pièces, sans savoir ce qu'elle faisait, elle se jeta dans ses bras et fondit en larmes.

Senkitchi, doucement, souleva ce corps secoué de sanglots et le porta dans la chambre.

« Tu es complètement folle, toi aussi... Tu te crois forte et, en fin de compte, tu pleures. Voilà ce qui arrive aux gens trop sûrs d'eux. Si tu dois absolument pleurer, fais-le plutôt de temps en temps, à petites doses... Mais qu'est-ce que je vais faire de toi, comme ça ? Pourquoi faut-il que tu ailles toujours jusqu'au bout de tout ce que tu imagines toute seule dans ta tête ? Non, vraiment, tu es complètement folle !

— Où as-tu couché hier soir ? »

Cette question d'une « femme complètement folle » jaillit de la bouche hautaine de Taéko avec l'éclat lumineux d'un vrai petit miracle, mais elle était si fatiguée qu'elle n'avait plus la force de s'en étonner.

« Regarde ! Tu vois ? Si tu me poses aussi simplement la question, alors je peux moi aussi te répondre facilement. Hier soir, j'ai bu avec un ami et, finalement, je suis resté dormir chez lui. En fait, je n'avais aucune raison particulière de coucher chez lui... j'avais juste envie de te voir pleurer. En plus, cet ami vient de se marier, et il vit avec sa femme dans un tout petit appartement : c'était très gênant !

— Ah !? » Taéko s'efforça de sourire, puis :
« Ecoute, j'ai deux choses à te demander...
— Oui ? Qu'est-ce que c'est ?
— D'abord, promets-moi que nous irons faire un petit voyage tous les deux !
— Ah !... Oui, bien sûr...
— Ensuite...
— Oui ? Ensuite ?
— Approche un peu les joues... »

Taéko, avec un claquement sec, gifla Senkitchi et, profitant de sa stupeur, vint plaquer sur la bouche du garçon des lèvres mouillées de larmes.

34

L'enjeu de ce voyage était important pour Taéko, mais ils ne s'entendaient pas sur sa destination. Elle voulait un endroit qui soit à une bonne distance de Tōkyō, calme, romantique. Senkitchi, lui, n'avait aucun goût pour la nature.

C'était encore une des particularités de caractère qu'elle avait relevée chez lui. Alors que l'époque était déjà aux « loisirs » et aux « vacances », alors que les jeunes gens rivalisaient d'énergie pour s'enfuir à la campagne et que c'était devenu la croix et la bannière pour obtenir le moindre billet de train, Senkitchi se montrait pleinement satisfait de la vie citadine.

Il n'avait jamais manifesté aucun désir d'échapper à cette agitation urbaine qui est censée user nos nerfs.

Ses nuits étaient celles du néon des enseignes lumineuses dont il ne pouvait se passer, et il n'aurait jamais accordé le plus petit regard à l'obscurité nocturne de la campagne.

Taéko considérait d'un air bienveillant cette originalité, en la mettant sur le compte de cette absence totale de snobisme qui était si remarquable chez Senkitchi. Car il faut bien dire que, parmi les gens qui vont se mettre au vert dès qu'arrive la fin de la semaine, les campagnards d'origine sont les plus nombreux. Et, dans leur cas, on devrait plutôt parler de « retour au pays » que de « week-ends ».

Un endroit avec des néons, des patchinkos, des sources thermales et une auberge tranquille... on avait beau réfléchir : il n'y avait guère qu'Atami pour réunir ces conditions. Taéko s'était d'abord opposée farouchement à ce projet, puis avait fini par céder aux instances de Senkitchi. On coucherait une seule nuit à Atami, mais il était entendu que le choix de l'auberge lui reviendrait.

Elle retint une chambre à l'auberge de Kinomiya, hôtel traditionnel, luxueux et calme, qui avait été la propriété d'un des grands trusts d'avant-guerre. Ils devaient loger dans une bâtisse de style campagnard qui servait d'annexe.

Notre époque est celle des propriétaires de voiture, mais ni Taéko, par manque de temps, ni Senkitchi, par paresse, n'avaient de permis de conduire. Taéko répugnait par ailleurs à utiliser sa voiture professionnelle pour un voyage privé. Aussi décida-t-elle, malgré la dépense que cela représentait, de louer un véhicule avec chauffeur. Celui-ci coucherait à Atami. On pourrait se promener autant qu'on voudrait. Ne pas regarder à la dépense, lorsqu'il s'agit de réaliser un rêve, était peut-être le seul trait de caractère masculin qu'on aurait trouvé chez Taéko.

Un samedi après-midi de la fin de juin, Senkitchi, strictement vêtu d'un complet des plus sobres, franchit donc le seuil de l'immeuble, en suivant docilement Taéko qui s'était fait faire pour la circonstance un ensemble de voyage.

La mine maussade du garçon blessa Taéko dans son orgueil, bien qu'en général elle aimât chez lui son attitude flegmatique, son indifférence à tout.

Une femme stupide n'eût pas manqué d'adopter aussitôt un ton ironique du style : « Je sais, ce n'est pas drôle de partir en voyage avec moi... » Taéko, elle, aurait été incapable de lancer ce genre de sarcasmes. Elle trouvait déjà assez lamentable qu'ils lui soient venus à l'esprit.

Jusqu'à ce que la voiture soit sortie de Tōkyō, ils gardèrent les yeux fixés sur le paysage brumeux. Ils s'étaient à peine dit quelques mots.

Pour une fin d'après-midi de samedi, la circulation était exceptionnellement fluide, et ils atteignirent Odawara en deux heures et demie. Au sortir de cette ville, la voiture tourna sur la gauche, et, à partir d'Hayakawa, ils prirent la magnifique route à péage qui longe la mer en décrivant de larges courbes montantes et descendantes. Même Senkitchi ne put s'empêcher de laisser paraître sur son visage une joie enfantine.

Avant le péage, se trouvait le relais-étape de Yugawara, et Taéko y fit arrêter la voiture. Il ne restait plus qu'une petite demi-heure de route jusqu'à l'auberge, mais elle avait soif et trouvait vraiment dommage d'arriver trop vite à destination. Elle voulait se reposer un moment avant de continuer.

Il était environ six heures du soir, et, malgré la couche de nuages, il faisait encore clair. Devant le relais s'étendait une pelouse ronde parsemée de petits pins et de yuccas dont les grandes fleurs sales ressemblaient à des clochettes de muguet. Du premier étage, ils découvrirent une mer grise, agitée de grandes vagues. Juste en face, sur l'île d'Hatsu-shima, clignotait une faible lumière bleutée. Et plus loin, au large, l'île Oshima étendait ses immenses ailes noires.

Les voitures filaient avec indifférence. Au milieu du jardin vide de toute présence humaine et plongé dans le crépuscule, on entendait le vent faire claquer les pages d'un journal abandonné dans la corbeille ajourée de la pelouse. Sur la mer, de l'autre côté de la route, les vagues s'élançaient en déployant leurs flancs verdâtres, puis se brisaient en s'enroulant sur elles-mêmes comme des rouleaux de peinture.

Ils s'assirent l'un en face de l'autre à une table sans âme. Ils burent de la bière. Un papier suspendu au mur disait : « Nos gâteaux de riz au millet — Spécialité du pays : terminé pour aujourd'hui. » En dessous, une télévision diffusait un spectacle de prestidigitation. Le magicien souleva le couvercle d'une boîte argentée, deux pigeons s'envolèrent.

« Tu viens sur la plage... C'est ma première sortie à la mer cette année...

— Moi aussi... »

Et Senkitchi se leva.

Sortant par le jardin, ils traversèrent la route et descendirent l'escalier de pierre de la digue. La plage était couverte de galets, et le sable au bord de la mer, détrempé par la pluie, était presque noir.

Taéko se mit à parcourir le rivage de long en large en appuyant de tout son poids sur ses talons aiguilles, puis, regardant les traces qu'elle avait laissées, une suite de petits trous, elle appela Senkitchi :

« Dis ? Quel animal a bien pu passer par ici ? »

Ces petits trous formaient en effet des empreintes bien étranges qui ne ressemblaient à celles d'aucun être humain. Senkitchi les observa d'un air si sombre que la joyeuse plaisanterie de Taéko rata son but.

Précédant Senkitchi, Taéko revenait vers la voiture, quand, au milieu de l'escalier de pierre, elle remarqua un paquet de cigarettes américaines presque vide. Il n'était pas froissé, et on pouvait penser que quelqu'un venait de le laisser tomber. Tout, jusqu'à la marque, suggérait qu'il appartenait à Senkitchi. Taéko le ramassa sans réfléchir et le présenta au jeune homme qui la suivait d'un air distrait :

« Tiens ! Tu as perdu quelque chose ! »

La réaction de Senkitchi fut des plus bizarres. Il avait déjà tendu la main, mais s'arrêta net en secouant brusquement la tête.

« Tu ne vas pas ramasser tout ce qui traîne par terre !

— Mais enfin... c'est à toi, non ?

— Comment est-ce que tu peux savoir que c'est à moi ?

— Tu es vraiment odieux ! Ça ne peut être qu'à toi, voyons ! Si encore c'était une marque japonaise, de ces cigarettes qu'on trouve partout...

— Ce n'est pas à moi, je te dis que ce n'est pas à moi ! Jette ça ! »

Il s'entêta à lui faire jeter le paquet, mais comme, amusée, elle résistait, il le lui arracha finalement des mains, le tordit pour en faire une boulette, qu'il lança de toutes ses forces sur la plage, en luttant contre le vent marin.

35

L'auberge d'Atami était une maison tranquille. Depuis le vieux porche à deux étages construit dans un style bouddhique, on pouvait apercevoir, perdue au fond du jardin, l'entrée faiblement éclairée d'une demeure campagnarde à laquelle on accédait par un chemin pavé irrégulièrement de grosses pierres. Un pavillon isolé, au-delà de l'étang, comprenait un salon meublé dans le goût de l'époque Taishō, deux pièces purement japonaises et une salle de bains. Le toit était entièrement recouvert de chaume, mais, à l'intérieur, on trouvait tout le confort moderne. Il y avait même une cheminée occidentale. L'ensemble, pourtant, faisait assez vieillot, n'avait plus rien de brillant.

Dans le jardin, les conduites en bambou, le jet d'eau de l'étang faisaient un bruit de pluie. Taéko aima tout de suite cette auberge, mais Senkitchi restait nerveux. Ils prirent un bain, dînèrent. Et, aussitôt après, le jeune homme manifesta son intention d'aller se promener en ville.

« Toujours le patchinko ? dit Taéko en prenant les devants.

— Oui ! Quel gamin... n'est-ce pas ! »

Agitation d'un samedi soir au Ginza d'Atami. Sous ces lumières criardes sans aucune ressemblance avec la clarté du Ginza de Tōkyō, on ne pouvait pas ne pas sentir flotter dans l'air la tristesse propre aux plaisirs qui ne durent qu'une seule nuit. Rutilance désespérée des gigantesques magasins de souvenirs. Les reflets éclatants des miroirs qui recouvraient les piliers semblaient faits pour donner le vertige aux promeneurs, tous ivres dans leurs kimonos de nuit.

Ils descendirent la grande rue centrale et parvinrent au bord de la mer, où ils entrèrent dans un patchinko tout neuf dont l'immense enseigne proclamait : « Spécial ouverture. » Ils payèrent chacun cent yens, et, lorsqu'ils mirent leurs récipients de plastique sous les distributeurs automatiques en poussant vers le haut les tubes d'arrivée, les billes s'y répandirent en roulant comme une avalanche.

Les branches artificielles de saule qui flottaient au-dessus de leur tête, la chanson d'Ishihara Jūjirō *Le mouchoir rouge* qu'on remettait sans cesse, le bruit ininterrompu des clochettes et des billes dont les tintements se mêlaient dans la salle de jeu, cette atmosphère particulière aux patchinkos, depuis quand s'était-elle insidieusement glissée dans la vie de Taéko ? Plus elle y pensait, plus cela lui paraissait incroyable.

A contrecœur, elle se mit à introduire ses billes dans la machine voisine de celle dont s'était emparé Senkitchi, et commença alors pour elle, inattendu dans ce voyage, un nouveau moment d'entière solitude.

Ah, cette pose héroïque et convaincue qu'il prenait toujours lorsqu'il se trouvait devant une machine de patchinko, un vrai pilote de ligne aux commandes de son Jet !... Cette attitude hautaine de professionnel, la cigarette au bec, les deux jambes écartées, la main gauche collée à la fente du billard pour y introduire d'un coup de pouce les billes qu'il lançait les unes après les autres, en faisant rebondir la manette à l'aide de sa main droite... Elle aurait été bien incapable de l'imiter ! Sans cesse, sous le cadran, virevoltaient et frétillaient comme si elles étaient vivantes trois ou quatre billes se jouant des obstacles : une tour de Tōkyō en fer-blanc, de petites portes en plastique rouge, des fleurs de cerisiers métalliques qui tournaient et tournaient. Comme entraînées par le bruit des clochettes, les billes gagnantes tintaient continuellement en marquant des points. Et les billes gagnées sortaient avec une facilité déconcertante, au bord de l'épuisement.

Au bout d'une heure de jeu, Senkitchi revint enfin à lui, et proposa :

« Si nous allions dans un café ? J'ai soif. »

Il fallait vingt-cinq billes pour avoir un paquet de cigarettes Peace : il en avait gagné deux douzaines. Ils sortirent et marchèrent vers la plage.

On voyait partout des groupes de promeneurs passablement éméchés sortis des hôtels des environs. Comme Taéko et Senkitchi avaient gardé leurs vêtements occidentaux, ils furent plusieurs fois accostés par des rabatteurs d'auberge qui lâchaient difficilement prise. Ils comprirent l'utilité de porter des kimonos de nuit quand on déambule dans ce genre de ville.

Les gens ivres qu'ils croisaient avaient tous l'ivresse joyeuse. C'étaient des gens simples, et, parmi eux, il y avait même une femme qui, son kimono retroussé, marchait en montrant sa culotte. Ils n'étaient pas dangereux, mais Taéko était si effrayée qu'elle se cachait derrière Senkitchi. Il se moqua d'elle :

« Tu penses vraiment que les gens vulgaires sont dangereux ? On ne peut pas imaginer de préjugé plus stupide ! »

Elle se sentit obligée de reconnaître la justesse de cette remarque, mais il n'en était pas moins vrai que l'image de la vulgarité associée au bien lui était tout à fait insupportable. Si l'on était grossier, on se devait d'être aussi méchant que Senkitchi, et au lieu de ces regards lourds d'obscénité qu'elle voyait autour d'elle, il fallait avoir des yeux froids et cruels. D'un autre côté, les bons avaient l'obligation de se montrer distingués.

Ils trouvèrent un café assez agréable avec une terrasse donnant sur la mer, mais il était déjà envahi par de nombreux clients dans un état d'ébriété assez avancé.

Quand ils eurent enfin trouvé deux chaises libres, ils commandèrent des boissons fraîches, qu'ils attendirent en vain. Une nuit étouffante, chaude et sans étoiles pesait au-dessus de la ville, et, juste sous leurs yeux, une foule de promeneurs s'étaient assis sur la digue pour prendre le frais. A l'arrière-plan, on voyait parfois se découper dans le ciel nocturne les embruns blancs des hautes vagues, on devinait une mer agitée. Impression que renforçaient les oscillations verticales du *Ryūgūmaru* ancré plus loin dans la baie de Nishiki. Les riches lumières illuminant le bâtiment se balançaient vertigineusement au rythme de la houle.

« Enfin nous sommes seuls, tous les deux... loin de tout...

— Il suffit que tu t'éloignes de ton travail pour que tu sois de bonne humeur, mais moi...

— Tu veux dire que tu ne te sens jamais libre ! »

Elle avait enfin laissé éclater sa rancœur, en une seconde, sans avoir eu le temps de se contrôler.

« Tant que tu dis ce genre de méchancetés, je suis tranquille...! »

Senkitchi souriait, railleur.

« Quoi ? Qu'est-ce que cela signifie ?

— Je te le dirai demain ! »

Ces quelques mots pleins de sous-entendus suffirent pour ternir le fugitif bonheur de Taéko, mais elle n'eut pas le courage de le questionner davantage. Assise immobile au milieu de l'agitation ambiante, elle s'enfonça dans une angoisse de plus en plus lourde.

Si Senkitchi avait quelque chose à lui dire, il ne pouvait s'agir que de leur rupture. Elle n'avait aucune raison particulière de parvenir à une telle conclusion, mais une vague intuition lui faisait sentir qu'elle se trouvait dans une situation désespérée. Tout dépendait d'une seule parole de Senkitchi. Elle s'était mise elle-même en position de faiblesse, une faiblesse comparable à celle d'un employé qui peut être renvoyé sur un simple mot du patron. Et elle avait beau réfléchir, elle ne pouvait rien faire d'autre que de s'en prendre à elle-même.

« Si je quitte cet homme... » Taéko regarda alors le profil de Senkitchi à la lumière de cette idée qui lui venait à l'esprit. Le problème ne résidait pas dans cette hypothèse elle-même, mais dans le fait qu'elle se la permettait pour la première fois.

C'était toujours le même beau visage éclatant de jeunesse qu'elle avait devant elle. Mais ce n'était plus cette attirance objective qu'on éprouve pour le corps d'un homme qu'on commence à aimer. Il y avait là une force magnétique beaucoup plus obscure, beaucoup plus globale. Quelque chose chez Senkitchi la fascinait, ne la lâchait plus, et elle n'aurait déjà plus su dire ce que c'était. Sa voix, un geste banal, son sourire, une habitude de rien du tout comme cette façon qu'il avait, lorsqu'il craquait une allumette, de faire la moue en regardant la flamme s'allumer d'un regard hésitant... tout cela, surtout depuis le début de leur vie commune, s'était collé comme de la glu dans les moindres recoins du cœur de Taéko, et elle ne pouvait plus s'en défaire. Essayer d'extirper de son esprit un seul de ces petits riens insignifiants revenait pour elle à s'arracher la peau en prenant le risque de la faire saigner.

Penser qu'elle ne voulait pas se séparer de Senkitchi était déjà pour Taéko une réaction d'autodéfense. Qui songerait, en effet, de gaieté de cœur à s'arracher la peau ?

Elle avait beau regarder Senkitchi avec en tête l'idée d'une séparation prochaine, cela ne dépassait pas, en fin de compte, comme pour ces habitants de l'hémisphère nord qui ne verront jamais la Croix du Sud, le domaine d'un monde imaginaire qui n'avait pas la moindre chance de se concrétiser, tant, du moins, qu'elle ne changerait pas de vie.

36

Ce soir-là, il était déjà plus de minuit lorsqu'ils revinrent à l'auberge. Ils reprirent un bain, puis se couchèrent.

Au centre de la pièce à tatamis, les deux matelas tirés à même les nattes étaient étroitement collés l'un à l'autre. Avec leurs deux édredons pourpre et violet, ils composaient, aux yeux de Taéko habituée à la literie occidentale, un tableau terriblement érotique. Loin d'être un réceptacle propice au sommeil, ils ressemblaient à une arène carrée, une piste de volupté prête à toutes les folies du monde des estampes.

Senkitchi, sorti le premier du bain, était déjà étendu à plat ventre sur son lit, laissant voir son dos musclé et tout bronzé. Il fumait. Sans quitter des yeux la fumée de sa cigarette, il dit soudain :

« Mets-toi en kimono !
— Mais...
— Il n'y a pas de mais ! Enfile ton kimono, et viens ! »

Taéko savait bien que rien ne lui allait plus mal qu'un kimono, et, même s'ils étaient seuls, ou plutôt, justement parce qu'ils étaient seuls, elle n'avait pas envie de ressembler à ces touristes ordinaires et débraillés qui fréquentent les stations thermales. Et surtout, Taéko ne savait pas mettre correctement ce genre de vêtement. Le kimono de nuit soigneusement plié dans la corbeille de l'auberge avait une ceinture de dessus rose et un cordon de dessous de la même couleur tendre. Elle essaya tant bien que mal de s'habiller devant le miroir de la coiffeuse, mais cela ne lui allait pas, l'ensemble lui paraissait sans grâce et d'un négligé atroce.

Tout hésitante, elle jeta un coup d'œil furtif vers Senkitchi allongé dans la chambre voisine. Sur son dos, les muscles des omoplates saillaient dans l'ombre comme deux ailes repliées. Le halo de la lumière de la lampe de chevet était plein de volutes de fumée qui montaient de sa cigarette.

Elle fut tout à coup saisie par une idée terrible, inimaginable chez elle, et qui la laissa pétrifiée. Amener Senkitchi au suicide amoureux, se donner la mort ensemble, là, ce soir même, quel bonheur !

Un instant, flotta devant ses yeux — quoique en réalité elle n'en ait jamais vu — une photo de l'identité judiciaire : un homme et une femme sans vie, couchés la face contre terre dans le désordre de leur kimono d'emprunt. Scène sordide, s'il en est, mais qui, en même temps, comme les restes noirs et calcinés d'un feu de feuilles mortes rappellent la flamme magnifique qui s'en élevait la veille, évoquait les vestiges d'une nuit de joie et d'extase effrayantes.

« Entraîner de force Senkitchi dans un suicide amoureux... Si moi, Taéko, je tuais le petit Sen... » ... En fait, cette idée n'avait rien d'extraordinaire, et, plutôt que de la trouver abominable, elle en aurait ri autrefois. Mais maintenant, en cet instant, elle lui paraissait d'une merveilleuse originalité. Elle imagina ce garçon qui lui torturait tant l'esprit réduit à l'état d'un cadavre silencieux et aveuglément docile, conservant par-delà la mort la froideur glaciale inhérente à sa nature. Quel repos alors dans le cœur de Taéko!

Il ne s'agissait là bien sûr que de divagations fantaisistes, et Taéko pensait déjà avoir réussi à les chasser de son esprit. Mais, lorsque Senkitchi, étrangement excité par l'allure pitoyable de Taéko, ouvrit violemment le col du kimono pour enfouir sa tête entre les deux seins, lorsque Taéko sentit amoureusement l'odeur de cosmétique qui se dégageait de la chevelure du garçon, elle ne put s'empêcher d'y mêler à nouveau une vision de mort. Cette odeur sombre et fraîche lui rappela le parfum de la fumée d'encens qui accompagne les cérémonies funèbres, et elle s'exalta à l'idée que ce soir était peut-être pour tous deux l'ultime occasion de faire l'amour.

C'était la première fois que la pensée de la mort venait pimenter aussi fortement leur union charnelle. Cet excès d'imagination avait un côté fou, puéril, mais Taéko ressentit dans sa chair même qu'il existait une extase proche de celle du suicide amoureux.

Plaisir, douceur de la mort... Taéko venait sans doute d'inventer de toutes pièces ce succédané afin de s'arracher à l'angoisse d'une séparation. Car, s'il est vrai qu'une rupture signifie la mort psychologique, la mort physique doit porter en elle une signification contraire. Et Taéko pensait pouvoir, par ce biais, inverser à cent quatre-vingts degrés la logique à laquelle elle était acculée.

Dans la pénombre, le cordon rose clair se défit dans un crissement de soie.

Et Taéko pleura bientôt de plaisir. Dans la nuit de la chambre, il n'y avait plus rien, ni société ni mystère ni regards inquisiteurs ni aucune vanité. Ils s'aimaient, tous les deux rejetés par le monde, tels des naufragés voguant sur un radeau perdu en haute mer...

Senkitchi lui donna un léger signal du coude, et Taéko aussitôt comprit, devinant et devançant son désir. Ils ne furent plus alors que deux cercles doucement enchaînés l'un à l'autre. Comme un kaléidoscope avec ses fins éclats de verre peut passer d'une figure à une autre dans des compositions toujours nouvelles et infinies, leur imagination ne connaissait plus de limites.

Taéko avait l'impression qu'elle devait s'accrocher de toutes ses forces aux bras vigoureux du jeune homme. Sinon, elle allait sombrer dans la mer, disparaître à jamais. Dans de brefs instants de répit, Senkitchi s'amusait avec le bout du nez de Taéko, le tirait légèrement, le pinçait, le couvrait de baisers... Et Taéko, qui détestait les animaux, comprit enfin les sentiments de ceux qui adorent leur chien.

Leurs deux corps exhalaient un parfum de plus en plus tenace. Les oreillers avaient été rejetés bien loin en dehors du cercle de lumière de la lampe de chevet.

Elle eut l'impression qu'ils ne s'étaient jamais aimés aussi simplement, avec leur seul corps, au point de pouvoir se passer complètement de ce qu'on nomme ordinairement le cœur. C'est d'une volonté commune, en tout cas, qu'ils étaient parvenus à ce stade.

« Dire qu'il n'y avait plus aucune angoisse ! Le soir même où on avait pu craindre une rupture... »

Né de la seule union de la chair, l'apparition d'un monde vierge de toute angoisse était pourtant, si l'on y pense, une situation par elle-même angoissante.

Comme deux noyés en train de couler, ils s'étaient empoignés solidement par les cheveux et se regardaient intensément dans les yeux.

... Senkitchi s'écarta enfin, et, silencieux, ils contemplaient le plafond noirci par la fumée de cette ancienne maison campagnarde lorsque, brusquement, l'inquiétude qu'elle commençait à oublier vint à nouveau la tenailler.

Tout en ressentant encore dans toutes les fibres de son corps les ondes profondes du plaisir, elle comprenait, avec une intensité douloureuse, que, étant parvenus ce soir-là à une limite extrême, ils s'étaient aventurés dans un monde sans issue. Jamais de sa vie Taéko n'avait autant crié de plaisir, mais c'était justement là une de ces situations bloquées et inexplicables que tout être humain — et particulièrement un homme — aurait voulu détruire à tout prix.

Taéko craignait que Senkitchi, alors même qu'ils regardaient ainsi le plafond noir de la pièce, ne se décidât à aborder le sujet qu'il avait remis au lendemain. Il lui semblait tout à fait naturel qu'il choisisse ce moment pour le faire, et son cœur se mit à battre plus vite.

Mais Senkitchi ne disait rien.

Elle le regarda et vit qu'il dormait.

37

Le lendemain encore, le ciel, légèrement couvert, était plein d'une lumière blanche.

Après avoir pris leur petit déjeuner, ils ouvrirent toutes grandes les portes coulissantes et s'assirent sur les chaises au bord de la pièce. Ils regardèrent le jardin.

Dans la couleur trouble de l'étang, venait briller de temps à autre le dos d'une carpe, et, tout au bord, quelques azalées rouges dessinaient une ombre claire. Au milieu, à travers les feuilles du jeune érable qui ornait un îlot minuscule, le jet d'eau déployait ses grandes plumes de paon frisées d'écume blanche.

De l'autre côté de l'étang, perdu dans un fourré de camélias, on voyait un moulin décoratif que faisait tourner une petite cascade. Parasité d'épaisses touffes de fougères vertes, un phénix soutenait de ses hautes palmes vigoureuses le ciel nuageux.

« Tiens! Un papillon de nuit! dit soudain Taéko.

— Où?

— Près du phénix, là... »

C'était un gros papillon bleu pâle, qui vagabondait à l'ombre des arbres, étrange silhouette.

« Et si, tout d'un coup, il nous volait dans la bouche ?

— C'est répugnant, arrête !

— On s'arrêterait de respirer... »

Taéko avait voulu exprimer la sensation d'étouffement qui l'oppressait, mais la conversation en resta là.

Senkitchi releva les manches de son kimono, et se renversa en arrière dans son fauteuil en rotin. Il semblait parfaitement détendu, l'esprit tranquille. C'était le portrait même du jeune mari tout à fait sûr de lui, pour qui les affres de son voyage de noces ne sont plus qu'un lointain souvenir.

« Senkitchi, lui aussi, se mariera un jour ou l'autre ! »

A cette idée, Taéko sentit une boule brûlante se nouer au fond de sa gorge. Non, elle ne pouvait plus attendre passivement la sentence de Senkitchi. Son intuition lui disait clairement qu'il n'était venu à Atami que pour lui parler de rupture, et elle ne supportait plus d'attendre, les bras croisés, qu'il se décide, sa destinée suspendue à un seul mot de lui.

Ses chances de pouvoir prendre les devants s'amenuisaient d'instant en instant. Si Senkitchi parlait le premier, tout serait perdu.

La veille, pendant qu'il dormait à ses côtés, elle avait passé le problème en revue, et réfléchi à une ultime proposition, une sorte de moyen terme, qui lui permettrait peut-être d'esquiver la rupture dont il allait lui parler. Il fallait le faire tout de suite, sinon il serait définitivement trop tard.

« Dis... », et, l'air de rien, elle commença. « Nos relations en sont arrivées à un point critique, tu ne trouves pas ? Si nous continuons comme ça, nous courons fatalement à la catastrophe. Nous sommes déjà complètement dépendants, comme des drogués... » Puis, se concentrant, elle se lança dans des explications supplémentaires : « Bien sûr, c'est tout à fait subjectif ! Car il faut dire que tu n'as pas l'air de t'en faire beaucoup ! Mais je pense que, quand on en arrive là, il n'y a qu'une solution. Il faut absolument qu'on se reconnaisse le droit d'avoir des rapports avec quelqu'un d'autre, même quelque chose de sérieux, sans aucune cachotterie. Tout sera plus clair entre nous, on ne risquera plus de se faire la tête. Et nous pourrons continuer à nous aimer, comme des adultes. Dis... il me semble que dans notre cas, c'est possible, non ?

— Ah ?!... » Senkitchi la scruta des yeux, puis lui demanda dans un brusque accès de colère qui la remplit de joie « Tu as un autre homme dans ta vie ?

— Mais non, bien sûr ! » lui répondit-elle vivement, et c'était bien la première fois qu'elle avait une voix aussi gaie.

« Mais non, je n'ai personne d'autre, bien sûr ! Ce que j'en disais, c'est pour l'avenir. Si tu dois conserver une totale liberté en vivant avec moi, j'ai pensé que, pour moi aussi, il fallait que ce soit la même chose. C'est ma seule chance de salut. J'ai horreur des mystères. De tous ces petits secrets qui finissent par rendre névrosé. A partir de maintenant, présente-moi toutes tes amies. Je peux te faire le serment que je ne te créerai aucun ennui. Mais, en échange, j'aurai peut-être moi aussi une aventure, un de ces jours, pour me préserver. A ce moment-là, je te présenterai la personne en question, ouvertement, et je te demanderai ton approbation... Comment t'expliquer ? Je crois que nous sommes arrivés à un moment où nous devons renoncer à toute hypocrisie. L'hypocrisie, laissons-la aux couples ordinaires... Soyons complices, plutôt... comme des hors-la-loi ! »

« Ah ça, par exemple ! C'est complètement fou ! » avait l'air de penser Senkitchi. Cette attitude surprit Taéko.

Mais, pour elle, la partie était presque gagnée.

Une telle proposition avait dû sans doute blesser un peu l'amour-propre de Senkitchi, mais, au moins, il ne pouvait plus revenir en arrière, elle en était certaine. Si, après cela, Senkitchi se mettait à parler de rupture, cela reviendrait pour lui à abandonner l'idée de mener l'existence dorée et totalement libre qu'elle lui promettait. Puisque la cause même qui pouvait le pousser à rompre, quitte à ruiner ses ambitions, avait maintenant pratiquement disparu ! A partir de cet instant, Senkitchi pouvait se sentir libéré, quoi qu'il arrive, de tout fardeau sentimental, de tout remords de conscience — si tant est qu'il en ait jamais eu...

Le jeune homme, plongé dans ses pensées, semblait peser le pour et le contre. Comme toujours dans ces cas-là, lorsqu'il s'absorbait dans des calculs intéressés, sa physionomie fière et extraordinairement sérieuse avait quelque chose de touchant. C'est seulement dans ces moments-là qu'il semblait avoir oublié son beau visage au vestiaire. Assis avec un genou relevé sur son fauteuil, il se tenait vraiment très mal. Pour mieux réfléchir, il pinçait, tortillait la chair juvénile de sa belle cuisse, dont la face interne gardait, meurtrie comme une petite fraise sanglante, la trace d'un des baisers de Taéko.

« Bon, eh bien, c'est d'accord. Faisons comme ça ! »

Senkitchi était parvenu à s'arracher cette réponse, mais son visage laissait encore visiblement paraître sa difficulté à comprendre pourquoi Taéko lui avait fait une telle proposition. Une femme qu'on avait rendue si heureuse ! Non, après ça, quelle gifle ! semblait-il vouloir dire.

« Comédien ! » pensa Takéo en observant le visage de Senkitchi. Mais, sentant qu'elle avait gagné, elle fut prise d'une joie extravagante.

« Allons ! Serrons-nous la main ! »

Et, tendant la main droite, elle saisit celle de Senkitchi, le força à se lever, puis, l'attirant dans un coin sombre de la pièce, elle voulut un baiser. Elle l'embrassa avec une incroyable voracité, et comprit aussitôt combien Senkitchi se sentait décontenancé... Ils se séparèrent enfin, reprirent un bain. Puis, l'esprit rafraîchi, ils se promenèrent dans le jardin. Derrière la maison campagnarde, il y avait un grand bigaradier, vieil arbre couvert de fruits. D'un bond remarquable, Senkitchi atteignit une branche et cueillit deux oranges amères. Il en donna une à Taéko et mordit l'autre. Le fruit était si acide qu'il grimaça, tandis que Taéko éclatait de rire en se mettant à éplucher son orange. Mais elle avait à peine commencé à enlever la peau que du jus lui gicla dans les yeux. Elle pleurait en riant...

38

Pour éviter l'encombrement des voitures qui rentraient à Tōkyō, ils quittèrent Atami à huit heures du soir. Comme ils approchaient du péage, Taéko, pensant que ce petit voyage s'achevait sur un succès complet, regarda avec un intense sentiment de satisfaction la mer qui s'étendait dans l'ombre de la nuit.

Ils repassaient devant l'endroit où ils s'étaient arrêtés la veille, lorsque Senkitchi dit soudain comme s'il venait de se rappeler quelque chose :

« Ah ! J'allais oublier ! Je t'avais promis de te parler aujourd'hui.

— Oui ? »

Taéko sentit son pouls s'accélérer dangereusement, son visage pâlir. Et pourtant elle savait bien que sa peur ne relevait plus que du domaine de l'imagination.

« C'est à propos des cigarettes que tu as ramassées ici, sur la plage. Je savais bien que c'était à moi, mais, tu te rappelles ? je les ai jetées. Tu sais pourquoi ?

— Ah non ! Pas du tout... vraiment !

— C'est parce que tu aurais pu en quelques secondes les changer pour mettre à la place, je ne sais pas, moi, des cigarettes empoisonnées à la cocaïne, par exemple... Il y a longtemps, j'ai failli être assassiné par une fille avec qui je faisais justement un petit voyage, comme nous, maintenant. Elle avait sérieusement programmé de se suicider avec moi en me forçant à mourir. J'ai été sauvé in extremis, et je n'avais pas du tout envie de recommencer la même expérience, tu comprends ! Au début de notre voyage, je ne sais pas pourquoi, mais j'avais une drôle d'impression... J'ai repris confiance quand tu as commencé à me dire des méchancetés, dans le café, hier soir. Tant qu'une femme se montre désagréable, elle ne se lance pas dans des actions aussi extrêmes. La fille d'avant n'avait pas un mot blessant, non, elle était plutôt incroyablement gentille, docile, et tous mes essais de provocation tombaient à l'eau ! Depuis le début du voyage !

— Ah bon ! C'était donc ça, ce que tu avais à me dire lorsque tu me disais : " Je vais te parler demain... " C'était ça ! » ... Et Taéko se mit à rire comme un pantin désarticulé. « Quelle idiote ! Je m'étais complètement trompée !

— Comment ça, trompée ?

— Non vraiment, c'est stupide ! C'était donc ça ? Quel froussard, au fond ! Avoir peur de moi ? C'est vexant à la fin ! Pourquoi ne m'as-tu rien dit à ce moment-là, si c'était ça ? Alors je me serais fait un plaisir de te tuer, pour ne pas te décevoir... »

Et Senkitchi, dépassé par la réaction de Taéko dont l'euphorie extravagante ne cessait de s'accroître, ne put que répéter :

« Mais qu'est-ce que tu veux dire ? Tu t'étais trompée ?

— Eh bien ça..., commença Taéko qui fut prise d'un nouveau fou rire. Ça, je te le dirai demain... »

39

On était en juin, et la réunion des Beautés Toshima avait été fixée, comme d'habitude, au 26 du mois. Ce jour-là — courte pause dans la saison des pluies —, il avait cessé de pleuvoir, mais il régnait une chaleur étouffante et le thermomètre dépassait les trente-cinq degrés.

Elles dînèrent toutes les trois dans un nouveau restaurant qui se trouvait lui aussi dans le quartier de Roppongui. Suzuko leur avait vanté les mérites d'un plat qu'on y servait, de grosses tranches d'anguille frites suivant la recette des anguilles « à la Benoîton », et elles avaient décidé d'aller goûter cette spécialité.

Cette réunion était pour elles la dernière occasion de se rencontrer avant l'automne, car Nobuko partirait fuir les grosses chaleurs dès le mois de juillet, fidèle à son habitude de passer tous ses étés à lire dans une petite villa qu'elle avait à la montagne. Nobuko s'interdisait, au moins pendant cette période, de courir les avant-premières, les défilés de mode, ce qui, pour ses deux amies toujours esclaves de leur travail, manifestait un goût insatiable du luxe.

Taéko elle-même projetait néanmoins pour l'année suivante de louer une boutique à Karuizawa et d'y emmener avec elle deux ou trois couturières qu'elle aimait bien pour y faire quelques affaires durant l'été : ce serait une manière comme une autre d'éviter la canicule. Elle emporterait plusieurs tissus d'automne, et pourrait déjà remplir son carnet de commandes dans cette région estivale. L'idée la séduisait, mais, cette année, il lui semblait plus intelligent de ne pas quitter son magasin de la capitale pour s'attacher un peu plus une clientèle qui, de toute façon, passait l'été à faire des allées et venues entre Tōkyō et Karuizawa. Karuizawa! Quand elle pensait à ces patronnes de bar de Ginza, vulgaires parvenues qui se vantaient maintenant de s'y rendre en villégiature, tout cela lui paraissait un peu ridicule pour une station qui, à l'origine, avait été lancée par des amis de ses parents.

... Lorsque Taéko, Nobuko et Suzuko se réunissaient, on pouvait toujours s'attendre à de joyeux bavardages, mais ce soir-là, Taéko était encore plus gaie. Elle buvait beaucoup, et son rire résonnait plus fort que d'habitude.

Nobuko, à qui on avait demandé un article sur les sous-vêtements masculins, en faisait toute une histoire, expliquant combien il lui était difficile de procéder à une enquête individuelle sur le terrain.

« Eh bien, moi, je ne me suis jamais intéressée aux sous-vêtements masculins ! » dit crûment Suzuko.

Dans son esprit, en effet, il n'y avait que deux sortes d'hommes. Ceux qui évoluaient en costume cravate, et ceux qui préféraient le costume d'Adam.

Taéko savait bien que le but même de leurs réunions était de pouvoir tout se dire, sans aucun mensonge, sans aucun secret. L'expérience du divorce puis celle d'une activité professionnelle avaient appris à ces trois femmes qu'on ne pouvait pas vraiment vivre sans avoir quelque part dans sa vie un tel espace, de tels moments de liberté. Une vie familiale banale ne pouvait en aucun cas vous enseigner ce genre de sagesse.

Lorsqu'elles se parlaient ainsi à cœur ouvert, elles ne pouvaient s'empêcher de se souvenir, chacune pour elle-même, des rapports conjugaux qu'elles avaient eus avec leurs anciens maris. Si ces lugubres activités avaient été la cruelle vérité de leur « sacro-sainte » vie familiale, il y avait dans les propos qu'elles tenaient maintenant une limpidité si dégagée de toute contingence que la liberté dont elles jouissaient paraissait lumineuse. Mais, en même temps, la répétition monotone de ces conversations qui leur permettaient uniquement de vérifier qu'elles étaient toujours libres s'accompagnait d'un sentiment indéfinissable d'inutilité. Aussi la gaieté des réunions des

Beautés Toshima sonnait-elle toujours un peu faux.

« Vous ne pourriez pas me chercher quelqu'un pour une petite aventure ? »

Lorsqu'elle aborda ce sujet, Taéko était au comble de sa joyeuse excitation. Mais, à vrai dire, si elle s'était efforcée de montrer tant d'entrain, c'était uniquement pour pouvoir poser cette question.

L'idée d'affronter la réaction de ses amies lui était particulièrement pénible. Etrange vanité, sans doute, puisque leur amitié était précisément fondée sur une totale compréhension mutuelle. Elle n'aurait pas supporté — ce qui était pourtant fort probable — que Nobuko et Suzuko la regardent avec l'air de dire : « Ah, ah ! Vos rapports entre Senkitchi et toi en sont déjà là ! »

C'est à cet instant, vraiment, qu'elle put se féliciter sur le choix de ses amies, car ces dernières, dès qu'elles l'eurent écoutée, lui répondirent, toutes réjouies, sans lui demander la moindre explication. Leur visage rayonnait d'amitié.

« Eh bien, il y a de nombreuses possibilités. On en trouve partout, à dix yens le lot !

— Non, quand même, vous pouvez aller jusqu'à trente !

— Quel genre te plairait ? Profession ? Age ? Dis-nous ce qui te ferait plaisir !

— Pas quelqu'un du même âge que lui, cela n'aurait aucun intérêt ! leur expliqua Taéko en évitant de prononcer le nom de Senkitchi. Plus de trente ans... oui, c'est cela... la quarantaine environ, ce serait parfait...

— Pourtant... les hommes de cet âge... ce n'est pas ton genre, non ?

— J'ai envie de changer un peu... Et puis il faudrait que ce soit quelqu'un qui ne se sente pas responsable, qui ne soit pas gênant en fin de liaison, un homme qui sache s'amuser, mais qui ne soit pas n'importe qui...

— Bien, bien, compris ! Nous connaissons tes goûts, et, ces temps-ci, il y a pas mal d'hommes mûrs qui continuent à jouer aux play-boys ! »

Suzuko et Nobuko sortirent leurs agendas et se consultèrent à voix basse. Puis Suzuko éleva enfin la voix :

« Ça, là, c'est pas mal ! Je vais essayer de lui téléphoner. A cette heure-ci, il est en général au " Rosamonde ". »

Suzuko était déjà debout, mais Taéko, un peu troublée, essaya de la retenir.

« Laisse-moi, voyons ! Je vais seulement lui demander de venir, et, s'il ne te plaît pas, les choses en resteront là. De toute façon, c'est quelqu'un qui n'a jamais rien à faire... »

Et, sur ces fortes paroles, Suzuko disparut vers le téléphone.

Regardant par-derrière le tour de hanches de Suzuko qui s'était passablement élargi, Taéko se dit que cela ne servirait à rien de l'arrêter et décida de se laisser porter par les événements.

Elle vit soudain s'ouvrir devant ses yeux une route sombre et droite. Elle pouvait très bien s'y précipiter les yeux fermés, ce n'était pas la première fois qu'elle s'y engageait. Et pourtant, pourquoi lui paraissait-elle ce jour-là comme une voie dangereuse qui la mènerait fatalement à la perdition ? Sa vie avec Senkitchi était-elle donc si pure ?

« Il est comment au juste, votre homme ? demanda-t-elle négligemment à Nobuko en la regardant à travers son verre de vin.

— C'est le directeur d'une société qui fabrique des appareils médicaux !

— Quelle horreur !

— Comment ça : " Quelle horreur ! " ? Il ne va pas te les faire essayer ! C'est le fils du fondateur de la fameuse société Otowa. Il paraît que tous les hôpitaux qui dépendent de la faculté de médecine de l'Université de Tōkyō utilisent ses appareils. C'est un homme excessivement ponctuel et, tous les soirs, de huit heures à neuf heures et demie, il est au bar " Rosamonde " où il peaufine ses plans de campagne pour la soirée. Il est très amusant ! Je ne sais pas s'il va te plaire, mais c'est le type même du jouisseur.

— Je ne voudrais pas non plus d'un vieux don Juan !

— Mais le plus important, finalement, c'est qu'il ne te fasse pas d'histoires, quand tu voudras le quitter, non ? Tu ne peux pas te montrer trop exigeante, dans ton cas ! »

Taéko fut frappée par les mots de Nobuko qui faisaient allusion au « cas » dans lequel elle se trouvait. Elle ressentit soudain une légère migraine.

Suzuko revint en trottinant sur la moquette du restaurant. Toute sa personne respirait la bonté et la bonne volonté. Son sac à main trop petit ballottait sur sa hanche lourde et ronde. Taéko la fixa avec sympathie.

« Il était là ! Je l'ai eu ! C'est ce qu'on appelle avoir de la chance. Il a dit qu'il arriverait tout de suite. D'accord, Taéko ?

— D'accord ! » répondit Taéko sur un ton des plus élégants.

40

Le directeur de la société d'appareils médicaux Otowa, Monsieur Otowa, arriva une demi-heure après le coup de téléphone de Suzuko, alors que les trois amies venaient de finir leur dessert.

Dans l'immense métropole de Tōkyō, nombreux étaient les hommes qui se faisaient un plaisir d'accourir aussitôt que certaines femmes leur en donnaient l'ordre. Exactement semblables à ceux qui ne pouvaient s'empêcher de sauter sur la moindre occasion de faire une partie de mah-jong, dès qu'on les invitait à se joindre à une assemblée féminine, ils auraient fait des kilomètres et ne repartaient jamais sans avoir retiré quelque profit personnel de ce genre de rencontres.

Otowa était un homme qui, même dans ses amitiés, n'éprouvait nullement le besoin de fréquenter les hommes. Il n'aimait vraiment qu'une seule chose : baigner dans une atmosphère exclusivement féminine. Il répétait à l'envi qu'il aimerait, pour se faire couper les cheveux ou porter ses chemises au blanchissage, que tous les coiffeurs, tous les teinturiers soient des femmes. Son vœu le plus cher était de vivre dans une ville où même la distribution des journaux serait assurée par des femmes. Malheureusement, ce genre de ville n'existe sans doute nulle part au monde...

En voyant Otowa arriver, Taéko, qui s'était imaginé, on ne sait pourquoi, un noceur quelconque, se sentit trompée dans son attente.

Il devait avoir atteint la quarantaine, mais, d'allure sportive, son visage et son corps étaient encore fermes, et ses traits ramassés lui donnaient un air tout à fait moderne. Son costume de coupe droite avec ses trois boutons d'uniforme dans le style grandes universités américaines lui allait vraiment bien. Etait-ce parce qu'il n'évoluait que dans des endroits climatisés ? Même par ces fortes chaleurs, pas une goutte de sueur ne perlait à son front, et il portait son complet gris foncé avec une facilité rafraîchissante. Tout cela plaisait à Taéko. Son expression était énergique, virile, et, s'il ne semblait pas homme à rire facilement, son langage était direct et sans ambages.

« Quelle est donc la dame qui réclame mes services ? demanda-t-il tout de suite, aussitôt assis.

— Ce n'est pas moi !

— Ni moi non plus, non merci ! Je suis pourvue », répondirent catégoriquement Suzuko et Nobuko.

Taéko, qui n'avait pu se mettre tout de suite au

diapason de ces réponses à moitié sérieuses, se trouva plongée dans une situation embarrassante.

Otowa lui jeta un rapide coup d'œil, puis changea tout de suite de sujet.

« Je suis fatigué des filles de quinze, vingt ans ! Elles parlent avec un aplomb inimaginable, mais quand il s'agit de passer aux actes, c'est d'un ennui ! En plus, elles se donnent pour un oui ou pour un non aux garçons de leur âge, mais, avec les hommes comme moi, elles agissent comme si elles étaient une marchandise hors de prix. Je ne veux pas dire qu'elles demandent de l'argent, non, loin de là ! Mais elles s'offrent à vous comme si elles vous faisaient un cadeau inestimable ! Il n'y a rien de plus désagréable que cet incroyable narcissisme. Je ne sais pas si c'est la télévision ou les romans qui leur font croire ça, mais elles pensent toutes que, pour nous, les hommes de quarante ans, elles constituent un jeune et tendre fruit à déguster comme un mets rare et succulent. Trop d'hommes faibles font un banal complexe de leur âge, et ce sont eux qui les pervertissent. Mais, voyez-vous, finalement, pour quelqu'un comme moi, toutes les femmes se valent...

— Même celles de quatre-vingts ans ?

— Cela dépend, évidemment. La condition essentielle, c'est la beauté ! Une femme qui ne s'intéresse plus à sa propre beauté, on ne peut plus la compter au nombre des femmes, et, sur ce point, il y a au Japon beaucoup trop de femmes qui se résignent avant l'âge !

— Enfin un homme qui nous comprend parfaitement ! Nous, les Beautés Toshima...

— Mais bien sûr ! Une femme ne peut être tout à fait élégante qu'à partir de trente ans ! Avant cet âge, je ne connais aucune femme qui le soit vraiment. »

Tandis qu'il bavardait ainsi, Otowa ne regardait guère Taéko. Mais tout, dans ce qu'il disait, était calculé, et on pouvait aisément comprendre qu'à travers ses propos bon enfant, il cherchait en fait à la flatter en s'en tenant habilement à des généralités.

Ce noceur d'un certain âge, riche et sûr de lui, il fallait que Tōkyō fût une bien grande ville pour que Taéko ne l'ait jamais encore rencontré ! Elle qui avait l'impression de connaître jusqu'au dernier tous les hommes de cette catégorie !

C'étaient des hommes qui faisaient du « raffinement » leur principale raison de vivre, et il arrivait parfois que, aux yeux des femmes ignorantes des intrigues galantes, leur existence puisse paraître brillante. Rien de bien extraordinaire pourtant dans ce qui était pour eux le but suprême de la vie ! Certaines nuances mélancoliques et rauques de la voix, une attitude nihiliste, modulées de brusques accents de douceur... tous ces rouages de la séduction, ils ne manquaient pas une occasion de les huiler, de les régler minutieusement, c'étaient de véritables techniciens.

Ils auraient eu honte d'abord devant les femmes un sujet élevé, tel que l'art, par exemple, et, pour eux, une femme, qu'elle soit aristocrate ou putain, était avant tout une femme : seule changeait la façon de s'adresser à elle.

Toujours soignés de leur personne et habillés avec la plus grande recherche, les ongles nets, ils étaient soucieux de leur originalité jusque dans le choix de leur cravate et de leurs chaussettes. Montres et briquets se devaient d'être les plus luxueux du monde, et ils conduisaient eux-mêmes leurs belles voitures étrangères.

Jusque-là, ils avaient de nombreux points communs avec Senkitchi, mais, chose curieuse, ces hommes-là n'avaient pas comme lui un tempérament ténébreux d'animal sauvage. Ils n'avaient pas non plus cette impatience de la jeunesse qui le dominait. Montrer une certaine irritation faisait bien sûr partie de leurs techniques, et ils savaient en jouer à l'occasion, mais ils manquaient de la spontanéité naturelle dont faisait preuve Senkitchi quand il se mettait en colère.

C'était tout à fait surprenant, mais ce genre d'hommes ne lisait pas. Le manque de temps, sans doute... Ils n'avaient non plus aucun goût pour la littérature ou la politique, et on voyait vite, en les écoutant parler, combien leurs connaissances étaient superficielles. A trop les fréquenter, on s'ennuyait ferme, et cet ennui pouvait se mesurer au fait qu'eux-mêmes ne s'ennuyaient jamais dans leurs prouesses amoureuses, pour peu que leur partenaire changeât. Ils avaient un jugement éclairé sur la cheville des femmes, mais fuyaient dès que la conversation prenait un tour un tant soit peu philosophique. Si une femme lançait un sujet sérieux, ils se taisaient patiemment, se contentant de la regarder d'un air attristé, étant passés maître dans l'art de faire croire à leur supériorité intellectuelle.

Etrangement impassibles, ils se préoccupaient essentiellement de ne pas bousculer leur façon de vivre, et, s'ils s'occupaient assez bien des femmes, leur gentillesse restait toujours cantonnée aux détails. Là, ils se montraient vraiment imbattables, pleins de mille petites attentions. Devant n'importe quelle femme, ils n'oubliaient jamais de montrer l'intérêt qu'elle semblait susciter chez eux, et lorsque, parfois, ils faisaient exprès de l'ignorer, d'une façon ou d'une autre, ils s'arrangeaient pour qu'elle ne puisse pas se sentir vraiment négligée.

Pourtant, si l'on y réfléchit bien, ces hommes qui montrent envers n'importe quelle femme une attitude sans cesse dictée par le désir semblent étrangement dénués de toute sauvagerie, de toute animalité : c'est sans doute que l'instinct sauvage et animal ne connaît pas l'artifice.

... Taéko parlait de plus en plus familièrement avec Otowa, et, tout en lui reconnaissant une sérénité que l'âge ne pouvait donner à Senkitchi, elle s'appliquait à examiner chacun des traits de sa personnalité en les rapportant à l'image qu'elle se faisait du noceur type tel qu'on vient de le décrire.

Alors que cela ne lui arrivait presque jamais, elle se mit à parler de littérature française, et à discuter de Simone de Beauvoir.

« Tu as lu *La force de l'âge*, Nobuko ?
— Oui !

— Ce voyage en Grèce avec Sartre, c'est la meilleure partie du livre, non ? Je me demande vraiment comment ils arrivent à concilier dans leur vie une philosophie aussi difficile et le sexe ! C'est tout à fait mystérieux ! Je n'arrive pas à imaginer... »

On voyait bien sur le visage d'Otowa qu'il faisait de son mieux pour s'adapter à ce nouveau sujet de conversation, mais qu'il n'avait pas lu le livre, ce qui rendit Taéko fort perplexe : « Eh bien, les apparences sont trompeuses... Est-ce qu'il n'est pas capable de faire semblant... pour une chose comme ça ? Ce n'est pas bien difficile, pourtant... Ou alors, est-ce qu'il est encore plus malin que cela ? Faisant exprès de me montrer grossièrement qu'il ne sait pas bien feindre... afin qu'on le prenne pour quelqu'un de tout à fait charmant... ce qui n'est pas du tout le cas ! »

Ces interrogations laissaient présager chez Taéko un certain intérêt pour la personne d'Otowa.

41

Après le dîner, ils se rendirent tous les quatre dans un night-club d'Akasaka que fréquentait Otowa. Celui-ci, fort connu du maître d'hôtel, obtint, sans avoir réservé, une des meilleures tables près de la scène.

Otowa était un convive des plus agréables,

mais, sitôt le spectacle fini, Suzuko et Nobuko, prétextant soudain des obligations diverses, se mirent à parler de rentrer en laissant Taéko.

Cette dernière les trouva pour le coup un peu trop attentionnées, mais, l'ivresse aidant, elle se sentit lasse, indolente. Et, tout en disant : « Moi aussi, je rentre », dans ses vains efforts pour s'arracher à sa chaise, elle fut brusquement saisie par l'idée de son âge, idée qui ne lui avait jamais traversé l'esprit jusque-là.

Alors que, face à la jeunesse de Senkitchi, elle mobilisait toute son énergie, pourquoi devait-elle maintenant, devant cet homme plus âgé qu'elle, éprouver tout d'un coup une faiblesse qu'elle n'avait jamais encore connue ?

Ce n'était pas la première fois, certes, que dans une pareille situation l'ivresse l'incitait à s'attarder, mais c'était la première fois qu'une lassitude physique envahissante l'empêchait de bouger, la forçait à rester assise.

Lorsqu'ils furent tous les deux seuls, ils échangèrent un regard, et Taéko put voir se refléter clairement dans les yeux d'Otowa l'image de son ennui.

Otowa était assurément un bel homme, et tout dans l'apparence qu'ils offraient suggérait un couple d'amants respectables et distingués. Mais le cœur de Taéko, lui, était ouvert à tous les vents.

La vision du désert qui s'était imposée autrefois à ses yeux revenait maintenant envahir son esprit, et le sable, soulevé par le vent, lui piquait les joues de ses fines aiguilles.

« Si nous dansions ? » proposa Otowa.

Taéko pensa aussitôt que cette voix s'égrenait comme un sable rugueux. Cet homme aussi avait son désert, qui se joignait au sien pour lui donner l'impression qu'ils étaient de la même race. Il n'y avait plus rien d'inconnu.

L'idée qu'elle était en train de parler avec une de ses vieilles connaissances lui fit monter aux lèvres un sourire plein d'amertume.

« Que veut dire ce sourire ?

— Rien de particulièrement extraordinaire ! J'ai eu simplement le sentiment un peu fou que nous pouvions nous comprendre... Allons... dansons ! »

Ils dansèrent. Mais Otowa y mettait une telle technique que Taéko fut prise de chatouillements nerveux et s'arrêta au beau milieu du morceau.

« Qu'y a-t-il ? C'est bien la première fois qu'une femme me laisse tomber alors que je la fais danser !

— Auriez-vous un tant soit peu perdu confiance en vous ?

— Non ! pas encore !

— Alors, c'est parfait. J'ai juste un peu de migraine...

— Ce genre d'excuse est un peu démodé ! Dois-je aller vous chercher une aspirine ?

— Si vous restez à côté de moi, cela ira mieux, je crois !

— Arrêtez de vous moquer de moi, je vous en prie !

— Je ne me moque pas de vous, voyons ! Je suis très contente ! Et c'est parce que je suis contente que j'ai de plus en plus mal à la tête... »

Lorsqu'elle le prenait sur ce ton, il devenait difficile de lutter avec Taéko. Certaine que, devant un homme comme Otowa, elle pouvait se permettre de devenir aussi insupportable qu'elle le voulait, elle se sentit rassurée, et même, finalement, presque heureuse.

« Est-ce que je peux boire encore un peu ?

— Bien sûr, tout ce que vous voulez...

— L'ivresse des femmes vous plaît-elle ?

— Pas vraiment, je dois dire. Et puis, les femmes boivent souvent à cause d'un chagrin d'amour... »

Taéko, stupéfaite de l'étrange perspicacité d'Otowa, répliqua :

« Ah ? Et les hommes ? Quand ils ont un chagrin d'amour, ils ne boivent pas, peut-être ?

— Si, mais, dans ce cas, c'est pour guérir. Ils boivent pour oublier, en toute connaissance de cause, et l'alcool n'est pour eux qu'un médicament sans goût. Pour une femme malheureuse en amour et qui se met à boire, c'est différent, l'alcool est vraiment de l'alcool, elle y cherche un espoir. C'est un spectacle pénible à voir, vraiment...

— Voilà un raisonnement bien fantaisiste... »

Taéko en avait plus qu'assez de ces dissertations de salon. Otowa bavardait à tort et à travers, alors qu'il aurait mieux fait de se taire, et cherchait à flatter les femmes, quand il eût été plus habile de les laisser tranquilles.

« Est-ce que quelqu'un nous a demandé de devenir amis ?

— Personne, à ma connaissance...

— C'est bien ce que je pensais. Dans ce cas, ne vous donnez pas tant de mal !

— Dans le persiflage, vous n'êtes pas mal non plus ! Vous êtes jolie, vous avez du charme, et, en plus, je vois que vous êtes méchante, alors vous comprendrez que je m'accroche...

— C'est vrai ? Je suis jolie, j'ai du charme ? C'est bien vrai ? »

Taéko se rendit compte qu'Otowa se sentait embarrassé par le ton étrangement sérieux qu'elle avait adopté, mais elle insista :

« Vraiment ? Je suis belle ? J'ai du charme ? »

Dans son ivresse à travers la musique, dans cette pénombre suggestive, c'était précisément ces mots, répétés par un homme, qu'elle désirait ardemment entendre.

Ces mots que Senkitchi ne lui avait jamais dits, ces fleurs que, par avarice de cœur, il ne lui avait jamais offertes... Il pouvait bien maintenant les lui offrir, il était trop tard, elle n'aurait pu les accepter telles quelles. Aussi souhaitait-elle qu'un autre homme, un inconnu, les lui donne en grande pompe, avec un joli ruban. Avec ces paroles d'amour, elle serait revenue à elle-même, elle aurait retrouvé un équilibre brisé...

Mais pour son malheur, son interlocuteur, ce soir-là, n'avait rien d'un homme simple et sans façon. On voyait briller à ses poignets des boutons de manchettes en or fabriqués en Allemagne, et l'amour, chez lui, n'était qu'un prétexte pour justifier le raffinement de ses goûts. Il éluda la question passionnée dont Taéko le pressait.

« Je ne répète jamais deux fois la même chose.

La deuxième fois, il s'agit toujours d'un mensonge.

— Ne dites pas cela, je vous en prie... Encore une fois, une seule fois...

— Non ! »

Ce « non » sortit de sa bouche avec le ton sévère d'un père qui gronde son enfant. Un léger sourire se lisait dans ses yeux.

Puis s'installa entre eux un silence que ni l'un ni l'autre n'aurait su expliquer. Taéko, en tout cas, avait perdu tout intérêt pour Otowa. En sortant du night-club, elle refusa obstinément qu'il la raccompagne dans sa Taunus, et se fit appeler un taxi par le portier.

42

Par la suite, Taéko eut de nombreuses conversations téléphoniques avec Suzuko, la priant de lui présenter plusieurs messieurs bien sous tous rapports. Elle en rencontra plusieurs. Suzuko, à la manière d'un bonimenteur de foire, avait un peu partout vanté les mérites d'une belle femme de trente ans qui avait envie d'une aventure. « Une petite aventure, vous ne voulez pas l'aider ?... » claironnait-elle en laissant croire qu'il s'agissait d'une femme mariée avec des enfants.

C'était un plan dangereux, et Taéko aurait mieux fait de rechercher un partenaire de façon plus naturelle. Mais sa timidité, jointe au fait qu'elle ne voulait pas vraiment trouver quelqu'un, exigeait une contrainte extérieure. Taéko désirait cette contrainte qui l'aurait amenée à tromper Senkitchi tout en couronnant les efforts de Suzuko. Cette dernière s'aperçut de l'attitude passive et hésitante de Taéko et lui exprima son mécontentement :

« Alors, finalement, toi, tu te prostitues, et c'est moi qui dois t'y forcer et te fournir les clients ? C'est bien ça ? Dans ce cas, je ne marche plus !

— Mais, est-ce que cela n'est pas plus drôle comme ça !

— Tu es complètement folle... », dit pour la forme Suzuko, qui ne pouvait s'empêcher elle-même de trouver cela follement amusant.

Elle choisissait donc des hommes qui ne savaient absolument rien de Taéko, en leur disant seulement : « Je connais une femme mariée qui aurait bien envie de tromper son mari... » Huit, neuf hommes sur dix se montraient alléchés par la proposition. Ils emmenaient Suzuko et Taéko dans des promenades en voiture dont elles se seraient bien passées, leur offraient des repas somptueux. Par reconnaissance sans doute pour Suzuko, ils se sentaient obligés la plupart du temps de les inviter ensemble, et Taéko commença à trouver un certain intérêt à ce passe-temps d'assez médiocre qualité mais plein de frissons nouveaux. Suzuko, voyant que Taéko n'arrivait pas à se décider, finit pourtant par se mettre en colère : « Je ne joue plus avec toi ! » lui dit-elle sur un ton gamin, et elle cessa de l'appeler.

... Parmi leurs amphitryons d'un soir, il y avait eu un homme politique célèbre qui paraissait bien plus jeune que ses cinquante ans. Il avait trouvé le temps, malgré ses multiples occupations, de les convier à dîner dans un grand restaurant où il leur avait tenu les propos les plus décents, leur racontant, entre autres choses, pour les amuser, un souvenir de jeunesse fort romantique.

Lorsqu'il était lycéen, il avait passionnément aimé une femme mariée. Naturellement, il s'agissait d'un amour tout à fait platonique, mais il avait pensé mourir, et, depuis cette époque, il portait un attachement indéfectible, comme un petit enfant, aux belles épouses de trente ans. Il était donc très heureux de pouvoir dîner ainsi tranquillement avec Suzuko et Taéko. Il avait l'impression de retrouver la femme qu'il avait tant aimée autrefois.

Il devait y avoir pourtant dans le cœur de cet homme un singulier décalage entre ce mirage romantique et le désir de jouer les infidèles qu'était censée manifester Taéko. Celle-ci commençait à trouver la situation désagréable. Voilà un homme qui semblait se venger de ses rêves de jeunesse en voilant son mépris derrière la douceur des traits de son visage. Et ce mépris s'adressait visiblement à Taéko. Elle ne pouvait guère s'y tromper.

Leurs relations s'étaient limitées à ce dîner.

Un soir, après son travail, elle descendait de voiture devant chez elle et, comme d'habitude, hésitait devant l'entrée — toujours ce même pari inquiet qui venait l'assaillir : Senkitchi est-il là, n'est-il pas là? —, lorsqu'elle fut prise de vertige dans la chaleur humide et étouffante du soir. Elle dut s'appuyer légèrement le front contre un pilier du porche de l'immeuble.

Tandis que le chauffeur de Taéko démarrait, une grosse voiture vint se ranger à sa place devant la porte. Taéko fut stupéfaite d'en voir descendre le politicien qui les avait invitées.

« Oh, c'est vous ! L'autre soir...
— Enfin, je vous ai attrapée ! »

Sa grosse voix indiscrète sortait d'un corps imposant qui atteignait largement le mètre quatre-vingts. Il posa la main sur l'épaule de Taéko. Sur le point de s'évanouir, elle eut soudain envie de se raccrocher à ce bras qui s'offrait.

« Vous m'avez attrapée ? Moi ? Vraiment ? Vous qui êtes si occupé !
— Mais c'est précisément parce que je suis occupé que j'ai le temps de faire des folies ! »

Taéko reprit ses esprits et s'empressa de jouer la comédie :

« Excusez-moi, je vous en prie... si mon mari nous voyait !
— S'il nous voyait ! Nos relations ne sont-elles pas parfaitement honnêtes ?
— Mais enfin, comme ça, devant chez moi... S'il vous plaît, allons, retrouvez un peu de bon sens ! Votre nom même risque d'en souffrir...
— Du bon sens ! J'en ai à revendre... Je dirais même qu'il me sort par tous les pores de la peau ! A me dégoûter moi-même. Et puis, en ce

qui concerne mon nom, ne vous faites donc pas de souci, j'ai presque oublié que j'en avais un !

— Ecoutez, je vous en supplie... Aujourd'hui, rentrez chez vous ! Une prochaine fois... on va se revoir, de toute façon, ailleurs, en cachette de mon mari...

— Taéko Asano a un mari ? Je ne me souviens plus très bien... »

Entendant son vrai nom, Taéko fut obligée de rendre sagement les armes.

« C'est odieux... vous savez donc tout sur moi !

— Avec une femme mariée, je suis très romantique, mais avec quelqu'un comme vous, grande, mais méchante, actrice, je peux me permettre de me conduire de façon un peu plus prosaïque.

— Mais si j'avais vraiment un mari, que feriez-vous ?

— Je redeviendrais immédiatement romantique !

— Ah, comme j'aimerais avoir un mari ! »

Et elle regarda les fenêtres du sixième étage.

L'appartement semblait plongé dans l'obscurité, mais cette obscurité ne signifiait pas pour autant que Senkitchi n'était pas là. Il pouvait très bien être vautré par terre à écouter des disques dans le noir, comme cela lui arrivait parfois. Et quand il y avait de la lumière, cela n'indiquait pas nécessairement qu'il fût là. Car souvent il rentrait pour ressortir aussitôt en laissant les lumières allumées derrière lui.

Taéko prit une brusque décision : « On dira ce qu'on voudra, mais, après tout, c'est mon appartement, et il n'y a absolument aucun mal à ce que je l'utilise comme bon me semble. »

Avec l'expression indéchiffrable d'une femme qui interroge dans la pénombre le miroir de son poudrier, elle se tourna vers le politicien :

« Bon, vous montez un instant ? »

Impassible, il lui répondit sobrement :

« Très bien. »

Taéko aurait plutôt souhaité maintenant que Senkitchi soit là. Il était devenu soudain pour elle comme un étrange et puissant symbole de pureté, et elle avait le sentiment que, pour peu qu'elle eût le bonheur de le trouver là-haut, derrière les fenêtres désespérément noires du sixième étage, elle serait à jamais sauvée de la dépravation.

Et s'il n'était pas là ?... Quoi qu'il arrive, il en porterait l'entière responsabilité !

Taéko aurait pu appeler chez elle de la loge du gardien, en utilisant le téléphone intérieur, mais elle préféra risquer le tout pour le tout. Passant devant son compagnon, elle se dirigea d'un pas décidé vers l'ascenseur automatique.

Ils étaient seuls dans l'étroite cabine. Son compagnon l'enlaça doucement par-derrière, et elle se sentit transportée dans les bras du grand Bouddha de Kamakura. Deuxième... troisième... quatrième... Les petites lampes rouges du tableau indicateur s'allumaient tour à tour avec une lenteur incroyable. Elle avait l'impression que l'ascenseur ne parviendrait jamais au sixième étage. Ou, plutôt, elle le souhaitait maintenant.

43

Quand elle alluma en entrant dans l'appartement, elle fut terriblement déçue de constater qu'il n'y avait personne et se crut la femme la plus malheureuse du monde. Même la lumière qui inondait les pièces d'une clarté plus impitoyable que jamais semblait se moquer d'elle.

« Vous boirez bien quelque chose ? » proposa-t-elle à cet homme qu'elle se voyait contrainte d'accueillir chez elle.

Comme elle allait chercher un alcool occidental, elle en profita pour jeter un coup d'œil dans sa chambre, mais, là non plus, il n'y avait pas la moindre trace de Senkitchi. Elle se sentit terriblement abattue. Elle avait presque envie de fouiller partout, jusque dans la penderie ou le buffet de la cuisine, comme s'il s'agissait d'une partie de cache-cache.

Elle était tout à fait désorientée, à la fois inquiète et pleine d'espoir à l'idée que Senkitchi pouvait rentrer d'un instant à l'autre pendant que cet homme était là. Ah, s'il voulait bien rentrer maintenant ! Il la sauverait, ou plutôt, non, il la couvrirait d'injures en l'accablant de son crime, et c'est ce qu'elle espérait tout au fond de son cœur. Ses sentiments n'avaient plus rien de rationnel. Salut ? Péché ? Qu'est-ce que cela pouvait bien vouloir dire ? Si quelqu'un l'avait observée, il n'aurait pas manqué de rire.

L'homme lui posa une main sur l'épaule.

« Si mon petit Sen revenait maintenant, je ne me laisserais pas davantage séduire ! »

Il lui toucha la poitrine.

« Si mon petit Sen rentrait maintenant, je renverrais immédiatement cet homme ! »

Il l'embrassa longuement.

« Si mon petit Sen apparaît, je me relève tout de suite... »

Et c'est ainsi que, se laissant peu à peu entraîner, elle perdit l'occasion de décider elle-même de ce qu'elle voulait faire. On aurait dit que ces jeux amoureux avec un autre homme n'étaient qu'une mise en scène destinée à Senkitchi. Elle n'en attendait qu'une chose, la réponse à cette question qui la torturait : jusqu'où devrait-elle aller pour le faire sortir de ses gonds ?

Sa conscience ne lui faisait plus aucun reproche. Incarnée en Senkitchi, elle s'était absentée. Partie s'amuser ailleurs... Tout homme, en cet instant, aurait pris Taéko pour une femme légère !

Car elle était bel et bien en train de tromper son amant. Son esprit était si entièrement obsédé par la pensée de celui-ci, son absence se faisait si cruellement ressentir, qu'il ne lui était plus nécessaire de comparer la bouche de l'homme qui l'embrassait avec celle du jeune homme, ni de se forcer à imaginer, dans les baisers qu'elle recevait, ceux de Senkitchi.

Et puis, le politicien était assez beau. Fatigué, sans doute, des geishas et des hôtesses de bar, il semblait apprécier chez Taéko une fraîcheur exceptionnelle. Taéko ne se sentait pas de taille, évidemment, à lutter avec des professionnelles qui se distinguaient par leur art du maquillage et bien d'autres talents. Et il y avait son âge aussi. Mais cette fraîcheur qu'on lui trouvait ne lui était pas désagréable. Elle aurait voulu faire entendre à Senkitchi, s'il avait été là, tous les mots flatteurs dont cet homme se servait pour vanter les mérites de son corps.

44

Le lendemain soir.

Alors qu'elle bavardait, couchée avec Senkitchi :

« Tu sais, hier, je t'ai trompé... », lui dit-elle en essayant de rester la plus naturelle possible.

Aux palpitations qu'elle sentit sous la poitrine nue du jeune homme, Taéko comprit aussitôt que Senkitchi faisait de grands efforts pour ne pas se mettre en colère. Elle avait pris la précaution, avant de lui avouer son aventure, de placer habilement ses doigts à la place du cœur, en guise de détecteur de mensonge.

Taéko se doutait bien que, pour ne pas perdre la face, Senkitchi éviterait avant tout de s'emporter. Mais ce qu'elle craignait par-dessus tout, c'était que, loin d'éprouver une véritable irritation, il fît semblant d'être furieux, uniquement par savoir-vivre.

La situation, heureusement, ne semblait pas devoir tourner aussi mal pour elle. Le cœur de Senkitchi s'était accéléré, et ce signe de colère la satisfaisait pleinement. Aussi doué qu'il pût l'être, Senkitchi ne pouvait pas faire mentir son rythme cardiaque.

« Tu ne te fâches pas ?
— Non ! Puisque c'était entendu comme ça !
— En effet ! C'est bien ce que je t'avais promis. Mais toi, de ton côté ?
— Je ne te dirai rien ! Tu te mettrais en colère... »

Le cœur de Senkitchi restait d'un calme imperturbable.

« Tu es en train de te vanter !
— C'est dans ma nature !
— Est-ce gentillesse ou cruauté de ta part si tu te tais ? »

Taéko aurait volontiers reconnu elle-même qu'il s'agissait d'une question stupide, car, si elle avait su la réponse, il est certain qu'elle ne serait jamais tombée sous le charme de Senkitchi.

« Bon, bon... », reprit-elle résignée, sachant que toute question supplémentaire n'aurait fait que la blesser, elle, inutilement. « Faisons exactement comme nous nous étions promis de faire, et présentons-nous bientôt nos partenaires. Oui, c'est cela. On se sentira mieux après... »

Ces derniers mots, elle se les était plutôt dits à elle-même, mais Senkitchi, choqué, les releva immédiatement :

« Et pourquoi se sentirait-on mieux ?

— A cause de tous ces mystères qui nous entourent...

— Mais il n'y a pas de mystères. C'est toi qui te les fais toute seule dans ta tête ! »

Il eût été sans doute injuste de dire que Senkitchi ne faisait pas grand cas des soirées qu'ils passaient ensemble. Depuis quelque temps, il s'était remis sérieusement à travailler, et Taéko, 'e découvrant sous ce jour nouveau, très « étudiant méritoire », en fut presque déçue. Il faisait, par ailleurs, un complexe d'infériorité parce qu'il ne savait pas bien l'anglais, et s'était mis à acheter toutes sortes de méthodes pour apprendre à parler en cette langue. Il demanda à Taéko de lui servir d'interlocuteur dans ses exercices.

« Tu prononces le *r* à la japonaise, voyons ! Chez toi, ça devient un *l*, et le sens change complètement ! »

Taéko ne se gênait pas pour le corriger.

« I am terribly sorry to have kept you waiting. (Je suis vraiment désolé de vous avoir fait attendre.)

— Ton accent est beaucoup trop plat ! En japonais, on insiste aussi sur " vraiment ", non ? Eh bien, essaye donc de dire " terribly ", en exagérant davantage, avec un ton un peu snob.

— Teeeribly.

— Voilà, c'est ça, continue !

— I am teeeribly sorry...

— Très bien ! Tu fais des progrès ! Mais il n'y a rien d'étonnant, au fond, à ce que quelqu'un comme toi qui passe son temps à faire attendre les autres soit capable de dire ce genre de phrases à la perfection ! Enfin.. il est vrai aussi que je ne t'ai jamais entendu t'excuser en japonais, aussi longtemps qu'on ait pu t'attendre !

— Ça dépend des gens que je fais attendre !

— Non, mais ! »

Taéko pinça les lèvres de Senkitchi.

Senkitchi savait bien que, parmi les garçons qui travaillaient au « Hyacinthe », certains étaient devenus vraiment forts en anglais grâce aux clients étrangers qui les entretenaient. Lui-même aurait eu beaucoup d'occasions de parler en cette langue si son nationalisme ne le lui avait interdit. La plupart du temps, lorsqu'il fréquentait des étrangers, il se taisait en prenant un air hautain, et il n'avait pu apprendre d'eux que des choses superficielles comme la façon de lire un menu ou de se conduire à table.

Le soir, après avoir fini ses exercices de conversation, il buvait un petit verre d'alcool avant de se coucher, puis se mettait au lit. Taéko devenait de plus en plus vigilante. S'il lui avait fait sentir une certaine lassitude physique, elle ne le lui aurait pas pardonné. Il restait pourtant d'un naturel parfait.

Taéko était persuadée que le sexe, et lui seul, à ce stade de leurs relations, continuait à les lier, mais il aurait été plus exact de penser qu'étaient nés entre eux, malgré les blessures qu'ils continuaient à s'infliger mutuellement, des rapports humains plus doux. Senkitchi, très charnel, le ressentait directement dans son corps et, complètement rassuré maintenant, s'abandonnait volontiers entre les bras de Taéko, la tête enfouie dans sa poitrine. Il avait une innocence nouvelle et enfantine qui était devenue plus intense encore après cette peur étrange qui l'avait saisi à Atami.

« C'est quand même plus agréable de faire l'amour avec quelqu'un qu'on connaît bien ! » plaisantait-il vulgairement tout en savourant les instants de calme qui suivent le plaisir. Et il devenait si confiant que Taéko en était presque déçue.

Cette dernière, toujours trop tendue, avait plutôt une nature à se laisser séduire par des grands mots comme celui de « passion ». En cela, elle était très différente de Senkitchi. Dans les yeux vides du garçon, il n'y avait que le présent, la sincérité du moment présent. Taéko devait pourtant reconnaître les mérites de cette sincérité limitée. Un calme, une détente indéfinissable venaient parfois les habiter tous deux.

Dans une douceur mélancolique, ils restaient allongés, nus, leurs corps n'ayant plus aucun secret l'un pour l'autre, et leur accord atteignait une telle perfection qu'ils n'avaient plus besoin de se regarder pour se voir vraiment.

S'ils se disaient alors des mots amers ou s'ils se disputaient, c'était la plupart du temps Taéko qui commençait, sachant bien au fond que, dans une telle atmosphère, aucun remous fatal n'était à redouter.

Les doigts des deux amants s'entremêlaient, folâtraient, mais chacun connaissait parfaitement bien les règles de l'autre, quand le feu s'embrasait, où il se consumait. On aurait dit des ingénieurs jouant avec les interrupteurs d'un tableau de contrôle.

Taéko était obligée de constater que, quels que soient les sentiments profonds de Senkitchi, son attitude envers elle n'avait absolument pas changé depuis qu'elle lui avait parlé de son aventure avec l'homme politique. Elle admirait cette gentillesse cruelle qui voulait lui éviter tout remords. Il fallait, de toute façon, appeler cela de la gentillesse, sinon, ils en avaient bien conscience l'un et l'autre, tout serait détruit.

Pour rien au monde, en effet, ils n'auraient voulu tout détruire. Ils étaient prêts aux plus abominables lâchetés, à toutes les hypocrisies, à tous les mensonges.

Leurs relations auraient pu durer ainsi une centaine d'années. Ils avaient l'impression, sans en parler le moins du monde, qu'une sorte de terre glaise mystérieuse les collait l'un à l'autre. Mais, dans ces nouvelles relations, il n'y avait pas un atome de romantisme, et dans la paix dont ils jouissaient on aurait pu trouver un relent inexplicable de dépravation.

Ils savaient qu'il eût mieux valu laisser les choses suivre leur cours, mais ils étaient déjà prêts, l'un et l'autre, à la destruction. Non pas tout détruire, mais une partie au moins. Sinon, ils auraient couru le risque de périr asphyxiés dans leur inexplicable liberté.

45

Durant le mois d'août, Taéko ne put finalement réussir à s'échapper de Tōkyō, mais Senkitchi partit plusieurs fois. Il faisait précipitamment ses bagages en expliquant que des amis l'avaient invité dans leur villa, et il revenait tout bronzé deux ou trois jours après. Comme toujours, il ne disait jamais où il allait, mais, si Taéko avait été sa mère, elle n'aurait pas manqué de se réjouir du bien fou que semblaient lui faire ces petits voyages.

« C'est bizarre, quand même, pour quelqu'un qui aime tant les néons, ce goût soudain pour la mer ou la montagne !

— J'ai changé d'avis, c'est tout !

— Et quand est-ce qu'on s'amusera à se présenter nos nouvelles connaissances ?

— Pas avant la fin de l'été en tout cas ! »

Depuis le fameux soir où il s'était invité chez elle, Taéko n'avait rencontré qu'une fois son homme politique. Il était toujours très occupé, et avait déjà fait entre-temps deux voyages à l'étranger. La rumeur disait que ses multiples occupations ne se limitaient pas à sa vie publique et qu'il entretenait une ou deux maîtresses.

Quand elle l'apprit, Taéko n'en fut pas particulièrement froissée, car pas une fois il ne s'en vanta devant elle, comme d'autres auraient pu le faire en se prévalant du proverbe ancien qui dit que la valeur d'un homme se mesure au nombre de ses maîtresses. Il se comportait avec Taéko comme un « ami[1] » raffiné.

A la manière des Occidentaux, il avait une façon de parler tout à fait exagérée, mais, charnellement, c'était un homme on ne peut plus simple. Après deux rencontres, il n'était déjà presque plus question entre eux de rapports sexuels. Il offrit à Taéko un petit souvenir de France, un flacon d'une once du parfum « Joy » de Jean Patou. Il le lui donna comme si ce n'était pas grand-chose, alors que, même dans ce pays, comme le savait pertinemment Taéko, cela représentait une petite folie d'environ trente dollars.

C'était la première fois qu'elle rencontrait quelqu'un qui maniait aussi habilement le compliment, qui déployait extérieurement une telle énergie dans tous les domaines. Il n'avait rien d'un noceur pourtant, et, travailleur infatigable, il se montrait peu ennuyeux sur le plan physique. Dans ces conditions, aucune complication sentimentale n'était à redouter. Cet homme était vraiment pour Taéko ce qu'on appelle un don du Ciel.

« A Paris, au Louvre, les tableaux rococo, les Watteau entre autres, ont été changés de place, et ils sont bien mieux mis en valeur maintenant, si l'on compare avec le sort qui leur était réservé autrefois. La plupart des salles du musée ont été modernisées », disait-il à Taéko qui flairait dans

1. L'auteur a ajouté en marge des caractères chinois la transcription phonétique *ami*, renvoyant ainsi au mot français. *(N.d.T.)*

ce genre de propos le vernis culturel que se donnent certains hommes politiques pour accroître leur popularité. Mais, à part cela, qualité assez rare, on ne trouvait chez lui aucune trace de snobisme.

Si l'on y réfléchissait bien, il devait avoir choisi Taéko pour s'en faire une « amie de cœur » cultivée et capable de le comprendre, et son manque d'intérêt pour les rapports sexuels s'expliquait sans doute par les raisons particulières qui avaient motivé son choix. Selon lui, il avait très peu de chances, dans sa vie quotidienne, de fréquenter des femmes cultivées. Sa rencontre avec Nobuko, une des Beautés Toshima, avait été pour lui la première occasion d'approcher une femme qui corresponde à l'idéal qu'il recherchait. Mais, avait-il laissé échapper une fois, Nobuko manquait vraiment trop de charme féminin pour qu'il soit question d'en faire une partenaire attitrée. Taéko ne s'en formalisa pas.

L'été finissait, les gens rentraient de leurs villégiatures. Taéko débordait de travail.

Dans sa tête, cependant, le plan qu'elle avait échafaudé à l'égard de Senkitchi, avec, au départ, ce serment draconien de ne lui créer aucun ennui, la promesse qu'ils s'étaient faite de se présenter mutuellement leurs conquêtes, prenaient des proportions de plus en plus dramatiques. Du point de vue du bon sens (mais pouvait-on encore parler de bon sens dans ce cas ?), il eût été souhaitable de faire les choses de la façon la plus naturelle qui soit, de ne rien exagérer. Il eût été élégant d'arranger une rencontre imprévue et sans risque au hasard des rues, chacun pouvant observer de son côté le partenaire de l'autre, mais, plus les jours passaient, et plus ce projet devenait artificiel, compliqué. Comme, par ailleurs, Senkitchi avait fait espérer son accord pour la fin de l'été, il semblait urgent d'agir au plus vite.

Le politicien se nommait Toshinobu Taïra, mais ce nom lui rappelait si désagréablement les élections qu'il demanda à Taéko de l'appeler tout simplement Toshi. Cette dernière ne se fit pas prier et, lorsqu'il lui téléphonait, elle s'exclamait sans aucune hésitation : « Ah, Toshi ? », comme elle l'aurait fait pour n'importe quel garçon du quartier. S'il lui avait permis de l'appeler ainsi, c'était sans doute qu'il reconnaissait lui aussi qu'elle n'avait pas perdu entièrement cette dignité ancienne qui lui permettrait de continuer à lui dire sans façon « Toshi ! », même si par hasard il devenait Premier ministre. Quoi qu'il en soit, s'il l'avait priée d'utiliser ce diminutif, il s'agissait plutôt en fait d'une permission, et ce mécanisme psychologique propre aux hommes de pouvoir n'avait absolument rien de mystérieux aux yeux de Taéko.

Ledit « Toshi » lui téléphona un jour :

« Après-demain soir, je pourrai me libérer On dîne ensemble ?

— Oui, très bien ! » Puis elle s'entendit ajouter le plus facilement du monde, d'une voix claire et enjouée, comme s'il s'agissait d'une bonne plaisanterie : « Pourriez-vous inviter aussi mon mari ?

— Voyons, voyons, qu'est-ce que cela veut dire ?

— Nous nous sommes promis, mon mari et moi, de nous présenter officiellement tous nos partenaires...

— C'est une idée très amusante... Cependant... pardonne-moi mais ce mari... ce fameux mari, qui est-ce ?

— Ce n'est pas un chien, en tout cas ! C'est un être humain !

— Oui, oui, bien sûr, un être humain, mais son âge ? sa profession ?

— Le silence est d'or ! Surprise !

— Oui, mais si c'est quelqu'un qui fait le même métier que moi, un homme politique, par exemple, ça m'ennuierait !

— Tu n'es quand même pas quelqu'un à t'inquiéter de ce genre de choses ?

— Comme je te l'ai déjà dit plusieurs fois, rien ne m'inquiète vraiment.

— Dans ce cas, tout est parfait, non ? Tu n'as pas à te faire du souci pour ce qu'il fait. Ce n'est pas un homme politique, ça, au moins, tu peux en être certain !

— Oui, enfin, j'ai dit un homme politique, mais dans un sens très large, englobant les jeunes, les vieux... Si c'est un jeune, par exemple, il peut très bien appartenir à l'Union nationale des étudiants japonais... »

Taéko fut un instant sous le choc.

« Quoi ?

— Quoi, " quoi ? " ?

— Tu exagères quand même ! Tu as tout fait vérifier, et... pourquoi feindre de ne rien savoir...

— Mais je ne sais pas encore si Senkitchi fait partie ou non de l'Union nationale des étudiants...

— Bon, d'accord, mais montre-toi généreux, invite-les tous les deux, ce mauvais garçon et la fille qu'il doit emmener. Je suis tellement curieuse de la connaître !

— Tu te donnes bien du mal ! Quant à moi, mon rôle est assez confus dans cette histoire : tête d'affiche ? bouffon ? ennemi ? Enfin, ça peut être amusant ! Bon, alors, à après-demain six heures, à Shimbashi, au restaurant " Kotobuki ". Je réserverai un petit salon pour quatre ! »

46

« Kotobuki » était un luxueux restaurant japonais dont la maison mère se trouvait à Kyōto. Très fier de sa réputation, cet établissement refusait de recevoir des geishas, mais il était célèbre pour sa cuisine excellente et recherchée.

Le rendez-vous avait été fixé à six heures. Chose étrange pour ce genre de réunion, tout le monde fut très en retard.

Taéko arriva la première vers six heures et demie. Le politicien, qui sortait d'une réunion de commission, s'annonça un quart d'heure plus tard. Ils prirent un apéritif. Mais il était déjà sept heures passées que ni Senkitchi ni son amie ne semblaient devoir se manifester. Le politicien commença à avoir des doutes.

« Ils nous ont posé un sacré lapin, ou alors tu t'es bien moquée de moi, Taéko !

— Si je voulais me moquer de toi, j'utiliserais quand même des moyens plus reluisants ! Ils ne vont plus tarder maintenant. C'est toujours comme ça, avec mon époux, tu comprends...

— Ce ton moqueur, blagueur, que tu prends pour dire " mon époux ", je n'aime pas du tout ça ! Ce n'est pas de Senkitchi dont tu te moques, mais de toi-même. Et puis, si tu l'aimes, parles-en comme si tu l'aimais vraiment !

— Je n'en suis plus à l'aimer ! » répliqua Taéko, qui s'aperçut soudain que Taïra n'était plus pour elle qu'un conseiller du cœur.

« Autrement dit, il s'agit seulement de l'acharnement de deux obstinations irréductibles ? » commenta Toshi.

Il conservait toujours un ton très poli quand il parlait à une femme avec laquelle il n'avait eu qu'un ou deux rapports physiques :

« Si j'en crois ma petite enquête, vous êtes maintenant tous les deux en situation de concubinage. Concubinage, c'est un mot animal, un peu sale, non ? Tu ne dois pas reconnaître ton couple dans ce vocable...

— Pour moi, c'est un mot plutôt doux. Il me fait penser au temps où, rejetés par le monde, nous étions si proches l'un de l'autre, nous réchauffant de nos deux corps. Oui, nous vivions sans doute alors en " concubinage ". Mais, maintenant, nos relations sont devenues tellement abstraites... bien que, à leur manière, elles soient encore très étroites. En sciences, on dit bien " symbiose ", n'est-ce pas ?

— Symbiose ? Le mot est joli ! »

Toshi se mit à rire :

« Si je ne voyais que mon propre intérêt, je dirais que c'est lorsque tu flottes et hésites comme maintenant que tu es la plus belle ! Mais, même pour un homme politique, c'est un véritable honneur que de devenir une arme de combat entre les mains d'une femme ! Je ne peux que t'en remercier !

— De quelqu'un d'autre, on ne pourrait qu'admirer la perfidie du compliment ! Mais de la part de Toshi, j'y verrais plutôt l'attitude d'un homme vrai. Et je dois avouer que j'en ai par-dessus la tête de tous ces prétendus séducteurs... »

Tandis qu'ils continuaient à bavarder ainsi sans grande conviction, une servante vint leur annoncer que les autres invités étaient arrivés.

Senkitchi, qui attendait caché derrière le rideau d'un paravent dans le style de la cour de Heian, surgit soudain en tenue de soirée et salua poliment le politicien en s'agenouillant sur les tatamis.

« Et ton amie ? demanda Taéko.

— Je l'ai laissée dans le couloir !

— Vite, ne sois pas bête, dis-lui de venir...

— Tu es sûre que c'est bien ? Vraiment ?

— Bien ou mal, ce n'est plus la question ! »

Senkitchi sortit appeler son amie, et on put

voir apparaître, à côté de l'écran dont le rideau chatoyait des nuances subtiles d'un beau dégradé mauve, une jeune fille en robe bordeaux... qui n'était autre que Satoko Muromatchi. Taéko en resta bouche bée.

« Ah ! Ah ! Vous... Mais il y a à peine deux ou trois jours... »

Taéko s'interrompit. Elle n'arrivait plus à parler. Cet été, rivalisant avec sa mère, Satoko s'était fait faire un nombre extraordinaire de vêtements, et il y avait tout juste deux ou trois jours qu'elle était venue la voir pour un essayage. Taéko venait de créer pour elle la robe qu'elle portait.

Hidéko Muromatchi, la digne épouse du P.-D.G. d'une société de textiles, était devenue une fidèle cliente de Taéko depuis qu'elles s'étaient rencontrées à l'ambassade du L***, et sa fille, Satoko, avait fait la connaissance de Senkitchi au défilé de mode de Saint Laurent. Mais, depuis cette soirée, Taéko n'avait jamais établi le moindre rapport dans son esprit entre les deux jeunes gens, et cette distraction se révélait maintenant fatale.

Satoko s'était pourtant rendue de nombreuses fois au magasin avec sa mère. Elle était toujours merveilleusement bronzée, faisait sans cesse des aller et retour entre Tōkyō et les stations estivales à la mode. Ces tenues qu'elle avait commandées les unes après les autres, tenues de plage, tenues de montagne, étaient donc toutes pour Senkitchi !

On ne pouvait guère reprocher aux jeunes gens de n'avoir rien dit. Car c'est elle, Taéko, qui aurait dû, devant un pareil enchaînement de faits, en les voyant tous les deux bronzer au même rythme, en observant Senkitchi quitter si souvent Tōkyō durant l'été alors qu'il détestait les voyages, saisir beaucoup plus vite le sens de tous ces indices. Leur bronzage, en particulier, avait été comme le clin d'œil furtif qu'échangent deux fruits mûris en secret. Il devait forcément être différent de celui des autres vacanciers. Comment avait-elle pu ne pas s'en apercevoir ?

Taéko tremblait de colère. Mais à l'idée que, dans la situation où elle se trouvait, sa défaite serait encore plus cuisante si elle étalait tristement aux yeux des autres son sentiment d'être vaincue, elle s'écria à voix haute :

« Ah ! Incroyable ! Mais enfin... comment vous êtes-vous connus, tous les deux ? C'est à n'y rien comprendre !

— Eh bien, mais... au défilé de Saint Laurent ! Nous nous sommes donné un rendez-vous pour nous revoir deux ou trois jours plus tard. Il n'y a vraiment rien là d'extraordinaire ! » répondit Satoko, avec le plus grand calme.

La jalousie a elle aussi son point aveugle.

Le grand papillon qui voltige sans cesse devant vos yeux n'a rien d'une énigme, tandis que le petit papillon de nuit qu'on aperçoit au loin à l'ombre des arbres éveille plus d'un soupçon.

Sans la moindre gêne à l'égard de Taïra qu'elle rencontrait pourtant pour la première fois, Satoko continua ses explications sur un ton enfantin et charmant, comme si la bienveillance de Taéko devait lui être acquise.

« Quand j'y réfléchis maintenant, je crois bien que j'étais jalouse de vous, Taéko. Ces doux rapports, un peu trop intimes, entre une tante et son neveu, depuis que j'ai fait votre connaissance à ce gala de haute couture, je les ai trouvés vraiment formidables. Et puis, Sen, qui ne faisait que me dire des méchancetés, alors qu'il me voyait pour la première fois... Alors, je ne sais pas pourquoi, mais j'ai eu envie de voir d'un peu plus près cette liaison étrange et douce, désagréable, mais romantique... Et dans la bousculade de la fin du défilé des mannequins, j'ai invité Sen en lui chuchotant : " Demain, à cinq heures, ici, dans le hall de l'hôtel... " Je l'ai vu rouler des yeux ahuris... Enfin, voilà pour nous, mais ce monsieur, c'est votre boy-friend, Taéko ? Mon Dieu, qu'il est chic ! »

Taéko et Taïra, frappés de stupeur, ne pouvaient détacher leurs yeux de Satoko. Senkitchi, quant à lui, souriait de ce sourire satisfait, moqueur et froid que prennent les prestidigitateurs lorsqu'ils réussissent leur meilleur tour de passe-passe.

« Mais qu'est-ce que tout cela signifie ? On dirait le dernier acte d'une comédie italienne ! » pensa Taéko qui, continuant à boire, observait avec vigilance les deux tourtereaux.

Jusqu'à présent, Taéko avait fait preuve d'une grande étourderie, mais, dès lors qu'elle avait sous les yeux les deux jeunes gens en chair et en os, son sens de l'observation, aiguisé par les années, allait pouvoir s'exercer pleinement.

Satoko, tout impudente et agressive qu'elle fût,

restait avant tout une demoiselle de bonne famille, et croyait certainement dur comme fer que Senkitchi était le neveu de Taéko. On pouvait donc comprendre que la tendre intimité qui unissait tante et neveu ait fait rêver cette jeune fille, dans l'hypothèse où il s'agissait bien d'un neveu et d'une tante, et qu'elle se soit sentie de plus en plus attirée par la méchanceté et la froideur que lui avait témoignées Senkitchi dès leur première rencontre. Mais comment était-il possible que Madame Muromatchi, depuis ce jour-là, n'ait plus prononcé une seule fois devant Taéko le nom de Senkitchi ? Ce dernier avait dû rencontrer plusieurs fois la mère de Satoko, lorsqu'il avait été invité dans leurs villégiatures d'été. Et même si on pouvait facilement imaginer que Senkitchi ait pu lier et poursuivre avec Satoko des relations pleines d'ambiguïté et de mystère, le fait qu'il se soit formé une ligue du silence réunissant aussi étroitement Madame Muromatchi, sa fille et Senkitchi demeurait bien étrange.

Le problème était aussi de savoir le degré d'intimité auquel étaient parvenus les deux jeunes gens. Senkitchi et Satoko parlaient maintenant entre eux, et Taéko en profita pour souffler à l'oreille de Taïra, d'un ton relativement gai :

« Dis, qu'est-ce que tu en penses ? Où en sont-ils, ces deux-là ?

— Ça te tracasse, n'est-ce pas ? » répondit Toshi, en plissant les yeux. Il savourait pleinement l'ambiance étrangement sérieuse et sacrilège de ce dîner.

237

Et comme, de toute façon, il était difficile de continuer à chuchoter ainsi dans le cadre intime et brillamment éclairé d'un restaurant japonais, c'est à haute voix qu'il poursuivit :

« Si je peux me permettre de répondre à votre question, je dirai que, si l'on se réfère aux critères du passé, on doit affirmer qu'ils n'ont pas encore commis l'irréparable. Mais s'il faut en juger d'après les mœurs d'aujourd'hui, qu'en est-il exactement ? Et, dans notre propre cas, par exemple, si on nous observe avec une façon moderne de voir les choses, que dira-t-on ?

— Vous êtes vraiment odieux ! Ce n'est pas du tout ce que je vous demande, voyons !

— Si on vous observe avec une façon moderne de voir les choses... », se mit à dire joyeusement Senkitchi, et ses yeux seuls laissaient transparaître une certaine froideur, « ... vous êtes des moribonds !

— Voilà ce que j'attendais ! Je te l'avais bien dit, Taéko. Il fait partie de l'Union des étudiants ! » commenta Taïra qui, tout impassible qu'il fût, n'arrivait pas à dissimuler entièrement son amusement.

Grâce à lui, l'attitude de Taéko, qui s'efforçait de voir les choses objectivement et de traiter les deux jeunes gens comme s'ils n'étaient encore que des enfants, devenait tout à fait naturelle. La présence de Taïra à ses côtés se révélait finalement d'un réel secours.

C'est que la scène qui se poursuivait sous ses yeux mettait Taéko dans une triste situation. Une situation catastrophique. Il lui sembla pourtant qu'elle n'avait jamais eu autant de courage. Quand elle servait à boire, elle n'oubliait jamais Senkitchi, et ce dernier devint vite ivre. Au comble de l'ivresse, il tira deux dés de sa poche :

« Allez, approchez, mesdames et messieurs ! Quels couples le hasard va-t-il former ce soir ? De nouveaux couples ? D'anciens couples ? Tout est possible ! Allez, jouez, choisissez votre chiffre ! Les femmes prennent les rouges, les hommes les noirs, c'est-à-dire les chiffres pairs pour les dames, les chiffres impairs pour les messieurs, ça va comme ça, Monsieur Taïra ?

— Moi, je veux toujours être le numéro un. Je prends donc le chiffre 1 !

— Bon, alors, pour moi, ce sera le 5.

— Et moi, le 4, dit Taéko.

— Le 6 », enchaîna Satoko.

Il s'agissait là d'un divertissement typique de barman, et Taéko commença à se demander sérieusement, en voyant opérer Senkitchi, jusqu'à quel point il avait pu dévoiler son passé à Satoko. Quoi qu'il en soit, il avait beau secouer les dés, les couples 4 rouge/1 noir ou 6 rouge/5 noir ne réussissaient pas à sortir.

« Allez, cette fois, c'est la bonne ! »

Les dés qu'il avait lancés sur la table après un instant de recueillement s'arrêtèrent sur deux chiffres noirs : le 1 et le 5.

« Oh ! Deux hommes ensemble ! Ce n'est pas possible ! » s'écria involontairement Taéko.

Senkitchi lui lança aussitôt un regard perçant et s'empressa de relancer les dés. Elle en conclut qu'il avait bel et bien caché son passé au « Hyacinthe ».

« Arrête maintenant ! Cela suffit ! » dit Satoko en saisissant brusquement les dés dans ses mains, comme si elle attrapait des coccinelles. On en resta là.

Puis on leur apporta, pour accompagner leurs dernières libations, une corbeille d'automne en forme de cage à insectes, et Taéko put voir, en soulevant le couvercle de bambou, quelques amuse-gueule évoquant les sept plantes automnales ou ces petites boulettes de riz qu'on sert pour célébrer la pleine lune du huitième mois lunaire :

« Toshi, est-ce que tu ne peux pas m'enfermer moi aussi dans cette jolie cage ?

— Je suis désolé, mais il est très difficile de garder dans une cage un insecte aussi beau que les papillons...

— Il y a papillon et papillon, et il s'agit plutôt d'un papillon d'automne. La dernière heure est proche ! »

Taéko ne comprenait pas très bien elle-même pourquoi elle s'était laissée aller à un sentimentalisme aussi prétentieux.

Au départ, elle avait eu seulement l'intention de plaisanter, mais Taïra, vexé, s'était tu.

Senkitchi, que l'alcool, fait rare chez lui, avait rendu tout rouge, se mit alors à soulever le bras de Satoko, comme l'arbitre d'un match de boxe lève le bras du vainqueur, et il demanda soudain :

« Monsieur Taïra, ne voudriez-vous pas servir de témoin à notre mariage ? »

Cette proclamation, dans ce dîner qui n'avait été depuis le début qu'une suite d'amusements de mauvais goût, poussait décidément un peu trop loin la plaisanterie, et Taéko se crut un instant en train de vivre un sinistre cauchemar.

47

Ce dîner cauchemardesque était à peine terminé que Senkitchi et Satoko s'éclipsèrent. Taéko, encore sous le choc, regarda leurs deux silhouettes s'éloigner, en essayant de se persuader le plus vite possible de cette idée qui seule pouvait la sauver :

« Ils disent qu'ils vont se marier, mais ce n'est qu'une blague pour me blesser ! »

Elle eut alors soudain envie d'être seule, pour mieux savourer, solitaire, tout le sel de cette farce.

Le politicien comprenait vite les choses et devina immédiatement le nouvel état d'esprit de Taéko. Aussi se contenta-t-il de la raccompagner chez elle, en évitant de prononcer d'ennuyeuses paroles de consolation et en s'abstenant d'ironiser grossièrement sur la situation. Au moment de la quitter, il lui dit pourtant : « Si tu devais affronter un problème que tu ne puisses résoudre par toi-même, fais-le-moi savoir : je serai toujours prêt à t'aider ! » C'était tout de même un peu forcé, et on pouvait le sentir légèrement grisé par l'élégance de sa propre conduite.

Restée seule, Taéko se mit à pleurer.

. . . .

Plusieurs jours passèrent avant qu'elle ne pût commencer à comprendre elle aussi de quoi il retournait. La mère de Satoko, Hideko Muromatchi, vint en effet la voir peu après dans son magasin et l'invita mine de rien à déjeuner.

Elle avait réservé un salon particulier dans le restaurant japonais d'un grand hôtel de Toranomon et, lorsqu'elles se furent installées, elle se lança, en présence de Taéko qui en était l'auteur, dans un éloge dithyrambique de sa nouvelle tenue d'automne. Taéko venait de la terminer et Madame Muromatchi l'avait mise tout aussitôt :

« Grâce à vous, tout le monde me fait remarquer combien j'ai meilleur goût. Mais c'est maintenant que cela est dangereux ! Bien que je vous doive tout, je vais peut-être commencer à me bercer de l'illusion que mon goût est devenu plus sûr et jouer les cavaliers seuls. C'est vraiment très, très dangereux !

— Vous êtes bien trop modeste, voyons ! Vous avez par vous-même un grand sens de l'élégance, et ce sont les autres boutiques de mode qui, sous prétexte de mieux vous servir, l'étouffaient à leur profit ! Je n'y suis pour rien ! »

Taéko continua, comme toujours, à débiter des banalités. Mais soudain cette grosse femme riche dont elle se moquait éperdument jusque-là lui sembla s'être métamorphosée en une ennemie sinistre et mortelle. Tout en souriant des yeux, elle restait sur le qui-vive.

« Le service de ce restaurant japonais, c'est quelque chose, un véritable petit chef-d'œuvre ! Les premiers temps, après l'ouverture, on servait les hommes d'abord, cuisine et alcools, en respectant la tradition japonaise. Mais il paraît qu'un jour, Madame Miyaké, la directrice de l'hôtel (vous la connaissez, n'est-ce pas ?), est venue manger ici et s'est mise dans une colère folle. Elle a réprimandé vertement tout le personnel en disant que, du moment qu'on était dans un grand hôtel et qu'il y avait de nombreux clients étrangers, il fallait servir les femmes en premier. Je crois bien que, dans tout Tōkyō, qui n'est pas précisément une petite ville, il n'y a que ce restaurant japonais où les femmes passent avant les hommes quand on sert à boire ! Moi, je trouve cet endroit très agréable, et quand je dois prendre un repas avec un homme, c'est ici que je l'emmène, pour lui faire une bonne surprise ! Ils en tombent tous à la renverse... »

Madame Muromatchi, avec ses innocentes fadaises, était pareille à elle-même, souriante, pleine de confiance en Taéko, la regardant comme l'amie de toujours, celle qu'on consulte même pour un rhume. Taéko commençait à bouillir intérieurement, se demandant pourquoi l'autre passait totalement sous silence la question essentielle, c'est-à-dire Senkitchi, quand Madame Muromatchi, après lui avoir rempli sa coupe de saké, se décida enfin à entrer dans le vif du sujet.

« Au fait, à propos de votre neveu... »

Le récit qu'entreprit alors l'honorable dame fut pour Taéko une suite de surprises époustouflantes.

Peu de temps après le fameux défilé de mode, Senkitchi et Satoko s'étaient bien donné rendez-vous, et Satoko était aussitôt tombée follement amoureuse du jeune homme. Comme elle avait été élevée dans les meilleurs principes, il était entendu qu'elle devait amener immédiatement chez elle toutes ses nouvelles connaissances masculines, et c'est ainsi qu'au bout de deux ou trois rencontres, elle avait convié Senkitchi chez les Muromatchi et l'avait présenté à ses parents.

Ce fut, poursuivit Madame Muromatchi, la soirée la plus dramatique de sa vie. Jamais elle ne pourrait l'oublier.

Voici le récit qu'elle en fit.

48

Monsieur le Président-Directeur Général avait pour habitude de dîner en famille tous les dimanches soir, et Senkitchi avait été invité vers neuf heures, après le dîner. Monsieur Muromatchi avait évidemment été tenu au courant de la situation, à savoir qu'un jeune homme qui n'était autre que le neveu de Taéko était devenu l'ami de sa fille et devait venir le voir ce soir-là.

Senkitchi arriva à neuf heures précises, dans une tenue tout à fait impeccable.

La maison des Muromatchi était construite sur une hauteur qui dominait la rivière Tamagawa. Le salon, où l'on avait coutume de se détendre après le dîner et qui donnait sur un grand jardin tout en pelouses, aurait fait rougir de honte plus d'un hôtel. Mais Monsieur Muromatchi, qui n'avait aucun goût personnel, s'en était entièrement remis à celui des architectes pour le choix des matériaux et la décoration intérieure, si bien que cette demeure dernier cri, dépourvue des mille détails qui font sentir le poids de la vie quotidienne, présentait le défaut de sembler un peu vide. C'est du moins l'impression qu'en avait retirée Taéko, qui avait déjà eu l'occasion de s'y rendre en visite.

Au bout de quelques minutes d'entretien à bâtons rompus, Monsieur Muromatchi demanda d'un air indifférent :

« A quelle université allez-vous ? »

Senkitchi répondit, mais le nom de l'université privée qu'il fréquentait ne parut pas satisfaire pleinement son interlocuteur. Madame Muromatchi crut habile d'intervenir :

« C'est bien l'université qui a remporté le tournoi de base-ball des Six Grandes Universités l'année dernière, n'est-ce pas ? »

Mais ce commentaire fit dérailler la conversation, car Monsieur Muromatchi poursuivit :

« Vous faites du base-ball ?

— Non.
— Vous pratiquez bien un sport ?
— J'ai fait un peu de boxe...
— Ah !... de la boxe ! »

Monsieur Muromatchi examina soudain Senkitchi d'un œil attentif. Peut-être évaluait-il, avec circonspection, la musculature du jeune homme. Il était clair, en tout cas, que la boxe était un sport qui ne lui plaisait pas.

L'atmosphère devenait de plus en plus lourde.

C'est alors que Senkitchi s'était levé subitement de sa chaise pour se lancer dans un grand discours. Il avait légèrement blêmi, et Monsieur Muromatchi, s'imaginant déjà que ce jeune excité allait lui balancer sans crier gare un uppercut dans la figure, se raidit au fond de son fauteuil, tandis qu'il jetait un rapide coup d'œil vers la porte, seule issue de secours possible.

« Vous ne semblez pas beaucoup m'apprécier...
— Mais non, voyons... moi, ne pas vous apprécier ? »

Monsieur Muromatchi agitait désespérément la main, Satoko tirait sur la veste de Senkitchi, mais rien ne pouvait plus empêcher les événements de suivre leur cours.

« C'est pourquoi je me permettrai de prendre la parole. Je dois tout d'abord affirmer clairement que ce n'est pas moi qui ai demandé à votre fille de bien vouloir me fréquenter. Cependant, j'avoue m'être fait passer jusqu'ici à vos yeux pour ce que je ne suis pas, et, reconnaissant mes torts, il me faut ce soir tout vous expliquer. Si, après cela, on peut m'accepter tel que je suis, je désirerais sincèrement que nos relations puissent continuer comme avant. C'est particulièrement à Satoko que je m'adresse en disant cela. »

. . . .

« Mon cœur battait à tout rompre, ajouta Madame Muromatchi. Je ne pouvais regarder en face ni le visage de mon mari, ni celui de ma fille, et encore moins celui de Senkitchi. Comprenez-moi, c'était comme si j'avais sous mes yeux un volcan en éruption. Mais à ce moment-là, Senkitchi était tellement viril, si pathétique... Peut-il exister quelqu'un de plus extraordinaire que lui au monde ? J'étais littéralement subjuguée, c'était si impressionnant ! Eh bien, oui ! Est-ce qu'il ne faut pas un grand courage pour tout avouer, comme ça, devant tout le monde, sans rien cacher ? Vous comprenez, n'est-ce pas ! Il a tout dit, vraiment tout, même ce que d'ordinaire le respect humain recommande de taire !

— Tout, vraiment tout ? » s'enquit Taéko, et on aurait pu sentir dans sa question une certaine émotion.

Si Senkitchi avait réellement tout avoué, si, toute honte bue, il en était venu au point de se confesser entièrement, le courage dont il avait fait preuve avait quelque chose d'effroyablement pur. Et cette pureté n'avait plus beaucoup de rapport avec son amour pour Satoko ! Combien avait dû être splendide, de toute façon, le moment où, ne parvenant plus à se supporter lui-même, ni toute cette hypocrisie qui l'entourait, il s'était d'un seul coup dépouillé de tous les faux-semblants !

Les portes coulissantes du petit salon où les deux femmes se tenaient assises étaient restées ouvertes, et on pouvait voir à l'extérieur un jardin japonais. Taéko contempla un instant un étranger et une étrangère qui le traversaient d'un air hautain. Un couple de Japonais d'âge moyen et d'apparence plutôt misérable trottinait derrière eux avec un sourire affable au bord des lèvres. Que de mal ils avaient dû se donner pour inviter ces Occidentaux! Taéko se prit alors à rêver de la silhouette solitaire de Senkitchi qui semblait planer très loin et très haut au-dessus de ce monde de mensonge.

« Tout, vraiment tout! se redit Taéko. Dans ce cas, il est devenu un homme libre, vraiment libre! »

« Ecoutez plutôt la suite... »

Madame Muromatchi continuait son récit.

. . . .

« En réalité, je ne suis pas le neveu de Taéko. Elle et moi, pour vous dire les choses comme elles sont, nous vivons ensemble...

— C'est bien ce que je subodorais... », intervint Madame Muromatchi.

Son mari lui lança un regard furieux.

Monsieur Muromatchi, qui croyait en l'innocence parfaite de sa fille, était fou de colère. Il pensa que, pour chasser le plus vite possible ce jeune homme, il n'hésiterait pas, le cas échéant, à appeler la police. Quant à Taéko, il était fermement résolu maintenant à lui fermer pour toujours la porte de sa maison. Il était curieux, pourtant, d'entendre ce que Senkitchi allait pouvoir dire après cela.

« Je suis le fils d'un patron d'une toute petite entreprise. Mon père a fait faillite, et n'a plus eu assez d'argent pour me payer mes études. Il s'est retiré à la campagne, du côté de Tchiba, avec ma mère et ma petite sœur, et j'ai décidé de rompre avec ma famille pour subvenir tout seul à mes besoins. De petit boulot en petit boulot, je me suis débrouillé, j'ai pu rester à l'université, et c'est dans un café où je travaillais que j'ai rencontré une amie de Taéko, qui me l'a bientôt présentée. Un beau jour, je suis devenu son protégé. Taéko est pour moi une bienfaitrice, et je me sens vraiment gêné, dans ma situation, de fréquenter Satoko. Mais depuis que je la connais, j'ai enfin compris pour la première fois de ma vie combien est merveilleux un amour débarrassé de toute idée de reconnaissance ou de devoir. En face de la pureté de votre fille, je ne suis évidemment qu'un être sans valeur et déjà sali par la vie. Je vais à l'université, c'est vrai, mais il n'en reste pas moins que je suis entretenu par une femme.

« Je peux vous jurer que je n'ai pas touché à votre fille. Et si, ce soir, alors que je vous ai tout dit, vous m'ordonnez de partir, je partirai sur-le-champ, courageusement. Je ne vous causerai plus aucun ennui, et vous n'entendrez plus jamais parler de moi...

« Seulement, moi... » et, dans un sanglot, sa voix se brisa. « Seulement, moi, plus je me suis senti attiré par la pureté de Satoko, plus mes mensonges me sont devenus odieux. Il me fallait absolument me montrer tel que je suis. Je vous en supplie, essayez au moins de comprendre ce sentiment. »

Senkitchi se tut et s'affaissa sur sa chaise en baissant la tête.

. . . .

Taéko, pendant tout ce récit, avait réussi tant bien que mal à conserver son sang-froid. A bien écouter ce que venait de lui dire Madame Muromatchi, il restait cependant beaucoup de points qui méritaient d'être éclaircis. Elle était particulièrement irritée de ce que Senkitchi ait fait d'elle une simple protectrice, en laissant de côté leurs relations sentimentales. Mais parler sans cesse de « pureté » à propos de cette petite impudente de Satoko, et cela devant ses parents, c'était ni plus ni moins se moquer du monde.

Une chose encore frappa Taéko et la fit bondir. Senkitchi avait dit : « dans un café ». Jamais il n'avait prononcé le mot de « gay-bar » !

49

Madame Muromatchi poursuivait imperturbablement.

Au début de cette confession, Monsieur Muromatchi avait eu de la peine à retenir sa colère, mais lorsque, à la fin de ce discours sanglotant, il vit sa femme et sa fille gagnées à leur tour par les larmes, son état d'esprit parut évoluer peu à peu.

Il était difficile de saisir clairement la véritable raison de ce changement psychologique au seul récit de Madame Muromatchi. Mais si on réfléchissait au fait que Monsieur Muromatchi, plutôt bel homme, avait été adopté par la famille de ses beaux-parents et que son épouse, Madame Muromatchi, pour avoir été généreusement dotée lors de son mariage, avait été beaucoup moins gâtée par la nature au jour de sa naissance, il n'était pas impossible qu'il y ait eu dans les aveux de Senkitchi quelque chose qui l'ait ébranlé. En extrapolant un peu, on pouvait même se demander si Monsieur Muromatchi, durant sa jeunesse, n'avait pas suivi les mêmes sentiers que Senkitchi.

En outre, depuis qu'il était devenu un personnage important, il n'avait plus guère l'occasion de rencontrer un tel franc-parler, un tel naturel. C'est un trait qu'on retrouve fréquemment chez les hommes de cette envergure. Ils décèlent avec une perspicacité remarquable le vrai caractère de ceux qui affectent de se montrer sous leur meilleur jour, mais, devant un interlocuteur qui se met à nu et brûle ses vaisseaux, ils perdent généralement tous leurs moyens. D'un autre côté, pour quelqu'un comme Monsieur Muromatchi qui chérissait aussi follement son enfant, voir cet étrange jeune homme comparer sa propre laideur morale à la pureté de sa fille, et s'en émouvoir au point de tout risquer dans des aveux complets, cela avait été un choc extraordinairement agréable.

Madame Muromatchi ajouta qu'elle avait

immédiatement deviné ce que son mari commençait à se dire : « Ce garçon est d'une espèce devenue rare par les temps qui courent. Et si cela se trouve, il a un brillant avenir devant lui ! »

De plus, Monsieur Muromatchi, qui se flattait plus ou moins de toujours rester calme, semblait se demander maintenant, « à considérer les choses tranquillement », si le discours tout d'une pièce et terriblement exalté de Senkitchi n'était pas plutôt la manifestation naïve de cette exagération dans le mal, de ce masochisme intempestif dans lequel se complaisent souvent les jeunes gens. Au point où on en était arrivé, lui ordonner de partir n'était peut-être pas, tout compte fait, la meilleure solution.

Parvenu à cette conclusion, Monsieur Muromatchi se sentit soulagé, et la situation parut soudain l'amuser. Interdire l'entrée de sa maison à Taéko, c'était, à la réflexion, faire preuve d'une colère bien enfantine !

Si ce jeune homme respectait autant qu'il le proclamait la « pureté » de Satoko, il n'y avait pas péril en la demeure, et, si, par ailleurs, Satoko l'aimait à ce point, brusquer les choses en les séparant de force n'aurait pas manqué de produire un effet inverse. Il suffisait d'observer le cours des événements sans réagir, et, pour peu que Satoko en vînt à se lasser elle-même, il n'y aurait plus aucun problème Car il fallait tenir compte aussi du fait que Senkitchi avait un air viril et décidé qui plaisait aux femmes !

« Oui, bien sûr, mais le problème..., se mit enfin à dire Monsieur Muromatchi, le problème est de savoir ce que pense Satoko de ce que vient de nous raconter Senkitchi et si elle veut continuer à le fréquenter, maintenant qu'elle sait le véritable rôle de Taéko dans cette histoire.

— Mais je ne suis pas du tout surprise ! » Satoko avait relevé la tête, et le ton assuré avec lequel elle avait prononcé ces dernières paroles stupéfia son père. « Ce n'était pas très difficile à deviner, et je m'en suis doutée dès le début. Personne ne peut vraiment croire qu'ils sont neveu et tante ! C'est pourquoi j'ai voulu tout de suite aider Sen à s'en sortir ! Oui, de toutes mes forces, j'ai voulu le purifier, lui, tel qu'il est ! Cela prendra sans doute du temps. Mais, regardez vous verrez ! Ne va-t-il pas tirer un trait sur son triste passé ? Père, je vous en prie, encouragez-le, vous aussi ! »

Le regard de Monsieur Muromatchi croisa celui de sa femme dont les yeux exprimaient clairement l'étonnement qu'elle ressentait à voir sa « pure jeune fille » vouloir jouer les infirmières. Madame Muromatchi dut reconnaître à son tour que Senkitchi, sous des dehors arrogants, dissimulait en lui une force mystérieuse qui poussait toutes les femmes à se donner des airs d' « ange en vêtements blancs ».

. . . .

Plus que l'attitude de Senkitchi, ce qui révoltait Taéko dans ce récit, c'était la prétention inouïe de Satoko.

« Aider Sen à s'en sortir... le purifier », qu'est-ce que tout cela pouvait bien vouloir dire !

Pour Taéko qui avait été la première à se faire

un devoir de sauver Senkitchi du bourbier où il s'enlisait, rien ne pouvait être plus pénible que de voir traîner dans la boue les relations qu'elle entretenait avec ce garçon. Si on devait parler de fange, ne s'agissait-il pas plutôt de celle dans laquelle se complaisait Senkitchi avant de connaître Taéko ? Lui revint alors brusquement en mémoire la réflexion qu'elle s'était faite un moment auparavant :

« Cette confession n'aura été en somme qu'une habile comédie de la part du petit Sen qui, naturellement, n'a pu se résoudre à avouer qu'il avait travaillé dans un bar d'homosexuels et qu'il s'était prostitué à des hommes ! »

. . . .

D'après Madame Muromatchi, qui n'était pas encore parvenue au bout de son histoire, son mari avait, sur ce point, un caractère curieux : dès que quelqu'un commençait à lui plaire, sa gentillesse ne connaissait plus de bornes.

Ce soir-là, après le départ de Senkitchi, Monsieur Muromatchi s'entretint longuement avec sa femme, en commençant par louer la franchise du jeune homme.

« C'est un garçon qui a toutes les chances de réussir ! J'en étais arrivé à désespérer de la jeunesse d'aujourd'hui qui n'agite que du vent, mais un tel franc-parler, un tel courage, non, vraiment, c'est extraordinaire. Il a réussi à dire ce qui est le plus difficile à dire pour un jeune homme... Le bon sens voudrait sans doute qu'on s'en débarrasse au plus vite, mais, moi, j'ai ma petite idée sur la question. Et d'abord, si on lui disait : " Coupez les ponts avec Taéko et nous vous autorisons à fréquenter notre fille ", ce serait l'inciter plutôt à mentir. Et ce serait dommage, étant donné la sincérité dont il a fait preuve. De plus, cette condition reviendrait en fait de notre part à reconnaître officiellement ses relations avec Satoko. Observons-le plutôt discrètement, et mettons à l'épreuve sa bonne foi. De toute façon, c'est un garçon qui m'intéresse au plus haut point ! »

... Depuis ce soir-là, Senkitchi eut ses entrées chez les Muromatchi, et fut de plus en plus choyé par le maître de maison lui-même. Celui-ci ne voyait étrangement aucun mal à ce qu'un homme soit « entretenu par une femme ». Il en vint même à se moquer familièrement de Senkitchi en ironisant sur ses rapports avec Taéko.

Monsieur Muromatchi avait un ardent désir de rencontrer des hommes francs et directs, et Senkitchi, très intuitif pour ce genre de choses, adopta dès lors devant lui un comportement d'une franchise presque exagérée. Pour ce P.-D.G., c'était là un homme d'une espèce vraiment rare et nouvelle, puisque personne dans son entreprise n'aurait osé lui dire en face : « Voilà ce que je pense, moi ! »

Au fur et à mesure que la famille entière devenait l'alliée de Senkitchi, Madame Muromatchi avait eu de plus en plus de mal à prononcer le nom du jeune homme devant Taéko. L'été venu, son mari, quitte à mettre en balance la réputation qu'il avait dans le monde d'être un homme de sang-froid, avait commencé à songer vaguement que ce vaurien de Senkitchi pourrait très bien devenir son gendre. De temps à autre, il discutait avec lui de certains problèmes concernant sa société, et il lui demandait d'écrire des rapports sur ce qu'il en pensait. Ou encore, certains soirs, soulignant l'importance de l'anglais quand on était dans les affaires, il ordonnait à toute la maisonnée de ne s'exprimer qu'en cette langue. Si on y réfléchissait bien, c'était précisément à partir de ce moment-là que Senkitchi s'était mis sérieusement à travailler.

Monsieur Muromatchi, qui, dès qu'un projet lui traversait l'esprit, ne perdait jamais une minute, se précipita un jour sur sa voiture pour aller jusqu'à Tchiba rendre visite à la famille de Senkitchi. Là, il expliqua au père et à la mère du jeune homme, complètement ahuris, la situation récente de leur fils, n'hésitant pas à les questionner sur le caractère qu'il avait avant leur séparation.

« Eh bien... c'était un gentil garçon, très sérieux, avait répondu la mère. Au lycée, il avait commencé à faire de la boxe, mais il n'avait rien d'un voyou, non, bien au contraire, il travaillait beaucoup, et était même très populaire parmi ses camarades... du genre à protéger le faible en tenant tête aux plus forts. Ce ne sont sans doute pas des choses à dire par les parents eux-mêmes, mais il avait plutôt la gentillesse et l'insouciance d'un fils de famille. Depuis qu'il nous a quittés en nous promettant de revenir nous saluer dès qu'il serait arrivé à quelque chose, il a subvenu tout seul à ses besoins sans jamais nous causer aucun souci, et nous n'en avons plus eu de nouvelles. Bien sûr, je meurs d'envie de le revoir. Pourtant je respecte son sentiment, et attends qu'il soit véritablement un homme pour pouvoir le féliciter d'être devenu quelqu'un de bien et renouer enfin nos liens familiaux. »

Madame Muromatchi, effrayée du charme redoutable de Senkitchi, avait passé une nuit entière à réfléchir aux possibles défauts de cet être qui se faisait aimer de tout le monde. Elle aurait vraiment voulu faire entrer sa fille dans la maison d'un célèbre homme d'affaires, mais elle posait sur les hommes un regard bien trop amer pour ne pas sentir combien la plupart des fils de famille manquent des qualités requises pour satisfaire une femme. Après mûre réflexion, elle avait conçu un plan bien à sa manière.

Elle, qui dépensait tant d'argent pour se faire confectionner des vêtements dans la boutique de Taéko, pensa pouvoir faire adopter Senkitchi par celle-ci, en lui demandant de l'inscrire sur le registre d'état civil de la famille Asano. Dès lors que Senkitchi appartiendrait à cette prestigieuse maison de l'ancienne noblesse, elle était toute prête à l'accueillir comme beau-fils. C'était on ne peut plus traditionnel comme manière d'agir et si Taéko se souciait vraiment de l'avenir de Senkitchi (dans la mesure au moins où elle avait fait passer aux yeux de tous leur relation pour une relation tante-neveu), elle ne pourrait pas ne pas accepter cette solution.

Madame Muromatchi hésitait cependant à communiquer cette décision à Taéko, et ce ne fut qu'au dessert qu'elle réussit à lui dire, après lui avoir jeté un furtif coup d'œil :

« Dites-moi... si vous pouviez, tout d'abord inscrire Senkitchi sur votre état civil, en le prenant pour fils adoptif, par exemple... »

Taéko, vaincue par tant d'impudence, faillit laisser tomber sur ses genoux sa petite cuillère à melon.

50

Elle aurait dû pourtant être parfaitement habituée à l'égoïsme dont font preuve en pareilles circonstances les femmes du genre de Madame Muromatchi.

Et, travaillant dans la haute couture, ce métier qui consiste avant tout à flatter les femmes dans leur orgueil le plus profond, comment aurait-elle pu encore s'étonner de l'égocentrisme d'une de ses riches clientes ?

Un égoïsme aussi franc et massif que celui dont venait de faire preuve Madame Muromatchi n'était-il pas d'ailleurs bien ingénu, sympathique au fond ? Taéko parvint peu à peu à se dominer, et dit enfin :

« Bon, mais qu'allez-vous faire ? Si je refuse, si je vous disais que je ne veux à aucun prix lâcher le petit Sen !

— Ah ! Eh bien, mais ce serait parfait ! Faites comme vous voudrez, vous êtes libre, naturellement ! » La réponse terriblement spontanée de Madame Muromatchi ne manquait pas d'un certain chic. « Si c'est ce que vous décidez, je ne peux pas m'y opposer. Vous avez certainement vos raisons, et je n'ai aucune envie de vous voir malheureuse, soyez-en sûre. Seulement, le petit Sen nous a bien dit l'autre jour que ce n'était pas parce qu'il vivait avec vous que vous lui étiez encore quelque chose...

— Cela m'est pénible d'être obligée de le reconnaître, mais c'est vrai que nos rapports sont déjà entrés dans leur phase critique, dit Taéko comme une criminelle avouant son crime.

— Dans ce cas, qu'est-ce qui vous retient ? Montrez-vous généreuse en faisant le bonheur de ce garçon !

— Le faire entrer dans ma famille, est-ce un tel honneur pour lui ?

— Bien sûr ! C'est un nom plein de gloire que celui de la maison Asano ! »

Taéko se souvint brusquement d'avoir récemment entendu l'histoire d'un propriétaire de patchinko qui, ayant fait fortune, s'était mis en tête de marier sa fille au fils d'une vieille famille noble. Il y avait réussi en versant une dot extravagante. Si un vieux nom en pleine décomposition, ce nom dont elle avait elle-même tant haï la clinquante splendeur, pouvait, dans cette situation inattendue, venir en aide à quelqu'un, alors, pourquoi pas ? Les vieilles savates dont elle avait voulu se débarrasser, Senkitchi allait donc les chausser comme le plus beau des cadeaux...

Taéko prit congé de Madame Muromatchi en se

contentant d'une réponse des plus évasives, et retourna dans sa boutique. Elle avait terriblement mal à la tête : c'était une douleur froide, vive, comme si son cerveau était ouvert à tous vents. Et elle ne ressentait ni tristesse ni colère.

Pourtant, parfois, alors même que son cœur lui disait que, si Senkitchi n'avait jamais invoqué son amour pour Taéko devant les Muromatchi, ce n'avait été de sa part qu'un réflexe désespéré de survie ; alors même qu'elle trouvait charmante la comédie parfaite et méritoire qu'il leur avait jouée, elle ne pouvait s'empêcher de se révolter contre sa propre générosité qu'elle jugeait excessive. Elle s'étonnait de ne ressentir aucune haine envers ce garçon. Mais elle pensait pouvoir le tuer très facilement.

Un instant, entre le défilé de ses clientes, elle regarda dehors à travers la fenêtre. Le petit jardin intérieur était inondé par les rayons d'un clair soleil d'automne. Oui, c'était l'automne, et, quoi qu'il arrivât, le monde, les hommes, la nature seraient toujours là.

Taéko aurait été parfaitement incapable de se laisser envahir par le sentiment romantique qu'un grand amour venait d'être trahi. Ils avaient tous les deux dépassé ce stade depuis longtemps. C'est la liberté qui avait été leur seul et unique poison. Mais non... un emprisonnement aurait été la cause d'une destruction plus rapide encore.

Taéko n'avait pas non plus l'impression que son amour lui avait été volé par Satoko. Elle connaissait trop bien le pragmatisme foncier de

Senkitchi, et il ne s'agissait pour lui, une fois de plus, que de réaliser ce rêve poétique qu'il poursuivait avec acharnement : réussir dans la vie avec pour seul capital son charme physique. Ce qui ressortait finalement, avec une évidence indéniable, du récit de Madame Muromatchi, c'est que Senkitchi n'aimait pas du tout Satoko.

Taéko en vint à ne plus rien penser du tout, et son cœur resta sec et serein comme le ciel d'un beau jour. Mais, en même temps, elle se sentit cristallisée en un bloc de méchanceté raffinée

Dans ce cœur aussi clair que la lumière de midi, couvait un feu qu'elle ne soupçonnait pas encore.

Elle attendit avec impatience l'heure de fermer sa boutique, en s'étonnant elle-même d'avoir réussi à venir à bout de son travail sans commettre aucune erreur irréparable.

Aussitôt sortie de son magasin, d'un téléphone public qui se trouvait tout à côté, elle appela le « Hyacinthe ».

« Est-ce que Téruko est là ?

— Elle n'est pas encore arrivée.

— Bon, eh bien, je rappellerai plus tard... »

Cela ressemblait au coup de téléphone d'un malade qui craint d'avoir le cancer et poursuit son médecin pour se rassurer au plus vite.

Taéko marchait seule dans le quartier de Roppongui. Elle croisa un jeune couple habillé de chemises voyantes, avec des couleurs trop vives pour cette fin d'automne, regarda la vitrine d'un de ces antiquaires qui vit de la clientèle occidentale. Au fond, derrière un bric-à-brac d'objets hétéroclites, un vieux paravent déchiré, des bouilloires à thé, une statue en bois du bodhisattva Kannon, on apercevait les silhouettes d'une famille en train de dîner sous une faible lumière. Ils mangeaient sans doute une fondue aux légumes, car la pièce baignait dans une légère vapeur d'eau.

Taéko était seule. Elle avait froid, mais se sentait incapable d'avaler quoi que ce soit. Son esprit gardait une étrange lucidité.

Elle trouva enfin un autre téléphone.

« Allô, le " Hyacinthe " ? Téruko est arrivée ?

— Oui, elle est là. »

De soulagement, elle eut presque envie de s'effondrer.

« Mais, c'est notre petite princesse Taéko ! Cela fait bien longtemps... Vous nous avez complètement laissés tomber ! Et dire que votre Téruko se tord de tristesse dans sa chambre solitaire...

— Je... Ecoute... C'est un S.O.S. ! Aide-moi, veux-tu ? »

Téruko comprit tout de suite.

« Ah ? Bon, je vois. Venez vite ! Mais cela vous ennuie peut-être de venir au bar...

— C'est-à-dire que... je préférerais le café où nous nous sommes vus l'autre fois ! »

51

Quel étrange destin que celui de Taéko qui ne pouvait plus compter maintenant que sur cette faune grouillant dans les tréfonds de la société! Dans ce café près du « Hyacinthe », à quelques pas de la sortie ouest de la gare d'Ikébukuro, on était habitué à toutes sortes d'excentricités, mais lorsqu'on vit se précipiter cette femme élégante vers la table où l'attendait un travesti légèrement maquillé et revêtu d'un kimono de cérémonie plutôt voyant, certains clients ne purent réprimer leur rire. Taéko, elle, aurait voulu prendre Téruko et la serrer dans ses bras.

« Vite, dites-moi tout! Je ne suis pas sans m'en douter, mais enfin... »

Taéko fit donc, comme le lui demandait Téruko, un récit abrégé de l'histoire, en prenant soin de taire les noms de certaines personnes.

« Il est vraiment horrible! Vous trahir ainsi princesse, vous qui l'aimez tant! »

En entendant ces banales paroles de consolation, Taéko faillit pour la première fois se mettre à pleurer. Et elle comprit enfin pourquoi la seule personne, dans tout Tōkyō, qu'elle avait vraiment désiré rencontrer après ce qui venait de lui arriver était ce travesti. Devant Téruko, et devant elle seule, elle pouvait faire table rase de toute considération sociale, de tout amour-propre vis-à-vis des hommes, et, ce qui comptait encore davantage, c'était que, même si son interlocuteur jouait le rôle d'une femme, elle n'avait pas à s'embarrasser avec lui de cette vanité qui préside ordinairement aux rapports entre femmes.

« Bien, j'ai compris... princesse ! Mais arrêtez ces gémissements... c'est un déshonneur pour une femme. Reprenez-vous ! Je suis là, voyons... Enfin, avec des mots, on ne va pas loin, et, moi, j'ai là quelque chose que j'ai conservé précieusement pour le remettre à notre petite princesse, au cas où elle en aurait besoin. Avec ça, tout s'écroule pour lui : c'est une de ces cartes maîtresses qu'on garde pour la fin ! Quand il verra ça, il ne pourra que s'aplatir. Il se traînera à vos genoux ! »

Téruko tira de l'intérieur de son kimono une enveloppe de format occidental qu'elle posa sur la table. Taéko la prit machinalement pour l'ouvrir, mais Téruko l'arrêta :

« Ecoutez, princesse ! Il y a une condition. Ce qu'il y a dans cette enveloppe, c'est notre seul et unique atout. Après, il n'y en a pas d'autre. Vous m'avez bien compris ? Il y a même les négatifs... Aussi, vous devez bien réfléchir maintenant. Si vous utilisez ces photos pour faire le malheur du petit Sen, je vous les cède, gratuitement. Mais si, dans un élan de compassion digne du Bouddha, vous aviez l'intention de brûler le tout pour assurer son bonheur, alors ce sera cinq cent mille yens ! Eh bien ? Que décidez-vous ? »

Taéko prit enfin conscience de ce que pouvait représenter le contenu de l'enveloppe, et son cœur fut agité de sombres palpitations. Elle se dit que sa fierté lui interdisait absolument de profiter des bontés de Téruko pour recevoir gratuitement ces photos dans un but destructeur. Cinq cent mille yens, c'était beaucoup, mais bien peu finalement, s'il s'agissait de sauver son orgueil.

« Tu m'as percée à jour! dit Taéko avec un rire un peu forcé. Allez, je suis trop bonne, finalement! Et je peux difficilement résister à la tentation de penser à l'avenir de cet enfant en ne le blanchissant pas complètement. Alors, je prends, à cinq cent mille yens. Tu peux attendre jusqu'à demain? Je t'apporterai l'argent ici, sans faute. »

Téruko ne répondit pas tout de suite. Ses yeux s'embuèrent, et Taéko put voir se former dans l'ombre de ses extraordinaires faux cils une larme qui vint rouler sur sa grosse joue rugueuse d'adolescent.

« Bon, j'ai compris. J'ai compris ce que vous ressentez, princesse. C'est vraiment beau! Les cinq cent mille yens, c'est une blague, voyons! Emportez ça chez vous et brûlez tout, je ne veux pas d'argent. Vous n'avez qu'à penser que c'est un cadeau que je vous offre de tout mon cœur, en récompense de votre générosité... »

Taéko, touchée par cette larme, ressentit plus que jamais la laideur de son comportement bourgeois. Téruko s'était mise à pleurer, car, ingénument, elle avait pris au pied de la lettre les paroles de Taéko. Et Taéko avait trahi le seul ami qu'elle avait. Mais il était trop tard pour se lancer dans des excuses. En silence, et presque solennellement, elle prit l'enveloppe et la mit dans son sac.

« Merci ! »

Taéko posa sa main sur celle du jeune garçon, osseuse et rêche. Et ce geste de tendre remerciement n'avait plus rien d'un mensonge.

« Mais non... Je suis vraiment heureuse comme ça... Parce que moi, avant, je l'aimais, je l'aimais à en mourir... Mais, quand même, il est vraiment trop horrible ! »

Et, l'espace d'une seconde, on vit une fine langue de petit garçon briller entre les lèvres pâles et légèrement maquillées.

52

Taéko, qui jamais encore, pendant ses absences, n'avait téléphoné chez elle pour vérifier si Senkitchi était là, pensa qu'elle ne pourrait en aucun cas ce soir-là supporter de rentrer seule chez elle pour passer toute la nuit à l'attendre. Elle essaya de l'appeler du café où elle se trouvait avec Téruko, mais en vain, car, comme on pouvait s'y attendre, Senkitchi n'était pas là.

Taéko décida alors de suivre les conseils de Téruko et d'aller tuer le temps au « Hyacinthe » où elle n'était pas allée depuis longtemps. Avant de quitter le café, elle partit aux toilettes se refaire une beauté. Et là, seule, elle se dit qu'elle allait pouvoir examiner en paix ces photos qu'elle n'avait pas eu le courage de regarder en présence de Téruko.

Devant la glace violemment éclairée de l'étroite pièce, elle glissa un de ses ongles laqués dans un coin de l'enveloppe. Son doigt tremblait. Elle sortit à moitié la première photo qui se présentait : c'était indubitablement Senkitchi. Il n'y avait aucune erreur possible, il s'agissait bien de ce visage dont elle connaissait les moindres détails pour l'avoir si souvent observé sous le pâle éclairage du lampadaire du salon. La tête abandonnée sur un oreiller, il était allongé nu sur le dos, et ses sourcils virils se crispaient de plaisir, tandis que ses longs cils reposaient sur des yeux âprement fermés, la bouche restant légèrement entrouverte. Ce visage endormi et obscène n'était pas le visage habituel d'un dormeur. Cette expression tourmentée et pleine de tristesse était caractéristique de Senkitchi au moment crucial.

Pour une photo de ce genre, elle était parfaite, une vraie photo de professionnel, et on voyait nettement se dessiner les muscles de la poitrine tout humide de transpiration. La moitié supérieure de cette photo qu'elle avait tirée lentement du bout des doigts montrait seulement le haut du corps nu de Senkitchi étendu sur un drap blanc. Comme à regret, et de plus en plus doucement, Taéko continua d'extraire la photo de l'enveloppe. Une nuque chauve et laide comme un crâne de vautour apparut soudain en gros plan...

Une autre photo, puis une autre, et encore une autre, toutes montraient cet homme chauve dont on ne voyait pas le visage, pris avec Senkitchi dans toutes les positions. Senkitchi y était toujours directement reconnaissable, et les sentiments qui l'animaient étaient parfaitement clairs. Taéko examina minutieusement ces photos, mais on n'y remarquait aucune trace de montage ni de trucage.

... « Hyacinthe » ! Taéko regarda pensivement, à travers le brouillard des fumées de cigarette, le comptoir où travaillait autrefois Senkitchi.

Un nouveau barman, beau garçon fier de lui et plein d'arrogance, répondait aux travestis qui lui passaient les commandes, mais Taéko ne trouvait plus le moindre intérêt à tout cela.

Enfoncée dans un coin de son box, elle écoutait les voix coquettes des boys en kimono, les rires des clients, plus éhontés et plus vulgaires encore que ceux qu'on entend dans les bars ordinaires, et elle eut soudain l'impression de comprendre un peu mieux, elle aussi, le rêve qu'avait poursuivi Senkitchi. Comme on était loin, ici, de la pureté des ciels d'automne et des champs vivifiants ! Loin à s'en désespérer ! Taéko se mit à regarder le vaste monde en se mettant à la place de Senkitchi et de tous ceux qui vivaient là. C'était l'observer par le petit bout de la lorgnette. Les beautés ordinaires du jour y paraissaient hors d'atteinte, minuscules, comme ces univers qu'on entrevoit à la surface d'une bulle de savon.

« A quoi pensez-vous ? lui demanda Téruko en s'approchant.

— A rien de particulier...

— Comment allez-vous vivre, maintenant, princesse ? C'est un point qui intéresse beaucoup votre Téruko !

— Mais, cela ne te regarde pas, voyons ! C'est plutôt moi qui aimerais savoir ce que, toi, tu vas devenir !

— Moi ? Je resterai toute ma vie ici. J'aimerai un homme pour en être abandonnée, puis un autre qui me laissera également tomber... et, pour finir, avec les économies que j'aurai amassées, j'achèterai les bontés d'un jeune vaurien qui, n'en voulant qu'à mon argent, m'assassinera. Qu'est-ce que vous en dites ? Est-ce que ce n'est pas ce qu'on appelle une belle vie ?

— Avant d'en arriver là, si tu laissais tomber tout ça pour te marier, par exemple ?

— Me marier ? Avec une femme ?

— Evidemment !

— Mon Dieu, quelle horreur ! Non, plutôt mourir que de coucher avec une femme ! »

Cette protestation désespérément joyeuse de Téruko fut ce soir-là pour Taéko une sorte de révélation. Ces paroles étaient celles d'un être définitivement plongé dans l'enfer de la société, et faisaient cruellement ressortir combien quelqu'un comme Taéko avait été gâté par la vie.

Pensant qu'elle ne pouvait plus se permettre le moindre faux pas, Taéko s'abstint totalement de boire de l'alcool, et ses idées restaient parfaitement claires. Les photos de Téruko repassaient de temps à autre au fond de son cerveau, mais, étrangement, elles ne lui paraissaient ni sales ni laides. N'importe quelle femme, voyant des photos montrant l'homme qu'elle aime dans de pareilles positions, en éprouverait sans doute une envie irrésistible de vomir. Mais pour Taéko, qui avait aimé Senkitchi en dépit de tout ce qu'elle savait de lui, il n'y avait aucune raison de détruire l'image qu'elle s'était faite du jeune homme à la seule vue de ces photos. D'autant plus que c'étaient de très vieilles photos.

Elle en vint à se demander ce qui pouvait arriver, lorsqu'on devenait insensible au point de ne plus trouver laid ce qu'il y avait de plus laid au monde. Mais elle se dit qu'en tout état de cause, dès l'instant où elle était tombée amoureuse de Senkitchi, elle était déjà devenue une autre femme.

Des musiciens ambulants entrèrent dans le bar, et se mirent à chanter d'une voix légère une chanson que clients et garçons fredonnèrent à leur tour :

Les paroles sans cœur de cet être sans cœur
Pénètrent mon cœur comme le vent froid d'automne
Ce soir au moins sur mes épaules nues
Non pas même un vison, ce serait trop demander,
Mais seulement un mot doux qui réchauffe le corps :
    Oui « adieu! », « adieu! »,
    Dis-moi au moins « adieu! »...

Et tous reprirent en chœur les deux vers du refrain :

    Oui « adieu! », « adieu! »
    Dis-moi au moins « adieu! »

Taéko pensa qu'elle aurait bien voulu voir l'ignoble visage de celui qui avait composé les paroles de cette atroce chanson et, du coup, elle sentit la colère l'envahir. Elle se leva pour s'emparer du téléphone posé sur un coin du comptoir. Lorsque la sonnerie s'interrompit et qu'elle entendit la voix de Senkitchi, elle se crut enfin sauvée de cette sinistre ambiance.

« Ah! Tu étais là?
— Oui...
— Que comptes-tu faire maintenant? Ressortir?
— Non, mais si je te gêne, je peux m'en aller...
— Au contraire! Je me dépêche de rentrer... Tu n'as pas faim?
— Pas pour l'instant...
— De toute façon, à cette heure, des endroits ouverts... »

Taéko s'étonna elle-même d'avoir pu dire des paroles aussi familières et aussi inutiles, mais elle s'aperçut ainsi qu'elle n'avait pas dîné. Quoi qu'il en soit, elle n'aurait rien pu manger. Depuis cet odieux déjeuner avec Madame Muromatchi, elle avait complètement oublié que, dans ce monde, on pût seulement avoir faim.

53

Taéko se sentit on ne peut plus satisfaite d'avoir réussi à se glisser dans son appartement en gardant un visage épanoui.

Senkitchi portait un pull-over de cachemire beige, et mangeait des cacahouètes. Sa poitrine était jonchée de pelures. Cela n'avait rien d'étonnant à en juger par la position qu'il avait adoptée, les pieds posés sur un des bras du canapé et la tête en contrebas.

Taéko comprit tout de suite la signification de cette pose faussement désinvolte. Il brûlait d'envie d'apprendre de la bouche même de Taéko le résultat de l'entretien qu'elle avait eu au déjeuner avec Madame Muromatchi et dissimulait mal l'angoisse et la tension extrême qui l'habitaient. Elle décida de s'amuser à le faire languir.

« Je suis tellement occupée ces temps-ci que je n'arrive plus à aller au cinéma. Mais, ce soir, j'ai fait une exception... », commença-t-elle, en s'asseyant en face de Senkitchi qui mordit immédiatement à l'hameçon.

« Ah oui ? Et qu'est-ce que tu as vu ?

— *Une femme de rêve* avec Anita Ekberg. Tout à fait ennuyeux !

— Ah bon ? Pourtant, on en dit beaucoup de bien !

— Beaucoup trop !

— Il y avait du monde ?
— Pas tant que ça !
— Il y a déjà pas mal de temps qu'il est sorti...
— Oui, ça doit être ça ! »

Ils en restèrent là pour le cinéma. Senkitchi tournait nerveusement le bouton du transistor. Des fragments de musique de jazz, de dialogues comiques, des bribes de cours d'anglais revenaient sans cesse agresser leurs oreilles, puis, le son enfin coupé, le silence s'installa dans la pièce.

« Tu y vas seule ?
— Pardon ?
— Je te demande si tu vas toujours seule au cinéma ! »

Taéko pensa qu'ils se parlaient vraiment comme deux étrangers.

« Parfois j'y vais seule, parfois avec quelqu'un, ça dépend... Qu'est-ce que cela peut bien faire ? »

Son ton était devenu plus mordant. Il fallait faire attention et rester calme.

« Oui, bien sûr, seule ou non, quelle importance au fond ! »

Ils s'étaient bien souvent retrouvés tous les deux dans cette pièce, mais, ce soir-là, le bruit lointain des tramways et les coups de klaxon qui montaient de la rue résonnaient à leurs oreilles avec une acuité particulièrement désagréable.

« Ces derniers temps, les réceptions où on s'amuse vraiment sont devenues rares. Autrefois, il arrivait souvent qu'on fasse une bringue à tout casser chez des amis, mais maintenant tout le monde est très occupé. On n'a plus tellement envie de voir des gens...

— C'est vrai... Tous les gens qu'on pourrait connaître, on les connaît déjà !

— Et puis, tous ceux avec qui on pourrait coucher, on a déjà couché avec...

— Oui, tout est bien fini ! »

Senkitchi continuait à grignoter ses cacahouètes, et c'est le plus sereinement du monde qu'il s'était exclamé : « Tout est fini ! »

Taéko avait eu l'intention d'énerver Senkitchi avec ses digressions, mais, bizarrement, elle ne se sentait presque plus le courage d'en venir aux faits, et il lui semblait tourner en rond. Pourtant, dans son cas, s'agissait-il bien encore de courage ? D'un léger coup de pouce, elle pouvait faire s'effondrer tout ce fragile château de cartes.

« Aujourd'hui, Madame Muromatchi m'a invitée à déjeuner !

— Ah oui ! C'est vrai ! »

L'attitude de Senkitchi, qui ne prétendait nullement cacher qu'il était au courant, aurait pu aussi bien passer pour de la franchise qu'être taxée d'insolence.

« Elle m'a tout raconté de ta superbe comédie ! »

Taéko s'était efforcée de prendre un ton provocant, mais la réaction de Senkitchi fut extrêmement simple :

« C'est mon plus grand succès !

— Tu essayes vraiment tout, n'est-ce pas ?

— Bien sûr ! Il faut faire des efforts pour être heureux !

— Ça, c'est bien vrai ! »

Et Taéko, bon public, se mit à rire.

« Madame Muromatchi m'a dit aussi que je devais t'adopter. C'est une idée intéressante, non ?
— Très !
— Si j'accepte sans me faire prier, quelle élégance, dira-t-on ! »

Senkitchi leva soudain sur Taéko un regard scrutateur. Il commença à se tortiller sur le canapé, puis épousseta négligemment les pelures de cacahouètes qui jonchaient son pull-over. Pour finir, il s'assit en tailleur.

« Et toi... n'est-ce pas... tu ne détestes pas tant que ça avoir l'air élégante.
— Non, pas tant que ça ! » dit Taéko en riant à nouveau, et elle se sentait heureuse de pouvoir rire dans une telle situation. « C'est vrai, je ne déteste pas du tout cela !
— Dans ce cas, pas de problème ! Tout est O.K., on peut se serrer la main ? »

Senkitchi, après avoir fait tomber les quelques débris de cacahouètes qui y étaient restés collés, tendit aussitôt sa main droite. Mais cette main tendue semblait plutôt vouloir saisir quelque chose dans le vide, et Taéko crut un instant la voir, énorme et maladroite, se remplir de tous les fruits que ce garçon avait sans cesse tenté d'arracher à la vie.

« Si c'était aussi simple, tout irait bien..
— Allons, ne te fais pas prier... »

Ces quelques mots avaient été échangés avec un sourire, mais le regard du jeune homme s'était chargé un instant d'une telle menace que Taéko ne doutait plus qu'on en arriverait fatalement ce soir à un stade où Senkitchi ne pourrait plus faire autrement que de la tuer. D'un mouvement rapide du bout des doigts, elle ramena vers ses cuisses son sac à main, qui contenait un pistolet. Ses yeux, comme ivres, ne lâchaient plus Senkitchi.

L'homme qu'elle avait devant elle était le premier qu'elle eût vraiment aimé alors qu'elle était déjà parvenue à la moitié de sa vie, mais il l'avait fait souffrir avec une perfidie qui dépassait toute imagination. Et sa foncière méchanceté, ses calculs intéressés avaient une évidence qui ne laissait plus aucune part au rêve.

C'est ce qui pourtant fit rêver une dernière fois Taéko. Car ils pouvaient l'un et l'autre se passer désormais de toute vanité, il n'était plus question entre eux d'aucun mensonge, et jamais jusque-là Senkitchi n'avait autant ressemblé à celui qu'elle avait connu au soir de leur première rencontre. Au début, Taéko avait aimé ce jeune homme sans se faire aucune illusion, elle l'avait aimé, si l'on ose dire, dans les pires conditions. Non parce qu'elle s'était sentie attirée par ses qualités viriles, mais précisément pour son abjection qu'elle avait adorée. Les illusions étaient venues après, et si, en cours de route, elle s'était piquée de faire son éducation, on pouvait dire maintenant que cela avait été sa plus grossière erreur.

Il n'y avait qu'à le regarder, ce gosse des rues, nonchalamment appuyé au dossier du canapé, assis en tailleur avec son pull-over de cachemire. Un jeune homme sans passion, sans autre ambition que l'argent, l'oisiveté, une réussite gagnée sur un coup de chance et une femme obtenue sans amour! Pour remplir ce beau programme en quatre points, tout lui était bon, mensonges et traîtrises, mais sa nature ne différait pas d'un iota de tous ces jeunes qu'on voit déambuler dans les rues. Un maniaque du patchinko. Une élégance insensée. Et cet orgueil de la chair, de son sexe, cette fatuité monotone... rien n'avait vraiment changé depuis leur première rencontre.

« Allez, c'est le moment! » pensa Taéko. Elle allait pouvoir tout reprendre depuis le début! Grâce à ces photos qui étaient rentrées en sa possession, elle était de taille à lutter avec Senkitchi, elle avait atteint un niveau égal de bassesse. Et dire que cette situation dont elle avait tant rêvé lui avait été inopinément offerte comme sur un plateau!

« J'ai quelque chose à te montrer! » dit Taéko en sortant son enveloppe, mais sa main tremblait.

« Oui, quoi? »

Une certaine tension pouvait s'observer aussi dans la main qu'avait tendue Senkitchi.

« Non, je ne peux pas te les donner! Je vais t'en montrer une seulement, de loin... »

Taéko s'était levée, et, méfiante, se dirigeait vers la porte dans l'intention de l'ouvrir.

« Où vas-tu?

— Me préparer une issue de secours!

— N'ouvre pas cette porte! » cria Senkitchi, poussé par on ne sait quel pressentiment.

Il était sur le point de se lever lorsque son

amour-propre le fit se raviser. Il resta dressé à moitié sur le canapé.

« Juste de loin, hein ? Elles te disent quelque chose, ces photos ? »

Senkitchi parut deviner au premier coup d'œil. Son visage pâlit.

Il resta un instant sans rien dire, puis, d'une voix qu'il avait enfin réussi à contenir :

« Est-ce que tu as montré ces photos à Madame Muromatchi ?

— Non, pas encore...

— Pas encore ? C'est-à-dire ?

— Que je peux les lui montrer quand je veux, n'importe quand. Rien ne presse ! »

Senkitchi se trémoussait sur son canapé, et son corps fut parcouru de petits tremblements nerveux. Taéko prit peur, mais rien ne semblait indiquer qu'il allait l'attaquer Au contraire, il se lança, les poings serrés, dans un marmonnement solitaire.

« Le salaud... Le salaud... me faire ça, cacher ça... et le ressortir maintenant... c'est lui, j'en suis sûr... c'est lui qui m'a fait ce coup-là... le salaud... je vais le tuer, je vais le tuer...

— Tuer ? Qui vas-tu tuer ? »

Taéko, collée contre la porte, s'étonna elle-même d'être restée assez calme pour pouvoir poser une telle question.

« Pas toi, en tout cas !

— C'est bien ce que je me disais ! Ce serait trop injuste, si j'étais tuée. Oui, mais, si j'envoie ça à Madame Muromatchi, plus question de mariage, n'est-ce pas ' Et si j'ai envie de lui envoyer ces photos, je le ferai ! Tu comprends ? Tu sais quel genre de femme je suis, et que j'en suis tout à fait capable ?

— Oui, oui, je sais !.. Mais qu'est-ce que tu veux que je fasse finalement ? »

... Il resta un long moment le visage penché, perdu dans ses pensées, puis il releva la tête pour lui proposer d'un air incroyablement ingénu :

« On fait un marché ?

— Non, pas de marché !

— Quoi, alors ?

— Je voulais simplement te les montrer. Et t'avertir avant de les envoyer. Rien de plus ! Ne te méprends surtout pas ! Je n'ai aucunement l'intention de te faire revenir à moi par un moyen de ce genre ! Je ne suis pas aussi bête, tu comprends !

— Je comprends ! » répondit-il doucement, en reprenant comme un perroquet les derniers mots de Taéko. Et il se remit à marmonner :

« Ressortir ça maintenant... justement maintenant... le salaud... d'où est-ce qu'il peut bien sortir ça ?

— Tu parles encore tout seul ? »

Taéko se sentait envahie par une impitoyable cruauté.

Puis Senkitchi changea brusquement d'attitude. Il se mit à genoux à même le sol et, posant son front sur le tapis, il s'écria :

« Tu as gagné. Mais je t'en supplie, je t'en supplie, remets-moi ces photos ! Je te le demande à genoux... sinon... je serai définitivement perdu...

— La comédie continue ?
— Non, ce n'est pas de la comédie ! »

Senkitchi releva soudain la tête. Son visage était couvert de sueur et une expression douloureuse, tout à fait nouvelle chez lui, tendait ses traits.

« Ce n'est pas de la comédie, Taéko ! J'ai eu tort, je le reconnais, mais, je t'en prie, ne détruis pas ma vie. J'ai rêvé depuis longtemps de vivre normalement comme tous ceux qui ont de l'argent. Et ce n'est pas par goût que j'ai mené jusqu'à présent cette vie dissolue. Réfléchis bien, Taéko. Si j'étais né dans une famille riche, je n'aurais pas eu besoin de m'avilir à ce point. De m'enfoncer toujours davantage dans le mensonge. En fait, dès l'instant où je suis allé chez les Muromatchi, je suis devenu leur prisonnier. Mais je voulais à n'importe quel prix m'installer dans cette maison pour y vivre honnêtement et agréablement. La fille, ce n'est pas le problème. J'en ai eu tout à coup assez de cette vie misérable qui ne me laissait pas en paix.

— Dans ce cas, pourquoi ne pas travailler sérieusement et réussir par toi-même !

— Ne te moque pas de moi ! Ne te moque pas de moi ainsi, s'il te plaît ! Je n'avais que ça, et je ne pouvais pas faire autre chose : le reste était au-dessus de mes forces...

— Tu es trop modeste, voyons...

— Quand j'ai vu mon père faire faillite, je me suis juré quelque chose : ne jamais me passionner pour quoi que ce soit et traverser la vie en gardant toujours mon sang-froid. Je me suis dit que, tant qu'on n'y mettait aucune ardeur, on pouvait se permettre les actions les plus ignobles, ce ne serait jamais vraiment immoral. Se garder de tout sentiment, c'est la clef de la réussite, et je me suis promis de suivre jusqu'au bout ce principe qui me permettrait un jour ou l'autre de regarder de haut tous ces pauvres types qui se débattent tant qu'ils peuvent dans le monde pour y faire une brillante carrière. Eh bien, je ne m'étais pas trompé. J'ai vécu jusqu'ici sans jamais me monter la tête, et tout a bien marché. Encore un petit effort, et je touchais au but, alors ne te mets pas en travers de ma route, je t'en prie... sinon je risque de me mettre vraiment en colère et de me passionner pour de bon !

— J'aimerais bien voir ça, par exemple ! Toi, te passionner ! » s'entendit répondre Taéko.

Mais tandis qu'elle prononçait ces paroles, son cœur déjà s'était calmé, sa passion refroidie, et elle se sentit soudain capable de tout régler sans la moindre émotion. En parfait accord avec la conception de la vie que venait de lui exposer Senkitchi.

Il avait beau la menacer de sortir de ses gonds, il était visible que ce n'étaient là que des paroles en l'air et qu'il n'avait déjà plus le courage de passer aux actes.

Qu'arriva-t-il alors ?

Tout à coup, la brume qui obscurcissait le regard de Taéko se dissipa, et tout devint clair à ses yeux.

Tout était transparent. Il n'y avait plus rien d'inexplicable, le mystère et tous ses charmes étaient bien morts. Il n'y avait plus rien d'opaque, plus rien qui puisse la faire souffrir.

Pourquoi donc les faits lui apparaissaient-ils maintenant en pleine lumière ? Ce que venait de lui dire Senkitchi ne pouvait être que la vérité, et cette vision du monde puérile et si peu exigeante le rabaissait cruellement dans son esprit. C'était plus nul encore que la philosophie de tous ces jeunes blancs-becs qui traînent leurs savates dans les rues. Copie d'examen, sérieuse mais mal écrite, que Taéko, comme un professeur expérimenté, pouvait noter d'un simple coup d'œil. Cela ne valait pas la moyenne, il fallait redoubler.

« C'est maintenant qu'il est tout à fait sincère. Ce qu'il a fait jusqu'ici, il croit vraiment qu'il le doit à sa philosophie. Bien qu'en réalité il se soit toujours laissé guider par son instinct... Mais, tout de même, quelle triste et pitoyable sincérité... alors que son seul charme aurait été justement de ne jamais penser ce qu'il vient d'avouer ! Alors qu'il aurait dû conserver la séduction des inconnus dont la demeure reste à jamais secrète, il n'a pas hésité à écrire lui-même son nom, en lettres maladroites, sur le portail de sa vie. Alors qu'il était fait pour vivre dans le présent, il pense avoir mené habilement sa barque en suivant un plan mûrement concerté. Et c'est ainsi qu'il a gâché ses plus belles qualités, sans même s'en apercevoir ! »

Pour la première fois Taéko sentit la pitié envahir son cœur. Elle n'avait jamais encore éprouvé un tel sentiment envers Senkitchi, ou plutôt, elle se l'était toujours interdit pour conserver intact le plaisir qu'elle trouvait dans l'insolence du garçon. Cet interdit venait à l'instant même d'être levé.

Elle comprit soudain que cet être qu'elle avait tant aimé n'était qu'une chimère née de ses propres rêves.

« Bon ! J'ai compris ! Je vais essayer de te satisfaire... Viens par ici ! » lui dit-elle avec gentillesse.

Puis elle se leva pour aller dans la cuisine.

Senkitchi la suivit et resta debout dans l'encadrement de la porte, observant avec effroi la main extraordinairement calme de Taéko qui allumait le gaz.

« Allez, brûle ça toi-même ! Tu verras ! Quel soulagement de brûler soi-même son propre passé ! Comme tu peux le constater, il y a même les négatifs ! Tout y est ! »

Taéko étala le contenu de l'enveloppe sur la cuisinière.

Senkitchi, méfiant et incrédule comme un chien errant à qui on offre tout à coup un festin, s'approcha peu à peu, mais il était encore loin de pouvoir manifester sa joie.

Tout en rond, les petites flammes bleues du gaz dansaient paisiblement.

« Je vais te dire comment il faut que tu les brûles. Tu m'écoutes ? Tu dois les brûler une par une, après les avoir bien regardées. Il ne faut surtout pas se dépêcher ! »

Senkitchi fit comme on le lui avait dit, et tira une première photo de l'enveloppe. Il la regarda d'un regard vide d'expression. Mais on voyait clairement qu'il faisait tous ses efforts pour rester impassible et que la sinistre fascination exercée par l'image qu'il avait sous les yeux tendait tous ses traits.

« Pas encore, voyons ! Pas encore !... Tu as bien vu ?... Bon, ça suffit maintenant ! »

Il approcha la photo du feu. Les flammes s'enroulèrent immédiatement autour, et à l'instant où elle ondulait pour se réduire en cendres, on vit en un éclair, sur un coin du papier luisant, étinceler le visage langoureux de Sen-kitchi.

Une photo, puis une autre. Taéko, impitoyable, les lui fit brûler lentement, une par une. Et quand, pour finir, vint le tour des négatifs, la cuisine, perdue dans la fumée, était pleine d'une odeur infecte. Leurs yeux humides étaient injectés de sang.

Tout avait été brûlé. Senkitchi prit une poignée de cendres, et la serra fortement dans le creux de sa main.

Il lança un bref regard à Taéko et, sans crier gare, il la serra violemment dans ses bras. C'était tellement inattendu qu'elle ne put se dérober.

C'était bien la première fois qu'il l'étreignait aussi spontanément, aussi désespérément, avec autant d'âpreté. Il pleurait, et, en larmes, comme délirant, il se mit à lui glisser à l'oreille une suite décousue de mots sans fin.

« Merci... Merci... Je t'aime... Je t'aime vraiment... Je t'aime vraiment... Je t'aime... Je t'ai toujours aimée ! »

Follement, il chercha la bouche de Taéko, mais celle-ci la lui refusa catégoriquement. Lorsqu'elle put enfin se dégager, elle lui dit, en tentant de remettre de l'ordre dans sa coiffure :

« Allons, à partir de ce soir, tu ne couches plus ici. Pendant la journée, tu peux venir à la boutique, si tu veux. Dès demain, je vais entamer la procédure pour t'adopter. En contrepartie, tu dois me promettre de ne plus jamais revenir ici. Je vais rassembler tes affaires, et te les faire parvenir à ta nouvelle adresse. »

Senkitchi se raidit, comme s'il entendait là des paroles tout à fait imprévisibles.

« Va-t'en maintenant ! Oui, bien sûr, tu n'as sans doute pas d'endroit où aller, mais, pour ce soir, tu trouveras bien un hôtel où coucher ! »

Puis, se dirigeant la première vers la porte :

« Tu peux m'embrasser, en guise d'adieu. Mais laissons la porte ouverte ! » lui dit-elle d'un cœur léger.

54

Pour la réunion de novembre des Beautés Toshima, Taéko voulut innover et suggéra à ses amies d'aller faire un pique-nique quelque part pendant la journée. Leur proposer le parc Toshima, c'eût été pousser un peu trop loin la plaisanterie, et elle pensa que celui de Mukōgaoka ferait tout aussi bien l'affaire. A vrai dire, l'idée de se rendre dans ce genre d'endroit n'enchantait guère Nobuko et Suzuko, mais, devinant l'état d'esprit de leur amie, elles firent contre mauvaise fortune bon cœur.

Elles partirent donc par un bel après-midi d'arrière-saison. Taéko avait fourni la voiture, et les trois femmes eurent tout le loisir de bavarder pendant un trajet qui s'éternisa dans de nombreux embouteillages.

Taéko était toute joyeuse, son visage même avait un teint éclatant. Nobuko et Suzuko en furent immédiatement frappées et ne manquèrent pas de l'accabler de compliments où se glissait une pointe de jalousie. Taéko aborda elle-même le plus tranquillement du monde des sujets que ses amies prenaient soin d'éviter, sans qu'on sente de sa part ni le moindre effort ni la moindre crânerie. Nobuko, toute critique qu'elle fût, l'admira sans réserve :

« Non, vraiment, tu es géniale ! Tout ce que tu nous racontes là a l'air invraisemblable. Et nous qui n'hésitions pas à te plaindre... on pourrait dire que tu nous as bien eues ! Mais, explique-nous, plutôt... comment fait-on pour rajeunir comme toi, devenir toujours plus belle ?

— Impossible ! C'est un de ces secrets de l'art qu'un critique ne pourra jamais comprendre ! »

Dans son excès de joie, Taéko en devenait presque méchante.

Dès qu'elles se rendirent compte que, contrairement à ce qu'elles avaient imaginé, il n'était plus nécessaire de ménager leur amie, Suzuko et Nobuko se sentirent tout de suite beaucoup mieux. Suzuko, entre autres, en profita pour reprendre ses sempiternelles vantardises.

« Les hommes qui aiment les femmes un peu grosses sont souvent bien faits de leur personne, et c'est plutôt un avantage pour quelqu'un comme moi ! Figurez-vous que, ces temps-ci, je suis poursuivie par un garçon, un chanteur de jazz, qui m'aime éperdument. Je le fais languir, évidemment, mais, l'autre jour, il m'a donné de jolies boucles d'oreilles importées. Je lui ai donné un baiser, et, pour moi, c'était bien la première fois que je tombais sur un garçon à la bouche aussi douce. Si ça se trouve, à force de chanter des chansons sirupeuses, la bouche elle-même devient toute sucrée ! Et dire que lui, l'animal, il n'a même pas un regard pour ses jeunes admiratrices !

— Un cas de régression infantile, sans doute. S'il a la bouche sucrée, c'est qu'il doit sucer des bonbons toute la journée, non ? »

Nobuko avait retrouvé tout son mordant.

... Après le pont de fer qui traverse la rivière Futagotamagawa, la voiture tourna à droite et se mit à rouler au milieu de plantations d'arbres fruitiers déjà dénudés à cette époque de l'année. A peine eut-on dépassé un peu plus loin la gare de Kuji que déjà s'annoncèrent à l'horizon les pylônes du téléphérique du parc d'attractions de Mukōgaoka.

Suzuko, dont le cœur s'épuisait vite dès qu'il s'agissait de monter quelques marches, aurait voulu prendre le téléphérique, mais, malgré son insistance, Nobuko et Taéko s'y opposèrent farouchement, et le trio commença à gravir le monumental escalier récemment aménagé qu'agrémentaient une horloge en fleurs, des jets d'eau, des cascades.

« Laissez-moi souffler un peu ! Arrêtons-nous ici, au moins une minute ! » supplia Suzuko au bout d'un moment.

Elles interrompirent leur ascension, et contemplèrent les villages disséminés au loin dans la plaine de Musashino qu'avaient commencé à jaunir les prémices de l'hiver.

« Alors ? Qu'est-ce que vous en dites ? Vous ne trouvez pas que c'était une bonne idée de venir respirer un peu d'air frais ? leur dit Taéko en se félicitant de sa propre initiative.

— Oui, oui, bien sûr... », admit à contrecœur Suzuko qui détestait la nature.

La nature... Taéko s'en souvenait maintenant : pendant tout le temps qu'avaient duré ses rapports avec Senkitchi, elle ne l'avait approchée vraiment qu'une fois, lors de leur voyage à Atami.

Le soleil étincelait, et elles transpiraient légèrement lorsqu'elles parvinrent en haut de la colline. Elles s'avançaient tout doucement vers le parc, quand leurs yeux furent attirés par un panneau qui vantait, au bas d'une hauteur artificielle, les plaisirs d'une water-chute.

« Si nous y allions ! » lança soudain Nobuko, d'une voix tout excitée.

Et, à vrai dire, des trois amies, c'était peut-être elle qui était la plus enfantine.

L'employé chargé de manœuvrer la barque ne fut pas peu surpris d'accueillir à son bord trois clientes aussi élégantes. Lorsque l'embarcation commença à glisser sur la pente abrupte, Suzuko fut la première à pousser des cris. Taéko voulut lui dire qu'il n'y avait pas de quoi s'affoler, mais elle n'en eut pas le temps. La barque, à toute vitesse, approchait déjà du bassin où elle devait tomber. Avec de grands jets d'écume, elle heurta violemment la surface de l'eau, tandis que, sous le choc, le pilote, éclaboussé d'embruns, sautait en l'air dans une forme éblouissante pour revenir tomber debout les deux mains écartées à l'avant du canot.

Quelques gouttes avaient rejailli sur le visage de Taéko, mais c'était si peu de chose qu'elle n'eut pas même l'idée de sortir son mouchoir. Manœuvré à la perche, le canot sillonnait les eaux sales de l'étang pour s'approcher doucement de la berge qu'assombrissaient les feuilles de cette fin d'automne.

« J'ai vraiment l'impression que nous venons de franchir un cap... », dit alors Taéko.

Encore sous le choc, Nobuko et Suzuko se cramponnaient de toute leur force aux poignées de leur siège. Elles fixèrent Taéko sans bien comprendre.

« Quel courage ! Tu n'as vraiment peur de rien ! parvint à s'exclamer Nobuko.

— C'est naturel ! Je suis enfin sortie de l'école de la vie ! » répliqua Taéko en redressant fièrement son buste que mettait en valeur un tailleur haute couture des plus élégants.

DU MÊME AUTEUR

Aux Éditions Gallimard

LE PAVILLON D'OR (Folio nº 649)
APRÈS LE BANQUET (Folio nº 1101)
LE MARIN REJETÉ PAR LA MER (Folio nº 1147)
LE TUMULTE DES FLOTS (Folio nº 1023)
CONFESSION D'UN MASQUE (Folio nº 1455)
LE SOLEIL ET L'ACIER (Folio nº 2492)
MADAME DE SADE, *théâtre*
LA MER DE LA FERTILITÉ
   I. NEIGE DE PRINTEMPS (Folio nº 2022)
  II. CHEVAUX ÉCHAPPÉS (Folio nº 2231)
 III. LE TEMPLE DE L'AUBE (Folio nº 2368)
 IV. L'ANGE EN DÉCOMPOSITION (Folio nº 2426)
UNE SOIF D'AMOUR (Folio nº 1788)
LA MORT EN ÉTÉ (Folio nº 1948)
LE PALAIS DES FÊTES, *théâtre*
CINQ NÔ MODERNES, *théâtre*
L'ARBRE DES TROPIQUES, *théâtre*
LE JAPON MODERNE ET L'ÉTHIQUE SAMOURAÏ
LES AMOURS INTERDITES (Folio nº 2570)
L'ÉCOLE DE LA CHAIR (Folio nº 2697)
PÈLERINAGE AUX TROIS MONTAGNES (Folio nº 3093)

Composition Bussière
et impression Bussière Camedan Imprimeries
à Saint-Amand (Cher), le 5 mars 2003.
Dépôt légal : mars 2003.
1ᵉʳ dépôt légal dans la collection : mars 1995.
Numéro d'imprimeur : 031255/1.
ISBN 2-07-039285-6./Imprimé en France.

122493